D1673299

Zwischen
zeit
blues

Gerhard Pötzsch

Zwischen zeit blues

Roman

mitteldeutscher verlag

Was ist Leben?
Ein Schatte, der vorüber streicht!
Ein armer Gaukler
Der seine Stunde lang sich auf der Bühne
Zerquält und tobt; dann hört man ihn nicht mehr.
Ein Märchen ist es, das ein Thor erzählt
Voll Wortschwall, und bedeutet nichts.

William Shakespeare

Für Regina, Anna und Maya

No. 1: 1970 – Jimi folgt Brian[1]
Beginn

DIE NACHRICHT VOM ENDE DES JIMI HENDRIX raste ab Mittag des 18. September 1970 weltweit durch alle Medien. Ich hörte sie am Radio und war perplex. Nach der Meldung *Purple Haze*. Die Gitarre, Jimis magisch verlängerter Arm! Seine Finger tanzten die Riffs. Es jaulte, kreischte, stöhnte und schrie. Jeder Ton eine Melodie, die den Himmel küsste. Die Musik röhrte von der Marter des Fleisches, leckte am Rhythmus der Zeit und verlockte die Wollust der Qual. Ich vibrierte. Erneut verlas der Sprecher die Nachricht. Ich war nur noch Bangen. Wie sollte das weitergehen? Mein Schmerzensmann tot! Später knotete ich mir den schwarzen Streifen Tuch aus der mittleren Schublade der Flurgarderobe um meinen Oberarm. Just das Band, welches sich Vater bei Trauerfeiern auch immer über seinen Sakkoärmel streifte. An jenem Freitag – und an zahllosen weiteren Folgetagen – dünkte ich mich nun zuvörderst dem Angedenken an Jimi verpflichtet. Ich wähnte mich ihm dadurch noch fester zugehörig. Ich glaubte mich zum Bewahren seines Werkes erwählt und war entschlossen, fortan dienlich zu funktionieren. Ja, ich wollte seinem Gitarrenfanal aus unerhört filigraner Wucht und Ehrlichkeit nachfolgen. Wie das vonstattengehen sollte, das wusste ich nicht. In den kommenden Wochen legte ich den Flor nie ab. Jene mir heute ferne Geste von Gefolgschaft war mein damaliges Zeugnis gegenüber dieser – ach, dermaßen vermaledeiten Welt! Die Evidenz meines Tuns verstand ich erst später. Hoffte dann aber, es intuitiv zumindest schon genau so angelegt zu haben, wie ich es heute noch erinnere.

Als ich Jimi vormals für mich entdeckt hatte, war der uns verbindende Kitt ab dem Moment unserer Begegnung einfach Liebe. Ich fühlte und ahnte, meine Hingabe ist unbedingt und unkündbar! Ich war von der unerhörten Verve seiner Songs schlicht überwältigt. Jede andere Haltung wäre mir fürwahr auch abwegig erschienen. Er hatte mich mit seiner Kunst berührt. Ich hörte und sah: Jimi war groß, weil ohne Hass. Seine Musik, deren Sound und die Verlockung in ein mir unbekanntes Diesseits wurden mir in dieser Zeit unverzichtbares Lebenselixier. Jenseits aller bestehender Zwänge und Beschränkungen meines gewöhnlichen Alltags ahnte – nein! – *wusste* ich plötzlich etwas von der verschwenderischen Unendlichkeit der Welt. Von ihrer verführerischen Sanftheit und der ihr gleichermaßen innewohnenden Härte. Dank seiner eminenten Schöpfungen festigte Jimi in mir die bis gerade eben noch schier unglaublich erscheinende Gewissheit, dass in jedem Winkel dieser Erde wahrhaftig ein Bruder und eine Schwester im Geiste wohnten! Schlagartig hatte er mit seinen brachialen Saitenhieben meine schlummernden Sehnsüchte nach noch nie gesehenem, gefühltem und geschmecktem Leben entdeckt und führte mich *so* sanft und gelinde zur Sprache meiner Träume. Einmal erweckt, ward sie dann rasch unstillbar. Allein schon ihr bloßer Klang entfachte nun bald die Gier nach mehr. Ich war entfesselt. Fand in der Dynamik seines Töne-Kosmos zuzeiten aber auch Halt und Heim. Und lechzte dabei immer weiter jedem neuen Zeugnis seines Seins entgegen. Ich brauchte lediglich dem Ziehen und dem süßen Sehnen nachzugeben – und flugs verschwand die gerade noch vorhandene Last empfundener Enge. Ich kostete von den Wonnen infernalischer Anarchie. Seither vermag ich das pulsend-fiebrige Verlangen nach dem Genuss totaler Freiheit sogar mit meinem gesamten Körper zu erinnern.

Vom ersten und völlig unbeschirmt gewesenen Augenblick unserer Begegnungen an schwante mir jedoch auch, dass Jimi selbst noch den kleinsten Anflug von missionarischem Eifer wohl eher skeptisch beäugt hätte. Insofern bestand für mich zu keiner einzigen Sekunde die echte Fährnis, dem verführerischen Sog seiner Selbstaufgabe womöglich heillos zu verfallen. Ich kannte bis dato im Grunde zwar nur das behütete Segeln auf dem ruhigen Meer der Muttermilchsuppe des heimatlichen Sachsen. Aufziehenden Stürmen, samt ihren ihnen im Schlepp anhängenden Gefahren, begegnete ich noch jedes Mal mit schlichtem Ausweichen. Vermied also instinktiv, quasi aus dem Bauch heraus – dabei wohl einigermaßen geschickt – jedwede auch nur ansatzweise vorstellbare Katastrophe lieber schon vorab. Im Ergebnis war es mir so bislang tatsächlich stets erspart geblieben, in eigener Verantwortung auch nur einmal eine wichtige Entscheidung von relevanter Tragweite treffen zu müssen. Das Leben meiner Welt lief durchgehend geregelt und im Grunde problemlos und wenig spektakulär. Es verstrich einfach. Ging die Sonne abends unter, ging sie anderntags auch wieder auf. Nun aber, durch Jimis Tod ausgelöst, und der Vereinnahmung dieser völlig unerwartet über mich gekommenen Erschütterung geschuldet, wankten die erlernten und eingeübten Koordinaten plötzlich. Und in meiner eigentlich immer noch jungen, neuen und frisch erworbenen lustbetonten Euphorie seiner Musik gegenüber sinnierte ich entsprechend aufgewühlt, zugleich aber schaudernd, kühl und mutig: Wenn der Bruch mit den gültigen gesellschaftlichen Normen, samt dem bei ihrer Einhaltung von mir erwarteten Wohlverhalten, fürderhin der unerlässliche Preis für das Geschenk weiterer derartiger oder zumindest ähnlich inspirierender Songs sein sollte, wie es die, welche Jimi uns geschenkt hatte, ja zweifellos waren, dann bin ich allerdings, gerade wegen des soeben erlittenen schmerzhaften Verlustes, nun aber wirklich sowas von zur *Revolte pro Revolte* bereit!

Ja, ich war mir an diesem Punkt meines Lebens total gewiss – und über Jimis Tod hinaus auch willens und fühlte mich dafür tatsächlich mittlerweile reif genug – den von mir als notwendig erachteten Obolus manierlicher Gefolgschaft um jeden Preis verantwortlich und ernsthaft zu entrichten. Mindestens *das* waren wir – und speziell ich – Jimi doch wohl schuldig!

„Es ist mir", tönte ich also grossmäulig und betont lässig, „deshalb auch wirklich völlig Ritze, ob ich nun noch 'ne Weile länger hier verweile oder eben nicht! Kannste glauben! Das bedeutet nämlich faktisch nichts. Die Welt", davon gab ich mich restlos überzeugt, „die wird sich doch schließlich auch ohne mich genauso weiterdrehen!"

Nur der unvergleichliche Jimi hatte mich bislang durch das einzigartige Geschenk seiner bloßen Existenz (ich beharrte ja vom ersten Moment unserer Begegnung an schon vehement darauf: „Allein, dass es ihn gibt!", und: „Dafür lege ich meine Hand ins Feuer!") einmal zumindest regelrecht erhöht! Jetzt allerdings – ohne ihn – klaffte plötzlich der Schlund einer alles verzehrenden Hölle, vor deren wüsten Niederungen mir tief in mir drinnen regelrecht graute, und deren saugenden Sog (in Sonderheit, wenn ich eigens an *sie* dachte – ja doch: *die* Hölle / *die* Welt sind weiblich!) ich bedrohlich nahe und unerklärlicherweise unablässig als betörend-betäubenden Singsang wahrzunehmen vermeinte. Aber irgendwie, das spürte ich natürlich auch, musste es doch trotz alledem (zumindest vorerst) erst einmal weitergehen …

Real befand ich mich vor dem Zigarettenladen am *Haus der tausend Dinge*, wo in Lindenau die Merseburger Straße auf die Lützner stößt, und war bass erstaunt, dass mich niemand ansprach. Selbst der ‚brausende Flügel der Zeit', von dem ich schon mehrfach fabulieren gehört hatte, stand zu meiner Verwunderung – wohl gleichfalls erschrocken und im Schock ebenso atemlos – zumindest für einen langen Augenblick gänzlich still …

Ja, tatsächlich! Meine Mitwelt verhielt sich schlicht nicht mehr. Sie war in Apathie erstarrt. Und schwieg.

Und schwieg.

Vielleicht war der Kummer über Jimis Tod einfach zu monströs …?

Mir selbst war, in dem mir im Nachhinein meiner Erinnerung immer noch so unwirklich erscheinenden, mich damals zuerst auch verwirrenden Moment, die Begrenzung meines eigenen Daseins durch den Ablauf des Geschehens auf einen Schlag vollkommen einsichtig, ja, sogar körperlich triftig geworden! Auch diese Erkenntnis traf mich ohne jede Ankündigung und gänzlich unerwartet.

Ich betrat das Geschäft. Ich stand und stand und fühlte, dass fortan etwas nicht mehr so sein würde, wie es bis eben noch richtig und gut gewesen war. Dass ein anderes ‚Jetzt' – und völlig unbesehen und unabhängig meiner eigenen Einsichten – gerade begonnen hatte. Der Boden unter mir wankte. Ich vermochte sogar das Kippen des Geschehens im Vergehen des Augenblicks deutlich wahrzunehmen, und spürte dabei die Bilder des während dieser maßlosen Sekunde im in mir ablaufenden Filmes bis in die Tiefen meines Körpers … Sie waren in mich gedrungen, hatten Gewebe und Muskeln durchstoßen und versuchten nun, sich in mein Hirn zu krallen. Als ich jedoch deren wirre und durcheinander stürzende Abfolgen und Überblendungen für mich zu entdecken suchte, verwehrten sie sich vehement jedweder Einordnung und Deutung. Sie hinterließen in mir flackernde Unruhe, die schon bald in nervöse Leere umschlug. Ich ahnte, es würde mir sicher besser bekommen, ihre mich bedrängenden Schatten gleich wieder tief in mir zu versenken. Noch wusste ich nicht, dass ‚Verkapseln auf immerdar' sogar Gnade bedeuten kann. Vielleicht auch, um mich Jüngling zu schonen, mischte sich in die Erinnerung an diese in meiner Replik rot-warm und reif und herbstlich schmeckende Begebenheit fürderhin immer auch zugleich jener unvergessliche Rest Sommerdunst von ‚vor der Tür des Ladens'. Dieser hatte bis zum Moment meines Gewahr Werdens noch ganz locker zwischen den Häusern der Stadt gehangen, dann aber seinen duftenden Mantel so zwingend über die Szene gelegt, als wolle die Natur mit dieser von Liebe und Erbarmen gespeisten Geste etwas von ihrer allumfassenden Macht verschwenden und damit beweisen, wer hier das Sagen hat.

14

Und so wallte wieder Lebhaftigkeit und Bewegung auf. My-riaden wohltemperierter Wassertröpfchen dämpften allerdings den erneut angeschwollenen Lärm der Straße bis in die Stil-le meiner Gedanken hinein, und mir war es mithin sogar, als schwebte ich in Watte verpackt und von jener erfrischenden Wolke getragen körperlos davon. Mir pulste während dieses Fluges auch kein mich erwecken müssender Nachhall etwaiger Anstrengung durchs Gehör – nichts! Ich glitt einfach nur durch ein Vakuum schmerzfrei-wehmütiger Melancholie …

Wer oder was letztlich dann den meine wohlige Betrübnis vertreibenden Weckruf abgesetzt hatte, kann ich bis heute nicht beantworten. Der Verursacher des Signals bleibt ein Geheimnis. Nur –, dass solches Zeichen unweigerlich kommen würde, dessen war ich mir, über die gesamte Dauer jenes unendlich gedehnten Augenblicks meiner Gram schon vor Anbeginn gewiss. Dementsprechend gewappnet erwachte ich. Ich griff mit beiden Händen in mein Haar und strich es zurück. Glücklicherweise vermochte ich in der Bewegung zu spüren, wie es mir lang durch die Finger glitt. Ein anschwellendes Hochgefühl, erkennen zu können, dass ich es aus völlig freiem Willen und ganz allein vermochte, meine Ohren von ihrem haarigen Vorhang zu befreien: Ich lebte noch! Augenscheinlich hatte ich soeben zu meinem Behagen meine innere Balance an der bestehenden Realität gerade neu justiert.

Nach dieser Überlegung ebbte meine Erregung auch schnell wieder ab. Mutmaßlich zur Kompensation eines gar zu raschen Schwindens der Empathie wuchs mir in dieser Stunde aber auch jene Befähigung zur verfeinerten Wahrnehmung der Sinne zu, die sich gewöhnlich nur im Kopf – und wenn überhaupt, dann ganz *piano* – abrufen lässt, und welche dabei eine klare und dabei dennoch um ein Weniges verrückte Spur außerhalb der die mich umgebende Wirklichkeit illustrierenden Bilder, Töne, Gerüche und Reize zwingend einfordert …

Leichter Wind frischte auf. Er pustete schließlich die letzten Nebelfähnchen davon. ‚Du wirst diese so besondere Alltäglichkeit deines jungen Lebens kaum mehr vergessen können‘, dachte ich. ‚Die Erinnerung daran wird zumindest noch lange durch dich hindurch wehen und zu dir gehören, bis auch diese Wehmut eines Tages womöglich doch gesättigt sein wird.‘ Ein mich seltsam befriedigendes Wohlgefühl, das ich mich anfangs noch scheute, es zu genießen, durchflutete mich. Es schmeckte diesmal wirklich nach der unerwarteten Einlösung eines zuvor viel zu oft gegebenen Versprechens im Vorgriff auf eine utopisch ferne Zeit. Und ergriff dabei sachte, aber eben auch stetig, immer intensiver von mir Besitz. Es obsiegte schließlich und okkupierte mein Denken in seiner auf Versöhnung gerichteten Grübelei gänzlich. Mein anfänglich noch vorhandener Widerstand zerbrach zusehends. Ich ergab mich, anfangs zwar noch scheu, diesen sich einschmeichelnden Gegebenheiten, heischte aber schon alsbald schieren Genuss. Sein Triumph war binnen Kurzem vollkommen und ich darüber unversehens ohne jede Spur von Scham. Ich steckte mir eine ovale Zigarette der Marke *Orient mit Mundstück* (aus der gelben 25er Papp-Klapp-Schachtel samt aufgedrucktem exquisitem Morgenlandblick auf dem Deckel) zwischen die Lippen. Beim Anzünden erstaunte es mich, wie sehr mir dabei noch immer die Finger zitterten. Ich musste bei diesem (meinem!)

Anblick sogar belustigt hüsteln … ‚So geht das also mit jenen Geschehnissen, derer du dich später entsinnen wirst', dachte ich. Ich kannte ja bisher nur mich und wähnte mich meiner eigentlich längst sicher. Schließlich wohnte ich in mir! Nun sah ich mich fremd und musste entdecken: Dieser Bebende bin ich auch!

So stand ich also neben mir und belunzte mich. Ich sog den Rauch des Tabaks tief ein und argwöhnte vor mich hin. Ich hatte die Grenzen meiner bislang bekannten Welt überschritten. Die mir dabei wohl zugedachte Lektion lautete jetzt: Dein *Hero* – sterblich! Seine frappante Originalität: erloschen und entseelt! Bedeutete die Ungeheuerlichkeit dieser Verkündung durch den ‚Gevatter', verpackt in diese gewöhnliche Radiomeldung, nicht sogar irgendwas? Galt diese Botschaft – aber wessen Botschaft eigentlich – mir? Worin lag der Sinn dieser Absurdität? Meine bis eben noch unerschütterliche Hoffnung, Jimi künftig einmal begegnen zu können – dahin!

Mir schauderte.

Die in meinem abgegrenzten Teil Deutschlands bislang als unabänderlich und gegeben geltende Tatsache, dass ich – in Bezug auf Jimi – für den Rest meines Lebens – meine lebendige Leidenschaft und Gier wahrscheinlich ohnehin nur mit Konserven seiner Kunst würde befriedigen können, war ja an und für sich schon immer deprimierend gewesen. Von nun an aber auch wirklich unumstößlich! Kapierte ich vielleicht gerade jetzt und hier etwas von der ausweglosen Endlichkeit? Und lernte ich Realität wirklich gar nur um den Preis eines dahingegangenen Lebens? Jedoch: wenn *ja* –, war dieser Obolus dann aber nicht eindeutig zu hoch? Gesetzt, ich würde jenen Tribut nun partout nie und nicht ableisten wollen, dann bliebe doch für mich in letzter Konsequenz schlicht: Totalverzicht durch Selbstabschaffung! Nur so entkäme ich ja seiner ansonsten unweigerlich fälligen Entrichtung …

Puh – gut jetzt! Es ist gut jetzt! Wozu sollen diese Art Folgerungen eigentlich noch führen? Das ist doch Humbug! Ich hatte es, so wie es war, einfach zu akzeptieren. In welche Gaukelei hätte ich denn ansonsten noch – und wohin auch – ausweichen sollen?

Eben!

Nach kurzem Überlegen erschien mir die Flucht in ein wie auch immer beschaffenes Jenseits als entschieden zu vage – und selbstredend viel zu früh. Noch nie hatte ich von einem gehört, der je von dort wiedergekommen wäre oder gar davon berichtet hätte!

Also beschloss ich weiterzumachen.

Es war, wie es war. Ich sagte mir: ‚Ich bin doch jetzt beide. Der, welcher schon immer in mir hauste. Und auch der, den ich gerade besichtigt, gemustert und gewogen habe.‘

Ja, ich hatte den Sog des Windhauches der Vergänglichkeit, in der Gestalt meines sanften wilden Jimi, so dermaßen dicht an meinem Leib gespürt, wie ich dessen zuvor noch nie bei einem anderen Menschen ansichtig, geschweige inne geworden war. Mein Resümee dieser Begebenheit lautete: Weitermachen! Es war reiner Pragmatismus. Er allein lenkte meinen mir nun Trost spendenden Entschluss. Das mit der Hoffnung, zumindest der eigenen Zeitlichkeit künftig doch noch eine Nase drehen zu können, hakte ich nach dieser Erfahrung einfach ab. Ich hatte meine Machtlosigkeit begriffen. Hatte kapiert – und:

kapituliert! Ein Freund ist mir Gevatter Hein so natürlich nicht geworden.

Fortan aber verlor sich in seiner Nähe zumindest mein bis dato übliches Angstbeben, und es beunruhigte mich bei den zahllosen Folgeauftritten meiner Reise durch die Zeit auch nicht mehr die mich einst so peinigende Vorstellung, ihm vorab eventuell doch nicht genügend Paroli geboten zu haben ...

In der Stille, zwischen den Saiten einer jeden Gitarre und der Fülle der Farben der ständig weiter wachsenden und sich verändernden Welt, bleibt seither, für meine Ewigkeit, ein kostbarer und nie und nicht verblassender Sprenkel der Schöpfung konserviert. Er widersteht in seiner Nische unangefochten und tapfer dem Vergessen. Manchmal spielt es von dort her urplötzlich auf. Und dann berührt mich das ganz samten.

Und ich höre,
höre und höre –
und flüstere
seinen Namen ...

No. 2: 1971 bis 1974 – Die Gesellenjahre
Entkommen ist fürwahr abwegig

VOM PLATZ VORM LEIHHAUS, in dem Bedürftige seit seiner Errichtung Teile ihrer Habe gegen die Gewährung von Zukunft verpfänden mussten, führten die Schienen der Straßenbahn einerseits zur Nordstraße weiter, andererseits zweigte ein weiterer Strang direkt an der Fassade des Gebäudes nach rechts ab. Über dem Portal, an der Dachbogenfront, die mittig von einem Turm mit Aussichtsplattform bekrönt wurde, stützten zwei Löwen das Wappen der Stadt. Aus ihm heraus neckte ein ,Meißner Kätzchen' seinen äußeren, links platzierten Artgenossen. Dazu hatte sich das im Hoheitszeichen verfangene Tier mutwillig auf seine Hinterbeine aufgerichtet und fixierte, als wolle es partout mit diesem spielen, vorwitzig sein Gegenüber. Aber der König der Wüste blieb ruhig und ignorierte das kokette Geplänkel. Auch sein muskelbepacktes Pendant, ihm direkt gegenüber, blieb letztlich dann doch lieber gelassen. Zwiefach beherrschte Kraft der Leuen – lässige Gewissheit als Fassadenrelief …

Darunter Versalien: ERBAUT IN DEN und daneben JAHREN 1912–1913. Die Sockel wuchtig und selbstredend breit genug, um die Last der plastisch sehr fein ausgearbeiteten Bemähnten zu tragen. Wie aus dem Mauerwerk gewachsen, krallten sich deren Pranken in den Sims. Zudem: die lüstern frechen Mäuler hemmungslos gierig und unstillbar offen! Der Lohn: züngelnde Flammen aus Stein! Ihre Blicke stets fest und wild auf ein jenseitiges Ziel himmelan über die Stadt gerichtet.

Und unten?

Da rumpelte – wie eh und je im Viertelstundentakt – auch damals wieder einer dieser alltäglichen Wagenzüge das Fleisch der Vorstädte über die Gleise *der Elektrischen*. Die Perrons waren von wenigen Männern unterschiedlichen Alters in schnieken Anzügen bevölkert, nebst zahlreichen Handwerkern, welche über der derben Hose mit dem Seitenschlitz für den Zollstock den ewigen Blaumann-Kittel trugen. Der fiel bei vielen von ihnen – wegen des bei den Tätigkeiten für ihre Gewerke zwingend notwendigen Bewegungsspielraumes – oft gern eine ganze Nummer zu groß aus. In der herzseitig platzierten Brusttasche der Arbeitsmontur klemmte bei einigen Werktätigen des Proletarieradels – den Elektrikern – die eloxierte Bügelfeder einer Kugelschreiberhülse direkt neben der eines kleinen Spannungsprüfers. Das verwies nicht nur auf Schreibfähigkeit und vorhandenes technisches *Know-how* seines Besitzers, sondern signalisierte, ob der rot umränderten Metallhutkuppe als belebenden Farbtupfer, aus dem ansonsten langweilig maritim eingefärbten Kitteleinerlei heraus, etwas von der Würde und Macht seines Trägers. Und nicht zuletzt bezeugten dieserart Kleinwerkzeuge, durch ihre brüderlich vereinte und die dem Herzen nahe Präsenz direkt über der Brust ihres Trägers, dass der immerwährende Kampf gegen das Verlorengehen und Vergessen in dem Wust des menschengemachten Alltags fortbesteht und ganz augenscheinlich nie und nicht völlig vergebens sein wird!

Am Ende des Tages, ab 19 Uhr, fuhr die Bahn nur noch im Zweistundentakt. Und noch ein Weniges später, der Abend

hatte sich dann bereits wirklich vom Tage erschöpft und war
nun nachtsatt geworden, ruhte der Verkehr für ein paar wenige
Stunden nahezu komplett. Für eine Weile zog in die ansonsten
recht krawallig daherkommende Erich-Weinert-Straße dann
gewöhnlich eine so dermaßen tiefe Ruhe ein, dass selbst ihr
umtriebig-sensibler Namenspatron, der zuzeiten auch als Sa-
tiriker und Lyriker bekannt gewesene Sänger eines volkstüm-
lich-lauten Proletkults, welcher im nahegelegenen Kabarett *Re-
torte* in der Pfaffendorfer Straße, Anfang der Zwanzigerjahre
auch als Schauspieler und Sänger große Erfolge gefeiert hatte,
und, wäre es seinerseits weiterhin gewollt gewesen, oder würde er als Wiedergänger nochmals dort erscheinen, an diesem
Ort und in solchen Stunden wohl nach wie vor zu erholsamen
Schlummer finden könnte. Dazu war es aber nicht und würde
es natürlich auch nicht mehr kommen. Diese politisierten Zeiten, samt ihren heute so auch nicht mehr vorstellbaren sozialen Verwerfungen, waren unwiederholbar vorbei. Irgendwann
vergeht eben alles Gewesene. Und nichts kommt erfahrungsgemäß nochmal haarklein genauso zurück, wie es vor Zeiten
nun einmal existent gewesen war.
Die von den Sowjets eingesetzten neuen Herren meiner Heimatstadt hatten sich seines Wirkens um zwei, drei Ecken herum erinnert und dann, mit dem Rückhalt der Vertreter der
Besatzungsmacht, kurzentschlossen genau diese Straße nach
ihm benannt! Sie hieß nämlich zuvor – die zwischenzeitlich
doch recht ungewiss verlaufenden sieben Jahre lang, als sich
nach dem zum Glück verlorengegangenen zweiten Großkrieg
keiner restlos sicher sein konnte, wohin die Fahrt der neuen
Gesellschaft überhaupt geht – erst einmal nach dem von Au-

gust Bebel hoch geschätzten Hugo Haase[2], einem der ehemaligen und heute leider weitestgehend vergessenen langjährigen Vorsitzenden der deutschen Sozialdemokraten. Dieser war zu seiner Zeit *der* linke Protagonist, und damit auch der einzige wirklich ernst zu nehmende Rivale Friedrich Eberts, und galt innerhalb der Parteiführung nach der Jahrhundertwende als erklärter Gegner von Gustav Noske! Der Königsberger Rechtsanwalt und überzeugte Pazifist forderte, beginnend mit seiner Abgeordnetentätigkeit im Reichstag, dem er erstmalig 1898 angehörte, sogleich und mit Nachdruck eine internationale Rüstungskontrolle gegen die zunehmende Militarisierung in Europa. Er warnte eindringlich vor der Gefahr eines heraufziehenden Weltenbrandes und verteidigte diese Einsicht selbst dann weiterhin vehement, als die Befürworter der Kriegspolitik in seiner sozialdemokratischen Fraktion, am Beginn des Ersten Weltkriegs, längst schon die Oberhand gewonnen hatten. Für diese konsequente Haltung wurde er schließlich aus der Reihe seiner Mitstreiter ausgeschlossen! Aber mit zahlreichen der einst ihren ursprünglich gemeinsam vertretenen Idealen treu gebliebenen Genossen gründete er umgehend die USPD. Seine Gesinnungsfreunde wählten ihn sofort wieder zu einem ihrer beiden neuen Vorsitzenden. Er starb im November 1919 an den Folgen eines auf ihn verübten Attentats. An diesen unbeugsamen Internationalisten durch die unmittelbar nach dem Zweiten Weltkrieg noch ehrenhalber erfolgte Verleihung eines Straßennamen indes fürderhin weiter tapfer zu erinnern, das erschien den aktuellen und umständehalber in erster Linie nun vor allem zielorientiert denkenden Siegern der Geschichte auf diesem Flecken Erde, von dem hier die Rede ist – und als Sieger verstanden sich die mittlerweile überall tätigen Konstrukteure des neu zu erschaffenden Menschengeschlechts selbstverständlich sehr gern – dann auf einmal plötzlich wohl doch nicht mehr opportun. Sie waren aus den Zuchthäusern und Konzentrationslagern der Nazis und aus dem weltweiten Exil heimgekehrt, um in diesem Teil Deutschlands endlich etwas Neues aufzubauen. Sie hatten während der erzwungenen Abwesenheit von der Heimat leidvoll am eigenen Leib erfahren müssen, was Missbrauch von Macht bedeutet. Das sollte und durfte nie wieder sein! Aber die Führungsstellen bei jenem so lange schon herbeigesehnten Aufbauwerk, die besetzten die sowjetischen Sieger natürlich sehr gern und vorzugsweise mit Männern und Frauen, die in erwiesener Gegnerschaft zum untergegangenen Regime gestanden hatten. Sie erhielten von ihnen das dafür notwendige Vertrauen vorerst nur als Lehen auf Zukunft geschenkt. Es lag bei ihnen, die in sie gesetzten Erwartungen durch Taten zu rechtfertigen. Fortan arbeiteten diese von der Besatzungsmacht Auserwählten nun inmitten *und mit* ihren vormaligen Gegnern. Kein leichtes Unterfangen. Doch sie wussten ja aus eigener bitterer Erfahrung schließlich am besten, was getan werden musste. Und sie zeigten das auch her. Infolge ihrer Überzeugungen, Einsichten und Entscheidungen in den sich daraus ergebenen Umständen, gehörten sie allerdings unweigerlich auch einem der sich in Europa bald darauf erneut gegenüberstehenden – und wie im rauschhaften Selbstlauf permanent immer weiter hochrüstenden Militärblöcke an. Dieses Mal freilich – so ihre ganz sichere innere Gewissheit – dem richtigen! Konnte da etwa – im durchaus denkbaren Ernstfall eines Konflikts mit der anderen Seite – ein pazifistischer Sozi als erinnerungswürdiges Vorbild wirklich noch passen?

„Nö –, da wird die entsprechende Verkehrsader doch eben besser nochmal umgetauft! So weit, einen solch störrisch-konsequenten Kriegsgegner durch die Benennung einer Straße nach ihm – und womöglich bis in alle Ewigkeiten hinein – zu ehren, so weit sind wir nun doch nicht! Können wir auch gar nicht sein. Das mit dem Hugo Haase, das war von den Genossen der ersten Stunde – im verständlichen und deshalb im Grunde eigentlich auch verzeihbaren Überschwang – eigentlich ein bisschen zu vorschnell und zu übereifrig. Oder in Alltagssprache, so, dass es unsere Menschen auch verstehen können: Da werden wir auf dem Weg – das walte Hugo! – wohl oder übel erst noch einige Opfer zu erbringen haben. Da werden wir uns – vor dem kommenden Schlachten – vermutlich noch so manchen, und uns dann ganz bestimmt auch noch verflucht teuer kommenden Sieg erkämpfen müssen … Das mit dem Haase, das war zum jetzigen Augenblick zumindest, leider, schlicht ein ganzes Stück zu weit *vor* der Zeit."

Dann doch eher Weinert![3]

Im Nebeldunst des Morgengrau, wenn nach dem Nachtschlaf der Hunger nach dem Tagwerk wieder leise zu nagen begann, erwachte das Leben in der Straße erneut von vorn: halbstündlich eine Bahn! Schlag sechs erhöhte sich der Takt dann zügig auf die üblichen fünfzehn Minuten: zack, zack, zack, zack – und schon wieder war ne Stunde um! Solch ein nimmer-satt-gefräßiges Werk verlangte und verschlang – gierig und tumb, und unablässig, und ohne dabei irgendwelche Reste übrig zu lassen – vollständig das gesamte ihm dargebotene Futter.

Sein Verlangen blieb trotzdem unstillbar.

Dabei schmatzte es, patschte, klirrte, klapperte und schnurrte in einer Tour: noch mehr und noch mehr! Es nuckelte, ketschte, biss, fuchtelte und rülpste. Es kniff, boxte, stieß, trat und grapschte ...

Und wieder und wieder gemahnte es an Wachstum: Überholen ohne einzuholen! Noch mehr und noch mehr!

Die Häuserfront daneben, einst hochgewachsene alte Pracht, zeigte immer noch die Luftkriegsmale. So man sogar nur einen Augenblick lang wähnte, es wäre mit der Errichtung des Baus zugleich auch die Zeit des Friedens ausgebrochen – was hätte die Fassade schließlich glanzvoll, schön und unzerstört, pompös und fort und fort am Platz seit damals prunken können – kippte das Behagen dann umso mehr in den Verlust. Die Realität vor Ort entlarvt jedes noch so wohlige Gespinst erbarmungslos.

Gleichwohl, seit Hirne denken können, verzehrt sich wie gehabt – und stets auch neu, und frisch, und somit ewiglich – die unausrottbare Sehnsucht nach der zwar scheu erträumten (aber auch hier schon wieder *fehlenden) Hälfte* – so gänzlich ohne Krieg. Flatternde Schemen spuken dann vorbei. Die hoffnungsvolle Fata Morgana: ein schwebend lockender Luftschlosstraum milde gestimmter Jungmenschenhorden auf sommerlichen Veranden für immerdar ... Indes gilt aber ebenso: Bodennah gelebte Leben verlaufen in der Regel sehr gewöhnlich. Und: Wetter ändern sich ganz ohne unser Wollen. Und: Wünschen bleibt uns unerschöpflich. Geschlechter und

Geschlechter kommen oder gehen im Rhythmus der Natur! Und: Jeder stattgehabte Krieg kehrt früher oder später an seinen Ausgangspunkt zurück. Ist ja im Grunde recht und billig – also teuer! War auch hier nie anders.

Nach dem erfolgten Desaster, mit diesen den Verteidigungswillen der Bevölkerung brechenden Bombenteppichen der Alliierten auf meine Heimatstadt Leipzig, in den frühen vierziger Jahren des zwanzigsten Jahrhunderts, zeigte die Fassade nunmehr also nur noch im unteren Teil der straßenseitigen Frontansicht ihre hohen Bogenfenster. Aber selbst diese Reste prunkten noch Jahrzehnte später durch ihre opulente Darbietung von Pracht. Da die Straße dafür breit genug war, eröffnete sich jeder zum Sehen bereiten Person die Chance, das Panorama der vergangenen Gesamtkontur des Hauses qua Vorstellungskraft in sich aufzunehmen. Man musste einfach nur einige Schritte zurückzutreten: Ruinen als die Sinne anregende Mahnung zum Denken! Das wurde immer dann ganz besonders eindrücklich, wenn vereinzelt fette Wolken am hellhohen Himmel entlang zogen. Jeder Betrachter konnte in diesem Spiel, bei etwas Glück, mit einem stilvoll gespiegelten Wechsel von Licht und Majestät belohnt werden. Wahrscheinlich sind es solche Momente in sich gekehrten Schauens, welche durch das beharrliche ‚Dennoch‘ ihres Vorhandenseins, jene unausrottbare Manie nach dem Ruch vom gerechten und gütigen Frieden wieder und wieder neu zu entfachen vermögen. Übrigens: Der Bau war einst erst kurz vor *ultimo* des ersten Großkrieges, gemeinsam mit dem um die Ecke in der Nordstraße befindlichen Stadtbad, begonnen worden. Justament in dieser Epoche verlor das Deutsche Reich nahezu seinen sämtlichen, und bis dahin allerdings auch entsprechend rücksichtslos zusammengeraubten Überseebesitz. Ausgehende Kaiserzeit – untrennbar verbunden mit den zugleich grandios zerbröselnden und letzten Endes unabänderlich zerrinnenden imperialen Träumereien vom ersehnten, vielleicht doch noch irgendwie möglichen deutschen *Weltreich* … Dieserart Fantasien jedoch ungeachtet: Hier vor Ort, da protzten die Herren im Finale immerhin so fulminant, als könnten dadurch die Intimi ‚Fortschritt' und ‚Industrialisierung' – als ihre natürlich verbandelten Geschwister – welche es sich inzwischen selbstzufrieden und wohlbestallt in der elterlichen Heimatstube, im Haus der heimeligen Gründerzeit der Alten Welt, schon recht kommod eingerichtet hatten, ihr den unaufhaltsam heraufziehenden Weltenbrand in letzter Minute doch noch ersparen.

Der erhoffte Effekt blieb aus. Zwar verzog sich der Schwefelgeruch im schwelenden Europa wider Erwarten vorerst sogar noch einmal; ja, er verpuffte geradezu kurzzeitig für ein, zwei weitere Jahreswechsel. Aber Anfang August des Jahres 1914, da war es dann so weit; da sprach der den Traditionen seiner Klasse und seinen eigenen Weltmachtfantasien innig verhaftete, fünfundfünfzigjährige Friedrich Wilhelm Viktor Albert von Preußen, letztgekrönter Deutscher Kaiser aus dem ‚Dreikaiserjahr 1888', Wilhelm II., zu seinem ihm ergeben lauschendem Volk:

Seit der Reichsgründung ist es durch 43 Jahre Mein und Meiner Vorfahren heißes Bemühen gewesen, der Welt den Frieden zu erhalten und im Frieden unsere kraftvolle Entwickelung zu fördern. Aber die Gegner neiden uns den Erfolg unserer Arbeit.

Alle offenkundige und heimliche Feindschaft von Ost und West, von jenseits der See haben wir bisher ertragen im Bewusstsein unserer Verantwortung und Kraft. Nun aber will man uns demütigen. Man verlangt, dass wir mit verschränkten Armen zusehen, wie unsere Feinde sich zu tückischem Überfall rüsten, man will nicht dulden, dass wir in entschlossener Treue zu unserem Bundesgenossen stehen, der um sein Ansehen als Großmacht kämpft und mit dessen Erniedrigung auch unsere Macht und Ehre verloren ist.

So muss denn das Schwert entscheiden. Mitten im Frieden überfällt uns der Feind. Darum auf! zu den Waffen! Jedes Schwanken, jedes Zögern wäre Verrat am Vaterlande.

Um Sein oder Nichtsein unseres Reiches handelt es sich, das unsere Väter sich neu gründeten. Um Sein oder Nichtsein deutscher Macht und deutschen Wesens.

Wir werden uns wehren bis zum letzten Hauch von Mann und Ross. Und wir werden diesen Kampf bestehen auch gegen eine Welt von Feinden. Noch nie ward Deutschland überwunden, wenn es einig war. Vorwärts mit Gott, der mit uns sein wird, wie er mit den Vätern war!

Und endlich krachte es umso heftiger!

Im rechten Teil der v-förmig angeordneten Flügel des Gebäudes hing ein mittlerweile verlottertes und funktionslos gewordenes schmiedeeisernes Eingangstor in seinen vergammelten, seit Ewigkeiten nicht mehr gefetteten Scharnieren. Die beiden Teile des Portals waren tatsächlich schon jahrelang sperrangelweit geöffnet. Im Schwenkbereich der Tore sprießten drahtige

Unkrauthalme. Jetzt erkennbar außer Funktion, hatte sich die Einfahrtpforte einst zur Abgrenzung gegen ‚draußen' erfolgreich bewährt. Selbst noch durch die tröge Folgezeit der anwachsenden Gleichgültigkeit hindurch hatte sie weiter existiert, und sich bis heute eisern behauptet. Geschichte und Geschichten! Doch die unaufhaltsamen Abfolgen der Jahre, Monate und Tage sind letztlich einfach drüber hinweggegangen. Es gab ja in der Tat auch keine wirklich einleuchtende Veranlassung, etwas grundlegend anderes zu erwarten. Hin und wieder seufzten die Flügel noch ein wenig um Öl. Und manches Mal provozierten sie damit tatsächlich die sentimentale Nachsichtigkeit eines im dortigen Umfeld beschäftigten Kollegen. Er erbarmte sich dann samt seiner grünen Metallkanne mit dem überlangen Hals und tränkte die dürstenden Scharniere. Aber alle Versuche des Tors, auch weiterhin klagend an seine große Vergangenheit zu gemahnen, liefen schließlich immer öfter ein ums andere Mal ins Leere. Der Kollege blieb eines Tages ganz weg, und der Durchgang zwischen den Flügeln von nun an ständig offen.

Rost hatte gesiegt.
Gestern war gestern.
Thema durch.
Interessierte nicht.
Also rührte keiner mehr dran.

Das – bedeutete Vergessen – genau das!
Aber nicht allein wegen der mit dem Einzug der neuen Zeit, und jener damit auch schleichend heimisch gewordenen

Schlamperei, waren sämtliche Versuche funktionaler Wiederbelebung letztlich erfolglos geblieben. Nein, es lag wohl eher – und möglicherweise sogar vor allem – an der mangelnden persönlichen Verantwortung einiger weniger! Unterm Strich – und also genau betrachtet – vielleicht tatsächlich nur an diesem einen, ominösen und fehlenden, also eben *nicht* verabreichten Tropfen Öl zur rechten Zeit! Oder um es mit anderen Worten zu sagen: wegen des für eine Reparatur unnützen und somit nicht zwingend notwendigen gigantischen Kraftakts, der, zur Abhilfe des stetig zunehmend traurigeren und zuletzt sogar deprimierend trostlosen Zustands und für den gedeihlichen Fortbestand des Torflügels zur ehemals vorbestimmten vollständigen Zweckerfüllung, aber unabdingbar gewesen wäre! Demzufolge wuchs sich nun diese ehemals so winzige Ursache schließlich ins Gigantische aus. Und so wurde die einst bestens und super funktionierende Schließeinrichtung zur Abschottung vor der Welt da draußen, im Ergebnis, und zum betrüblichen Ende hin, in bedauernswerter Weise eben schlicht links liegen gelassen. Ja, sie gab sogar durch ihre nun dem Gammel und dem Verfall preisgegebene Existenz Beispiel, und lieferte schlüssige Gründe für despektierliche Bemerkungen. Und nicht nur einer fragte sich schließlich ihretwegen – anfangs zwar noch halb im Scherz, am Ende durchaus ernsthaft und zunehmend dringlicher: War *das* jetzt etwa der vielbeschworene Fortschritt? Wie lautete nochmal der Mut-machen-sollende, aber eigentlich doch resignierend-traurige Witz für alle armen Schlucker dieser Welt: „Besitz belastet!"

In unserer damals real existierenden *Republik der Habenichtse und Besitzlosen* unter den allenthalben behaupteten Gleichen, die romantischerweise von Tischlern, Maurern, Schlossern und Dachdeckern angeführt wurde, welche übrigens ihre dafür notwendige Befähigung vor aller Augen im gesellschaftlichen Großversuch allerdings erst noch zu erwerben trachteten, lautete die offiziell verkündete Mähr: „Alles gehört dem Volk!"

Nun gut, sei's drum – wer's glaubte …

Die wuchtige Säule, welche die komplette Anlage der Aufhängung des Tors einst funktional ganz organisch in sich aufgenommen hatte, wurde von seinen Erbauern offensichtlich bewusst und aus gutem Grund – also von Anbeginn an – sogleich vollständig in die abgrenzende Mauer zum Nachbargrundstück hinein integriert. Sah eben nicht nur schöner aus und wirkte stabiler, sondern *war* somit sogar auch wirklich deutlich solider, als irgend so ein beliebiges Wackelkonstrukt. Und es hielt natürlich einfach viel länger. Der Beweis war ja auch hier sichtbar erbracht! Und so trug sie, nach fast einhundert Jahren ihrer Existenz, als oberen Abschluss immer noch zwei Reihen rote – und trotz aller darüber hinweggegangenen Unbilden und Widrigkeiten sämtlicher Wetter und Zeiten – völlig intakte Dachschindeln, als seien diese gerade erst gestern aufgelegt worden. Was für eine Qualität! Dennoch: Dieser beachtenswerte Aufwand an Material war – nach aktuellen und sich ja auch damals schon am ‚Primat der Ökonomie' orientierenden Maßstäben – in Summe und vom Ergebnis her eigentlich nutzlose Staffage geblieben! Ein wohl teuer erkaufter Zeitaufschub beim langsamen Sterben eines einst auf Qualität achtenden Geschmacks ihrer Erschaffer bestenfalls, mehr doch eigentlich nicht. Ob sich deren früherer Kraftakt beim Einsatz für die Belange der Ästhetik je für irgendjemanden wirklich nachhaltig gerechnet hatte?

Die Antwort auf diese Frage erübrigte sich, so steht zu vermuten, für eine ansehnliche Vielzahl von Buchhaltern natürlich sofort. Ob und wie umfassend sich grundsätzlich in den Folgejahren die Sehnsucht nach einer ‚Einheit von Schönheit und Solidität am Bau' in unseren wachsenden Städten – letztlich auch durch solch ein soeben angeführtes Beispiel – befeuern ließ, und vereinzelt sogar ausleben durfte, hat jeder, der zu schauen imstande war, am aktuellen Erscheinungsbild jüngerer deutscher Ballungszentren bei Bedarf längst ablesen können. Dabei war es schließlich völlig irrelevant geworden, ob die hinter- und nebeneinander aufgereihten rechteckigen Wohnschachteln den Menschen nun in Süd und West, oder Nord und Ost, Existenz und Heimat anboten. Die Gewissheit, dass auch künftige Bauherren das Begehren nach Stabilität und Ansehnlichkeit weiterhin wertzuschätzen wissen, wird aber hoffentlich ‚ich-weiß-nicht-wem-ich-dafür-danken-soll' zumindest noch solange weiterleben, wie Menschen naturgegeben, also eben manchmal tatsächlich ‚nur so', und ohne darüber hinaus sofort einen noch weiteren und hehren Zweck zu verfolgen, schaffend existieren; und sie dabei dem Schönen – was es auch gerade ist, oder war, oder sein soll, und weil es zuzeiten tief in einige von ihnen eingepflanzt worden war – voller ernsthaftem Spaß einfach an- oder nachhängen!

Der Durchgang zum nächsten sich unmittelbar anschließenden Bürotrakt der Straße wurde von einem weiteren Gittertor versperrt. Auch an diesem Gebilde bröselte schon lange die Farbe. Alle oberflächlichen Pinseleien, die dazu dienten, die vorhandenen Schadstellen durch Übertünchen wenigstens teilweise zu kaschieren, um das nagende Gewissen eines dafür Verantwortlichen möglicherweise etwas zu beruhigen, wirkten im Ergebnis aber dann doch nur wieder einmal wie ein modernistisch anmutendes Hell-und-Dunkel-Flickenwerk eines vor sich hin stümpernden Kunsteleven von der Hochschule hinter dem alten Reichsgericht. Immerhin war durch etliche nicht zu übersehender Konservierungsbemühungen die Funktionstüchtigkeit der Schließeinrichtung vorläufig erst einmal überhaupt abgesichert worden. Durchschritt man also das Tor, stand man bereits nach wenigen Tritten am sich seitlich befindlichen Eingang des Hauses. In der rasant wachsenden Stadt der Gründerzeit, in welcher das Werk einst konzipiert worden war, gab es auch damals schon keinen einzigen Meter Baugrund zu verschenken. In einer Fabrik durfte schließlich niemand einfach sinnentleert lustwandeln, dort wurde zweckdienlicher Gewinn erwirtschaftet! Jeder investierte Quadratmeter, auch jede geleistete Arbeit, sollte und musste eine wahrnehmbare Rendite abwerfen. Das war der Plan. So banal funktionierte und funktioniert die Idee der Profitoptimierung natürlich schon zu allen Zeiten! Die zahllosen und seit Anbeginn folgenden alternativen Versuche und Utopien dagegen, welche den Gepflogenheiten dieser ungeniert dem Mammon frönenden Renditejägern entgegenstanden und dabei den Menschen alternativ als realistisch erreichbare Sehnsuchtsziele ‚Gleichheit, Freiheit und Brüderlichkeit' verhießen, waren ja bisher sämtlich grandios gescheitert. Sie gehören als uneingelöste Versprechen bis heute in den Kanon der Romantik. Wer also trotz aller Erfahrungen der Vergangenheit Vergleichbares oder Ähnliches proklamiert und verkündet, und selbst noch nach der Lektüre der Tagebücher von Henry Sanson, dem Henker von Paris, unverzagt und unbeirrbar weiterhin den zugegeben zauberhaften Idealen der Französischen Revolution anhängt und ihnen gar nachstrebt, sollte zumindest über einen langen Atem verfügen. Das wird kein Spaziergang! Es wird auf diesem Weg hilfreich sein, zu wissen, wie aufreibend die Überführung von Ideen und Träumen in die Gepflogenheiten des gewöhnlichen Alltags werden kann. Aber die Hoffnung hinter den *Sieben Bergen* lebt!

Den Zugang zum Haus – gleich nach dem Tor – sicherte seit jeher eine robuste Holztür. In ihrem Zentrum mittig durch flache Riegel aus Metall – und somit im Sinne des Wortes *solide* verstärkt – wurde sie morgens vom Hausmeister auf den Punkt (exakt um 5.30 Uhr) aufgesperrt, und pünktlich (ebenso exakt um 19 Uhr) auch wieder verschlossen.

Politische öffnen und schließen
Tag um Tag Systeme.
Schließen
Öffnen
Wechseln.

Seit unendlichen Zeiten wiederholte sich dieser ewig gleiche Vorgang.

Auf den Kreinbring Horst, da war einfach stets Verlass! Er war zeitlebens nie richtig krank gewesen. Hatte bislang das Glück des Tüchtigen an seiner Seite gehabt. War natürlich auch mit der dafür entsprechend robusten Gesundheit – als wesentliche Voraussetzungen – von Mutter Natur beschenkt worden. Und

wünschte sich, dass dies weiterhin noch möglichst lange so
bliebe. „Und dafür", bekundete er (gefragt und ungefragt), „set-
ze ich mich gegebenenfalls nicht nur mit halber, sondern mit
voller Pulle ein! Und wenn es sein muss, würde ich mich breit-
schlagen lassen, und dafür sogar diese weibisch-unmännliche
Gymnastik machen: Jeder Mann an jedem Ort – einmal in der
Woche Sport!"

Ein ‚Blauer Montag' etwa, das war für Horst, weil der eben ein
richtiger Kerl war, kein erstrebenswerter Begriff der Sehnsucht,
sondern der Schande! Und solcher Einstellung strikt folgend
beräumte er auch, wenn es witterungsbedingt eben notwendig
wurde – also im Winter zum Beispiel – den Zugang zur Werks-
leitung lieber gleich selbst vom frisch gefallenen Schnee. Wenn
er in seinem Leben etwas gelernt hatte, dann dies: „Nur auf das,
was du selber tust, kannst du dich letztlich wirklich verlassen."
Und so schabte, hackte, kratzte und stumpfte er ab – Winter
um Winter. Und gegebenenfalls auch am Wochenende, immer wieder. Sollte sich ja schließlich niemand in seinem Ver-
antwortungsbereich etwa noch die ‚Geh-Ruten' brechen: „Das
fehlte gerade noch!"

Horst ging selbst so weit, dass er, wenn es sein musste und die
Umstände es eben einforderten, bei Bedarf auch mehrmals täg-
lich sämtlichen vom Wind angewehten Unrat vom Weg putzte.
Da mochte doch denken, wer wollte! Und da war ihm, Horst
Kreinbring, auch die Jahreszeit am Ende schnurzegal: „Zugang
ist Zugang. Der hat zu jeder Zeit frei zu sein!"

Horst war sich zum Beispiel auch nie zu schade, die oft genug von allem möglichen Unrat überquellenden Abfallkübel
– schon vor Ablauf des üblichen Entleerungsturnus – eigen-

händig mit dem zweirädrigen Fahrradanhänger zum Stahlbehälter neben dem Kohlebunker im Werk zu karren. Und das natürlich lange bevor das Zeug – besonders im Sommer – etwa auch noch zu stinken anfing. Da musste man doch einfach flexibel bleiben und durfte sich nicht weiter sklavisch an sonst wo veröffentlichte Vorschriften halten; welche sich bestimmt so ein furztrockner Bürohengst aus Langeweile oder Jux und Tollerei irgendwann mal ausgedacht hatte. „Arbeit schändet nicht! Und jetzt mal allen Spaß beiseite gelassen – eins ist doch auch Fakt: Der direkte und gefahrlose Weg zur Leitung, der hat – über die gesamte Dauer der Dienstzeit, und wirklich für sämtliche Kollegen, und übers gesamte komplette Jahr, und das zu jeder x-beliebigen Tageszeit – offenzustehen! Darauf kommt es nämlich an!"

An derartige Prämissen glaubte Horst Kreinbring – und er hielt sich sogar dran! Und wenn das Gespräch tatsächlich einmal auf solcherart Themen kam, sagte er auch gern gleich Sätze wie: „Da gibt es keine Ausnahme – weggeräumt wird gefälligst zum richtigen Zeitpunkt! Wenn's notwendig ist. Und ohne, dass einem da vorher erst noch faulender Mief die Nase umnebelt. Wäre ja noch schöner! Genau dafür ist jeder von uns mit verantwortlich. Das sagt einem ja eigentlich schon der gesunde Menschenverstand. Da brauche ich doch niemand von *oben* dazu. Also ich zumindest – ich sehe das ganz einfach so! Verstehst du mich?"

Und dann karrte er den ganzen anfallenden Mist eben einfach gleich selber zum Container. Da wusste er wenigstens auch, dass es klappte. Wer zu den Chefs kam, der sollte schließlich einen klaren und keinen durch Gestank umnebelten und durch gammliges Zeug schon schwummrig gewordenen Kopf haben müssen. Das war für Horst eine ganz selbstverständliche Frage der Hygiene. Einerseits im Miteinander – zum anderen natürlich auch im gesunden Umgang untereinander.

Der Kasten aus Stahl, der die schier unermesslichen Mengen rottenden Drecks erst einmal stetig und pausenlos zu verschlingen schien, wie ein von Seepocken besiedelter Wal das unablässig um ihn wabernde ewige Plankton, befand sich direkt auf dem riesigen und nach Georgi Dimitroff benannten Kraftwerksgelände, nur wenige Meter neben einer vormals hellgelben Klinkerwand. Der namensgebende bulgarische Kommunist war, anfangs sicher ungewollt, einst zum Gegenspieler des fetten Reichsmarschalls Göring beim zuzeiten weltberühmt gewordenen *Reichstagsbrandprozess* aufgestiegen. Übrigens: Dieser Dimitroff musste von den Nazis – nach einem international Furore machenden Gerichtsverfahren, bei dem sie ihm, sehr zu ihrem Ärger übrigens, seine Mitschuld nicht beweisen konnten – letztlich sogar zähneknirschend in die verhasste Sowjetunion abgeschoben werden. Dort, in Moskau, wurde dem ,Held von Leipzig' nach seiner Freilassung im Februar 1934, ein triumphaler Empfang bereitet. In der selbst ernannten ,Welthauptstadt der Kommunisten', auf dem dort gerade stattfindenden Kongress der Komintern, wählten ihn dessen Delegierte einstimmig zu ihrem Generalsekretär. Dieses Amt – welches er in den folgenden Jahren inmitten des immer mehr erstarrenden Herrschaftsbereichs des von Lenin noch kurz vor seinem Tod als Führer der Partei als zu ,grob, intolerant und launenhaft' charakterisierten Despoten Stalin – einerseits abenteuerlich geschickt, und andererseits bis an die

Grenze der Selbstaufgabe kompromissbereit – ausbalancieren musste, bekleidete er bis zur endgültigen Auflösung der internationalen Organisation im klirrendkalten Kriegsjahr 1943!

Das mit dem Wal und den Seepocken wiederum, das hatte sich Horst vor allem auch deshalb gemerkt, weil einer der Heizer vom *Dimitroff* drüben von seiner gerade erst kürzlich zurückliegenden Reise zu seinem älteren Bruder nach Kanada erzählt hatte. Dieser war nämlich, nur wenige Jahre nach dem Krieg, also gleich am Anfang der Fünfziger, in die französische Fremdenlegion abgezischt. Warum und weshalb, darüber wurde unter den Kollegen allerdings nie gesprochen. Und nachdem er anfangs noch in Indochina, später dann in Afrika seinen Dienst abgeleistet hatte, zehn Jahre sollen das insgesamt gewesen sein – sagte zumindest sein Bruder im Vorfeld seiner Reise dann doch einmal – ist er danach, ohne auch nur noch ein einziges Mal in seine Heimat zurückgekehrt zu sein, direkt und schnurstracks nach Kanada ausgewandert. Und dort hat er dann, weil er zu Hause eigentlich einmal Bäcker gelernt hatte, dort hat er dann also, in den Mittsechzigern des zurückliegenden Jahrhunderts, tatsächlich die *Pfannkuchen* eingeführt. Er hatte sich nämlich, mit dem aufgesparten Rest vom Sold und der komplett ausbezahlten Abfindung für seine abgeleisteten Söldnerdienste, sofort da oben – in so einem kleinen Nest auf Vancouver Island, das ist in der Nähe von Tofino – selbstständig gemacht. Und die in Kristallzucker eingehüllten und mit Marmelade gefüllten Pfannkuchen, die sind dort, mitten in Kanada (als er gesehen hat, wie das faustgroße und in Fett ausgebackene und dann üppig überzuckerte Siedegebäck bei der Kundschaft abgegangen ist, da hat er natürlich auch ‚die Glasierten' gleich noch hinterher geschoben) eingeschlagen wie eine Bombe! Und so ist der Bruder von dem Heizer aus dem *Dimitroff* (dessen eigener und vom Heizer wirklich glaubhaft verbürgter Rede nach), und das sogar relativ schnell, zu einem ziemlich ansehnlichen Vermögen gelangt. Und als dann bei ihm ein Jubiläum anstand – er war vom Jahrgang her ein ‚Neunzehnfünfzehner' – das musste demzufolge also dann seine halbe Hundert gewesen sein – da hat der Neukanadier eben seinen kleinen Bruder aus dem Osten, in wirklich großzügiger Weise, und tatsächlich für *drei (!)* Wochen, zu sich nach Hause, also nach Kanada, eingeladen. Er wollte ihm sicher auch zeigen, was aus ihm, dem einstigen Auswanderer, dort geworden ist – und wie er nun so lebt! Und der ihm Nachgeborene, also der Heizer-Kollege vom Horst, der hatte dann bei den dafür zuständigen Behörden seiner Heimatstadt Leipzig einen Antrag gestellt – ohne den wäre die Reise ja auch überhaupt gar nicht möglich gewesen – und also durfte er, der Heizer, ob man's nun glaubt oder nicht, und völlig ohne irgendwelches Brimborium, tatsächlich über den halben Erdball hinweg zu ihm – seinem Bruder – ‚auf Familienbesuch'. Und der große Bruder, der das alles natürlich auch finanziert hat: den Flug und die drei Wochen sowieso (woher hätte denn der Kollege von Horst die dafür unerlässlichen Devisen auch nehmen sollen, für diesen immerhin 21-Tage-Trip), der hat ihm dann, an seinem ersten und zufällig leuchtend sonnigen Samstag dort am Ort, mit einem gecharterten Motorschiff, in so einer gigantisch daliegenden Meeresbucht, den jährlichen Durchzug der Grauwale gezeigt. Es blies – Horst: „dem seinem Bericht nach" – an diesem Tag, trotz aller Sonne und dem mithin ganz prachtvollen Wetter, aber immer noch – und auch ständig, ein ziemlich kalter Wind – Und auf den Kronen der Wellen stieben zerruppte Fetzen weißer Gischt. Und dann hat der kleine Bruder von dem Bäcker, also der Kollege von Horst, es tatsächlich mit seinen eigenen Augen sehen können: Wie die riesigen, weißgefleckten Tiere mit Kopf und Oberkörper aus dem Wasser aufsteigen, samt all dem Muschelzeug, den Seepocken und dem ganzen anderen Meeresgetier, und was alles sonst noch an ihnen haftete. Und wie solch ein atemberaubender Koloss nach seinem Sprung dann wie ein gewaltiger Berg zurück in sein Element klatscht. Und man für einen Augenblick von dem Gedanken durchzuckt wird: Jetzt kentert das Schiff! Und wie das Vieh dann für lange, für schier endlose Minuten, abgetaucht bleibt, um schließlich erneut und majestätisch doch wieder aus dem Meer aufzusteigen, wie das eben nun mal seine ganz natürliche und selbstverständliche Wal-Art ist.

„Das war fantastisch. Da fehlen dir, kannste mir glauben, die Worte. Die bleiben dir da regelrecht im Halse stecken. Das ist einfach unbeschreiblich."

Ja, dieser Kollege hatte mit seinen Augen das andere Ende der Welt gesehen. Und als der Heizer das ihnen so brühwarm, also Horst und den übrigen zufällig anwesenden Kollegen, an jenem Tag geschildert hatte, was das für ein Erlebnis für ihn gewesen sei, welches er in seinem ganzen Leben: „Das ist doch klar wie Kloßbrühe!", nie und um keinen Preis mehr vergessen würde können, da spürte ein jeder von denen, die bei diesem Erzählen dabei gewesen waren und die sich noch einen Rest Empfindsamkeit bewahrt hatten (und das jenseits all der gesagten oder eben auch der noch nicht gefundenen Worte – oder vielleicht sogar besonders gerade deshalb!), etwas von der inneren Erschütterung, welche dieses grandiose Schauspiel im Nordatlantik im Inneren ihres Heizer-Kollegen ausgelöst haben musste. Und genau in diesem, im Nachhinein der Erinnerung so besonderen Moment, saß Horst Kreinbring eben in dieser begierig lauschenden Männerrunde mittenmang, und er konnte auch wahrnehmen, wie der tickende Wandregulator im Eichenholzkasten an der Wand hinter ihm, die Sekunden seines eigenen Lebens gleich mit aufsammelte. Und er verdankte es diesem puren Zufall seiner Anwesenheit, dass er das mit dem Wal und dem Meer und dem Pfannkuchen überhaupt erfahren hatte, und er schmeckte sogar, wenn er sich später wieder einmal dieses Nachmittags erinnerte, Salz; und er war dann noch jedes Mal gleich aufs Neue ganz erfüllt von all den beglückenden Bildern dieser für ihn damals unerhörten ‚Erzählchens‘ …

Das Kraftwerk selbst hustete indes unverdrossen, aber mittlerweile tatsächlich über die vollen vierundzwanzig Stunden solche unübersehbare Mengen von Dreck aus, dass die Steine im Lauf der vergangenen Jahre dadurch vollständig aschgrau eingefärbt worden waren und sich ihr ursprüngliches Gelb nur manchmal noch – etwa, wenn sie nach Regengüssen feucht schimmerten oder sie von den wechselnden Jahreszeit in fette Nebelschwaden gehüllt wurden – ahnen ließ. Übrigens, anfallende Überstunden rechnete Horst Kreinbring, weder sommers wie auch winters, nie ab. Der Betrieb war schließlich sein Leben. Und das Leben resümierte er doch nicht über eine Kalendervorgabe, sondern bestenfalls vom Ende her! Und noch – und das hoffentlich *noch lange* – war er ja nicht tot! Was sollten denn da überhaupt solche seltsamen und von sonst wem festgelegten Knickrigkeiten? Und wenn es eines Tages so weit sein würde, dann wär er ja schließlich gar nicht mehr da – na also!

„Überstunden – pah!" Sein Spruch für dieserart Zusammenhänge lautete immer: „Ganz oder gar nicht! Ein *bisschen* schwanger gibt's ja schließlich auch nicht."

Das Beispiel mit der Schwangerschaft hatte er in dem *Zweiundzwanzig-Tage-Buch*[4] in einem völlig anderen Zusammenhang gelesen. Aber es gefiel ihm so gut und erschien ihm auf Anhieb auch dermaßen schlüssig und plausibel, dass er es fortan bei jeder ihm passend erscheinenden Gelegenheit ebenfalls nutzte. Schließlich gehören die Worte nicht einem allein, sondern waren, einmal öffentlich geworden, fortan im Besitz aller Menschen!

In der Nachtschicht flatterte sämtlicher angehäufte Mist ohne jede Fisimatenten gleich in den Ofen: „Für Mätzchen ist hier keine Zeit. Fort mit dem Kehricht!"

Was Mist war, das bestimmte Kreinbring. Nur so konnte es im Revier sauber bleiben und er in dauernder Bewegung. Und nur so bleibt der Mensch auch elastisch! Die Kollegen kannten ihren Hausmeister. Die wussten, was sie an ihm haben und wie er tickt. Ja, diesen Respekt hatte er sich erwerben müssen, dass sie ihn so sahen. Es war ihm nicht geschenkt worden. An seinem eigenen Bild hatte er wirklich hart gearbeitet. Es war ihm wichtig, nicht irgendwer zu sein. Er wollte in den Augen der anderen der sein, der er geworden war. Und dabei ehrlich zu bleiben, das war schon schwer genug. Aber eigentlich auch längst gegessen. Er hatte sich, selbst nach längerem Nachdenken, keine wirklich gravierenden Vergehen vorzuwerfen. In ,seinem Bereich', dort, wo er schalten und walten konnte wie er es für richtig erachtete, das wusste jeder, den man danach fragte, da sorgte Horst seit dem ersten Tag seiner Arbeit im Werk für penible Ordnung. Ordnung und Sauberkeit – da war er unerbittlich.

„Eben. Und darauf kann sich jeder verlassen – jeder! Das ist wie im richtigen Leben: Nehmen und Geben."

Horst Kreinbring verstand sich von Anfang an als verlängerter Arm der Betriebsleitung in das Werk hinein. Er wollte in dieser Rolle einfach ein fairer Ansprechpartner für die Kollegen sein – und vor allem: es auch bleiben. Denn so sah er sich: Ein im Sinne des Wortes ehrlich bemühter Vermittler zur Leitung!

„Weil ich durch meinen Job sowieso schon so nah an denen ihren Schreibtischen dran bin. Und Fakt ist doch auch: So gut wie ich das unmittelbare Umfeld für die da oben bereite, und pflege und hege, nur so gut kann die Leitung bestenfalls überhaupt nur arbeiten. Ich mache das zuerst einmal schon im eigenen Interesse. Aber noch ein weiteres ist Fakt – natürlich auch im Interesse von uns und euch allen – das ist doch klar wie Kloßbrühe."

Beides zusammengenommen und übereinandergelegt, *das* bestimmte im Verständnis von Horst Kreinbring stets seine Handlungsmaxime und seine persönliche Verantwortung. Alles andere wäre eine Lüge gewesen. Dass das Tagesgeschäft möglichst reibungslos lief und problemlos hinhaute – vorzugsweise allein schon aus diesem Gemenge-Gemisch heraus speiste sich doch in Wirklichkeit ein erhebliches Stück seiner kompletten Arbeiterehre. Und wenn das, für sich genommen, tatsächlich ohne größere Schwierigkeiten klappte und er die übernommenen Aufgaben also lösen konnte, bezog er aus diesem Erfolg natürlich auch seinen Stolz. Und falls das einer nicht verstehen konnte oder wollte und ihn dann hinterrücks vielleicht gar noch der Schleimerei zieh, sagte er nur: „Da steh' ich drüber. Soll er doch quatschen! Ich will schlicht nicht, dass es ausgerechnet hier, bei uns in der Zentrale, irgendwann aussieht wie bei Luis Trenker[5] im Rucksack. Das führt doch zu nichts, außer Ärger. Das gibt einfach kein gutes Bild." Und dass Bilder zunehmend wichtiger wurden als gute Argumente, darüber hatte er in der Zeitung gelesen. Da hatte einer von ‚Die Macht der Bilder' geschrieben, und er selbst hatte beim Lesen mehrfach verständig nicken müssen: Recht hatte der! Wer hörte sich denn heutzutage noch die Predigten in der Kirche an? „Die Bilder machen es. Die Zeiten haben sich geändert. So ist das eben."

Alle weiteren Appelle, die er bezüglich der vorschriftsmäßigen Einhaltung von Ordnung, Sicherheit und Sauberkeit vom Stapel ließ, und die er vielleicht auch noch gänzlich ohne ein einziges seiner persönlichen Beispiele und seines immerhin überall sichtbaren Engagement heraus posaunen würde – nur so theoretisch – da war er sich mittlerweile ziemlich sicher, „… die würden doch ganz rasch als eine völlig wirkungslose Tändelei verpuffen, wenn ich sie nur so, als lauen Mundfurz, heraus pusten würde. Die Leute heutzutage, verstehst du, die lernen doch nur noch durchs vorgelebte Beispiel. Durch hergezeigte – und vor allem auch durch entzifferbare Bilder! Nichts Abstraktes – das weiß doch wirklich jeder …"

Die Büros der Leitungsebene des Unternehmens befanden sich unmittelbar nach dem ebenerdigen Eingang – Treppe rauf, gleich hart rechts rum – hinter der Flügeltür im Hochparterre. Frau Vetter, die Sekretärin des Werkleiters Pannwitz, saß im davorliegenden Durchgangszimmer – auf dem Weg zu ihm – hinter dem eigens als Sperre vorgelagerten Tresen. Dieser hatte eine selbstschließende Klapptür, genauso zweiflüglig, wie man es zum Beispiel von den Saloon-Türen der Indianerfilme mit Gojko Mitić kannte. Der geschwungene und mit floralen Schnitzelementen verzierte Bogen obenauf fehlte bei ihr allerdings. Dort im Büro war das Interieur natürlich viel funktionaler als bei der DEFA. Pannwitz arbeitete schließlich nicht beim Film, sondern war als leitender Diplom-Ingenieur eines Unternehmens angestellt, welches die Versorgung einer großen Stadt mit Strom und Gas zu gewährleisten hatte. Ein würdiger Job mit Verantwortung. Da verboten sich Spielereien und Albernheiten. Wie auch immer – Fakt war jedenfalls: Grünes Licht für den Einlass zum Chef gewährte hier immer noch einzig und allein die Vetter! Hatte ein Besucher aber erst einmal diese Respekt gebietende Hürde passiert, stellte er dann erstaunt – wenn nicht sogar überrascht – fest, dass sich unmittelbar hinter dem Eingangsbereich noch ein weiterer Raum, nämlich das Besprechungszimmer mit dem runden Tisch, anschloss. Dieses war mit ‚Kehr-Möbel‘ aus dem südwestlich vom Leipziger Zentrum gelegenen kleinen Markranstädt ausgestattet worden. Solides Handwerk ohne Mätzchen! In ihrem eigenen Unternehmen war das, nach anfangs eher zögerlichen Entscheidungen, mittlerweile aber aus stetig gewachsener Überzeugung wirklich längst Usus geworden: Man fühlte sich zuvörderst nämlich auch der Region vor der Haustür verpflichtet. Heimatliebe war hier – so gesehen – mehr als nur ein flüchtiges Lippenbekenntnis. „Ja, sie wird bei uns einfach ganz selbstverständlich gelebt und bildet eine wichtige Grundlage für die täglich neu zu bewältigenden Herausforderungen bei der Erfüllung des gesellschaftlich vorgegebenen Tagespensums."

Genau so tönte man damals wirklich gern, wenn das Gespräch aus dem privaten in ein zumindest halboffizielles Gepländel im öffentlichen Raum wechselte. Und die vigilanten Möbeltischler von da draußen, neben der Gewürzmühle in Markranstädt, die hatten sich doch schließlich auch etwas dabei gedacht, mit ihrem fürwahr zweckdienlichen Möbel-Baukastensystem. „Das ist gleichermaßen innovativ wie praktisch, und es hat endlich einmal ein nicht nur behauptetes internationales Niveau."

Hinter vorgehaltener Hand sagte man aber auch gern: „Nur selber fressen macht schließlich fett." Das wurde sogar auch vom Buchhalter sofort als stimmig erkannt. „Ist ja nun auch schon wieder etliche Jahre her" [als ob der sich – total überrascht – exakt daran justament an diesem Tag tatsächlich zum ersten Mal wieder erinnerte] „wo der Pannwitz als Betriebsleiter bei uns angeheuert hat!" Und weil der dazumal neue Chef – ihm, dem Alteingesessenen gegenüber – diesen konkreten Einrichtungswunsch gleich bei ihrem allerersten Beschnuppern und Kennenlernen so bestimmend und keinen Widerspruch duldend geäußert hatte: „Kehr-Möbel!" – wurde dieser von ihm natürlich sofort und ohne Widerstand akzeptiert.

„Fand künftig am Platz eine Konferenz statt …" – erklärte der Buchhalter im Nachklapp gern noch jedem, der es möglicherweise doch noch einmal ein bisschen genauer wissen wollte, was so selten nämlich gar nicht vorkam wie man es sich vielleicht denken würde (seltsamerweise redete der Zahlenhengst aber immer noch sehr leise und vorsichtig und hinter vorgehaltener Hand – so, als sei seit jener ersten Begegnung mit dem neuen Chef nicht schon eine erhebliche Menge Zeit vergangen), und obwohl ihm doch laut eigener Aussage auch schon der Anschein von jedwedem Getratsche „seit jeher" wirklich total wesensfremd war; und er tat dabei tatsächlich immer noch so, als sei dies alles gerade erst eben gewesen – „… sollte sich doch Pannwitz gleich von Beginn an wohlfühlen können und dürfen. Eines war mir damals schon völlig klar: Des Menschen Wille ist sein Himmelreich! Das war einfach das Beste so. Und überhaupt: Weshalb und wofür denn eine im Grunde sinnlose Auseinandersetzung mit dem Neuen heraufbeschwören? Doch nicht wegen der paar popligen Möbel! Selbst wenn ich total dagegen gewesen wäre: Was sollte da so ein unnützer Knatsch, und wofür denn auch, eventuell bringen? Na also. Zugegeben, diese neue Sachlichkeit, alles so nüchtern und ohne Schnörkel und Zierde, völlig glatt polierte Flächen und so weiter, das entsprach nie wirklich meinem persönlichen Geschmack. Das muss man nämlich schon sehr mögen. Aber dieses: ‚Wer hat den Längsten?' – das wiederum machte ja nun gleich gar keinen Sinn. Wir hatten doch die Pubertät allesamt schon ziemlich lange hinter uns gelassen. Und Pannwitz war schließlich der neue Chef. Da gab es ja auch nichts mehr dran zu rütteln und zu deuten. Das war von oben festgelegt worden und damit auch gegessen. – Abstauben lässt sich's sogar noch heute richtig gut, so ein Kehr-Möbel-Modell. Der Dreck rutscht drauf aus. Der fällt schon durch seine bloße Schwerkraft von ganz allein nach unten. – Was hätte denn da noch näherliegen sollen, als die Einrichtung ganz ohne Rumgezicke und entsprechend seinen Wünschen – und eben auch: ruck zuck – als Bestellung aufzugeben? Na also. Nein, ich brauchte damals nun wirklich nicht noch mehr sinnlosen Ärger, als ich ohnehin schon hatte. Der macht doch alle Beteiligten am Ende nur unglücklich. Bringt bestenfalls Magengeschwüre. Unglücklich sein – das ist doch eine richtige Krankheit. Wir lernten uns doch gerade erst kennen – der Pannwitz und ich. Wir standen doch wirklich noch ganz am Anfang. Ich wollte schließlich länger als nur eine Weile mit ihm zusammenarbeiten … Ich hatte mir das zumindest fest vorgenommen. Die Zukunft, die sollte mit ihm überhaupt erst beginnen. Ich war ja auch noch deutlich jünger als heute und vollkommen gesund. Und ich wollte das schließlich auch bleiben. Vor allem eben auch in mir drinnen. Das war mir ganz wichtig. Und genau deshalb war mir vom ersten Augenblick an auch völlig klar: Kein Kleinkrieg! – Hat ja auch geklappt."

Der Buchhalter war sichtlich froh, seine Erläuterungen an dieser Stelle doch einmal in Gänze komplett vorgetragen zuhaben. Und so war er verständlicherweise vor Erleichterung sogar ein wenig in Rage geraten. Aber er beruhigte sich auch wieder – das eben Erzählte war doch längst vergangen. Es war im Grunde nicht mehr relevant. Existierte nur noch als Erinnerung. Und zumindest einen Bruchteil der Empathie, die die Geschehnisse von damals in ihm ausgelöst hatten, war er nun losgeworden. War doch gut. Damit war es wenigstens mal ausgesprochen. –Vielleicht sogar eine Frage der persönlichen Hygiene. Eine kleine Entlastung. Das Archiv im Kopf blieb davon im Grunde völlig unbenommen. Es war auch weiterhin rappelvoll. Aber noch bleibt ja auch ein bisschen Zeit.

Relativ zügig hatte sie sich innerhalb der Leitung dann entschlossen, auch die Zwischentür zum Chef-Büro stets weit zu öffnen. Was anfangs eher noch gewöhnungsbedürftig erschien, wurde rasch normal. Die Kollegen gewöhnten sich tatsächlich schneller als vermutet an diesen bis dahin für sie ungewohnten Zustand. Der unkomplizierte Zugang zur obersten Etage wurde demzufolge bald genauso gelebter Usus, wie jede andere sich neu ergebende produktive Nachbarschaft in dem frisch strukturierten Laden. Keine sinnlos vertane Liebesmüh mit überlebter Aufrechterhaltung althergebrachter Gepflogenheiten mehr! Wozu auch? Kräfte bündeln und optimal einsetzen – ganz pragmatisch. Überhaupt, das war dem Neuen sein Wort: *pragmatisch*. War vom ersten Tag an sein Prinzip gewesen: „Ständig dieses Tür-auf-und-Tür-zu. Das lenkt doch nur ab. Kostet kostbare Zeit, liebe Kollegen, die wir überhaupt nicht haben! Produziert unnütze Befindlichkeiten und Hektik. In Wirklichkeit bin ich doch auch nur einer von euch!"
Hätten die damaligen Verantwortlichen Pannwitz anfangs aber gleich richtig zugehört – also von Beginn, quasi vom ersten Zusammentreffen an – und das von ihm Angedeutete beim anstehenden Möbelkauf entsprechend berücksichtigt und gewürdigt – und, so ausgestattet, auch die entsprechenden Schlüsse gezogen – dann würde man den sichtbaren Bruch zwischen den seit damals existierenden und für lange Zeit sich immer noch deutlich unterscheidbaren Einrichtungsstilen der beiden Zimmer – dem Büro und dem Besprechungsraum – vielleicht

nicht so abrupt empfunden haben, wie er sich, zumindest bei genaueren Hinsehen, dann doch immer weiter fortgesetzt hat! Aber zum Glück wirkte der neue Chef hinterm Schreibtisch auf jeden Besucher dennoch – oder trotzdem – so zeitgemäß und modern, wie es sich am Beginn der Aufnahme seiner Tätigkeit im Betrieb (zuerst vielleicht nur durch einen geschulten Beobachter – und bei dem auch nur im günstigsten Fall sogleich auf den ersten Blick) hätte vielleicht sogar erahnen lassen können. Solch einen gut geschulten Späher gab es bei ihnen damals allerdings noch gar nicht.

Im Nachhinein nun herauszuklamüsern, wer hier im Ergebnis auf Dauer dann vom anderen letztendlich mehr profitierte – der Raum vom Mann – oder der Mann vom Raum – das war nach all der dahingegangenen Zeit inzwischen allerdings im Grunde ja längst müßig geworden. Und es ist doch insgesamt, angesichts der vorstellbaren Summe denkbarer Unwägbarkeiten in diesen teilweise recht chaotischen Aufbaujahren, wo so vieles neu und ungeprüft und erstmals passieren musste, auch so schon – und trotz alledem – wirklich erstaunlich lange gut gegangen.

Die allseits akzeptierten objektiven Fakten: Funktionalität, stattliche Gestalt, Bürstenhaarschnitt, offene Gesichtsfront, Solidität und praktische Vernunft waren (zumindest in den Augen des buchhalterischen Zahlenverdrehers und nicht nur für ihn allein, sondern in erfreulich hohem Maße und in jeder nur erdenklichen Art und Weise, unabhängig von allem anfänglichen Einrichtungswirrwarr im Zimmer des Neuen, und sicherheitshalber auch noch aus sämtlich möglichen Himmels-

richtungen beäugt), über die Jahre eben doch eine ganz harmonische Beziehung mit der Pannwitz'schen Gesamterscheinung eingegangen. Und die beinhaltete natürlich deutlich mehr als etwa nur die reinen Äußerlichkeiten! Erhob sich der Chef etwa zu einer Besucher-Begrüßung von seinem Platz, zerstoben sämtliche eventuell doch noch vorhandene letzte Zweifel an seinem Format augenblicklich – ganz einfach durch den so überzeugend zutage tretenden Auftritt seiner Person. Er war halt eine Erscheinung. Aber alle von ihm zelebrierte Offenheit seines Wesens, auch in Verbindung mit dem seinen Vorstellungen mittlerweile längst doch irgendwie entsprechenden Büro, änderte nichts an einem auch fürderhin weiter tabuisierten Umstand: Die milchverglaste Ausgangstür zum Flur – sie blieb nach wie vor immer verschlossen! Das galt in diesen Räumen von Anfang an als ein für alle Mal abgemacht und war seit dem Tag seines Einzugs unangefochten *die* tolerierte und von niemanden in Zweifel gestellte Marotte des Neuen. Und daran wurde gefälligst auch in Zukunft nie und niemals nicht gerüttelt. Irgendeine Meise darf schließlich jeder Mensch haben!
Die Schlüssel-Hoheit über diesen heiligen Raum lag vollständig und uneingeschränkt bei der Vetter-Inge! Und sämtliche weitere denkbaren und vorstellbaren Eventualitäten jedweder Art hatten in einem solch klar strukturierten Umfeld und in der Umsetzung der Vorstellungen des neuen Chefs von Ordnung, und der damit verbundenen Einhaltung einmal getroffener Festlegungen, einfach keinen Platz mehr. Sie verboten sich demzufolge von selbst! Solch ‚endloses Gemähre' – heute so und morgen vielleicht doch wieder völlig andersherum – wie es woanders gang und gäbe war, erregte in Pannwitz nur Gräu-

el. Und auf die konnte man doch getrost, und ohne sich dabei auch nur ein Gran Schwarzes unterm Fingernagel vergeben zu müssen, verzichten!

„Hopp oder top – hier wird schließlich produktiv gearbeitet! Am Ergebnis sollt ihr gemessen werden. Woran denn sonst!"
Er, der von der Straße direkt ins Werk gekommene *Zampano*, erwarb sich dort auch rasch einen Ruf als kettensprengender Macher. Er überwand auf seine zupackende Art zügig viele aus der Gewohnheit gewachsene Betulichkeiten und brachte den Laden zackig in Schwung. Er setzte Prioritäten, delegierte Aufgaben und wies neue Verantwortlichkeiten zu, wenn es trotz aller Bemühungen dennoch an einer Stelle weiterhin klemmte. Er griff persönlich allerdings nur dort ein, wo es unbedingt sein musste. Er war Ingenieur. Ein Mann, der einmal übernommene Aufgaben durchdachte, dann konsequent abarbeitete, und der die mit oben vereinbarten Ziele dabei dann aber auch stringent umsetzte. Das wurde allseits akzeptiert. Da kannte er auch keine Verwandten! Er verstand sich in erster Linie der Erfüllung von Plänen verpflichtet. Dafür war er schließlich auf diesen Posten berufen worden. Das war sein Job. Da gab es für ihn weder Wackeln noch Zögern, und da war – nach seinem Verständnis und seiner erarbeiteten Überzeugung – für falsche Sentimentalitäten überhaupt keinerlei Platz! Da gab es für ihn auch nirgendwo ein Wackeln oder Vertun. Er war es schließlich dann eben auch, der den bis dato üblichen Bierverkauf in der Kantine rigoros abschaffte und Bummelanten im Wiederholungsfall sofort innerhalb des Werks an einen anderen Platz zur Bewährung versetzen ließ. Das schmeckte anfangs natürlich keineswegs jedem, und somit gab es hinter vorgehaltenen

Händen anfangs viel böses Blut. Aber es zog! Die diesbezügliche Negativ-Statistiksäule, an der allen Besuchern gut einsehbaren Wandzeitung im Besprechungszimmer, schrumpfte zusehends. Was allerdings schon bald ebenso aufmerksam registriert wurde: Der Neue war nicht nachtragend. War eine Strafe ausgesprochen, und hatte sich der entsprechende Mitarbeiter anschließend wieder bewährt, bekam er erneut seine Chance. Pannwitz wurde durch diesen allseits geschätzten Charakterzug bei seinen Leuten dann sogar in Umkehrung anfänglicher Einschätzung geradezu beliebt. Er hatte sich mit seiner Konsequenz in erstaunlich kurzer Zeit den Ruf eines harten Hundes erworben, der eben ein richtiger Kerl war! Auf Pannwitz war – getreu dem Motto ‚Ein Mann, ein Wort‘ – Verlass. Er war und blieb für die Kollegen berechenbar. Aber er wusste andererseits ganz genau, was man oben von ihm erwartete. Er tat einfach alles, was er für den Erfolg des Werks seinen Überzeugungen nach tun musste, und was ihm für das Wohl und dem weiteren stetigen Gedeih des Unternehmens zwingend und unerlässlich notwendig erschien!

Seiner Sekretärin, der Vetter-Inge, waren sämtliche Interna geläufig. Selbstverständlich auch die der Personalakten. Und das war auch kein Geheimnis. Und nur sie in Person vergab ausnahmslos die Chef-Termine. Sie waren beide natürlich sehr eng. Sie verwaltete seinen Kalender. Wer zum Boss wollte, musste an ihr vorbei. Im Fall der Fälle wiederum rückte sie aber, wenn es sein musste, durchaus sogar einmal ganz unkonventionell den heiligen Schlüssel für den Zugang zum Flur raus. Denn das heißt Dialektik doch auch: Es musste vorab nur klar sein – warum, weshalb, wieso. Praktisches Beispiel: Wenn aus der Kantine für eine absehbar länger laufende Konferenz einmal Häppchen und Erfrischungen geordert werden mussten. Einzige strikte Bedingung bei solcherart Lieferung über die ansonsten rigoros zugesperrte Hintertür lautete dann: „Zügig – und ohne Lärm zu verursachen!" Darauf bestand sie eisern. Diese Ausnahme von der Regel war aber vor allem dafür da, die Regel (selbst in einem diskussionswürdigen Fall der Fälle) kategorisch zu befolgen. Ansonsten bräuchte es ja keine. Sie bot ja allein durch ihre bloße Existenz auch jedem die einfache Chance, sich vor aller Augen, durch ihre Einhaltung, als willig zu beweisen. Wer aber gegen diese ehernen Gepflogenheiten verstieß, der hatte bei ihr verspielt. Vielleicht nicht gleich beim ersten Mal – beim zweiten jedoch garantiert! Und wenn sich einer der Jungingenieure im emotionalen Überschwang seiner Teilnahme an einer stattgehabten Arbeitsberatung mit Imbiss beim Chef dann allerdings sogar noch strafverschärfend erdreistete, sie, die Vetter-Inge, im Nachgang irgendwann einmal als *Tippse* zu bezeichnen – was bereits vorgekommen war! – und wenn ihr das, auf was für Wegen auch immer, irgendwie zu Ohren gelangte, reagierte sie noch eine Spur unterkühlter als gewöhnlich. Folglich beherrschte dann Frost die Szene. Ihre Stimme klirrte nun wie ein Eiszapfen, der kurz davor steht, in der Kälte zu zerspringen. Von den Kollegen wurde ihr in solchen Phasen gelegentlich nachgesagt: „Die lacht nur im Keller!" Dabei lachte die Vetter-Inge privat wirklich viel und auch gern. Aber im Job galt ihr eben: Spaß ist Spaß – und Arbeit ist Arbeit!

Quer über den Flur hatte der fette Mayer von der BGL Quartier bezogen. Sein Raum ähnelte allerdings mehr einem Schlauch. Seitlich zeigten dessen sich weiter oben nur scheinbar vereinigende Innenwände, welche partiell mit wackligen Stapeln aus Broschüren und übereinander gepackten Kartons drapiert waren, sich in Wirklichkeit hemmungslos zugeramscht. Das Zimmer war vormittags bereits vollgequalmt. Das bewirkte einzig und allein Mayer. Der lebte nämlich den Raucher regelrecht! Die oberen Glieder seiner Ring- und Mittelfinger offenbarten dem geneigten Betrachter eine durch anhaltende Leidenschaft sukzessiv erworbene und nun dauerhaft einen kräftigen Duft ausströmende, nikotingelbe Patina. Sie belegten damit schnell die Richtigkeit des auf den ersten Blick noch etwas vagen Eindrucks der ungewöhnlichen Verfärbung der Haut, allein und nicht zuletzt schon durch den deutlich sichtbaren Umstand, dass die direkt zwischen den Fingern kräftig verhornte Partie bereits tatsächlich und irreparabel ins Tiefbräunliche gekippt war, und nur noch durch radikales Abschälen hätte beseitigt werden können.

Im Nebenzimmer logierte Ruprecht von der ,Zwei-Hände-Truppe'. Der war von den dreien immer der augenscheinlich am besten Gekleidete. Seine Anzüge: erlesene Stoffe und stets passgenau geschnitten! Und wenn Leder, dann ausschließlich echtes. Seine Kleidungsstücke, deren Anzahl in seinem Kleiderschrank natürlich nicht endlos sein konnte, waren bewusst ausgewählt. Auch ein Schrank hat schließlich nur ein begrenztes Fassungsvermögen. Der Genosse kam aus sogenannten einfachen Verhältnissen. An unnützen Überfluss war er nie gewöhnt worden. Und die Entlohnung für die von ihm jetzt ausgeübte Funktion war, entgegen weitverbreiteter Legenden, wirklich nicht über Gebühr üppig. Der Fundus seiner Klamotten zeugte eben einfach vom guten Geschmack ihres Besitzers. Er hatte an der Arbeiter- und Bauernfakultät eine *Sonderreifeprüfung* absolvieren dürfen, die er locker bestand, und er durfte danach *ohne* Abitur fünf Jahre lang Kulturtheorie und Ästhetik studieren. Er war der Erste seiner Familie, der ein Studium begann. Er las in dieser Zeit ausgiebig und gewissenhaft im ‚Buch der Bücher', also in der Heiligen Schrift des Alten und des Neuen Testaments. Er interessierte sich, eben schon seiner Herkunft wegen, für die Thematik des Sozialen und die Grundlagen des Christentums. Außerdem wollte er aus echtem innerem Antrieb heraus einfach sehr gern die Beweggründe erforschen, *warum* jemand überhaupt glaubt. Er fand während dieser Zeit seiner eigenen Ausbildung auch zu der Erkenntnis, dass guter Geschmack, bei diesen intensiven Bemühungen für den tagtäglichen Umgang mit Menschen, ausgesprochen hilfreich sein konnte. Zu seiner Buchhändlerin entwickelte und pflegte er deshalb ein besonders vertrauensvolles Verhältnis. Es kam in diesen Jahren durchaus öfter vor, dass sie ihn speziell dann rasch in Kenntnis setzte, wenn zum Beispiel ein knapp zu werden drohendes ‚letztes' Exemplar eines besonders begehrten Lektüreartikels gerade eben noch zu haben war. Er wusste das zu schätzen. Ruprecht trug stets eine randlose Brille, eingefasst in ein schmales, rotgoldenes Gestell. Diese Nasenzierde verlieh seiner Erscheinung etwas Schnittiges, so eine kupferne Spur moderner Kühnheit. Manches Mal, wenn sich bei ihm das Gefühl einstellte, dass dies im Moment genau richtig sei, gefiel sich der überzeugte Parteiarbeiter auch darin, zum Beispiel der Vetter-Inge, einen kleinen Tipp der Art: „Ein Seidentuch, liebe Inge, das würde die ohnehin vorzügliche Wirkung deines Kostüms vielleicht sogar noch eine Spur intensiver unterstreichen", angedeihen zu lassen. Er fand nämlich, dass sie eine wirklich passable und unterstützungswürdige Person sei, und mochte einfach auch den unverkrampften Umgang mit Mode gern. Was lag in solch einer Konstellation näher, als im Rahmen seiner Möglichkeiten mit dafür zu sorgen, dass die Welt vielleicht sogar ein bisschen schöner würde. Ja, er empfand es geradezu als seine Pflicht, sich im aktuell bevorzugten Geschmack der neuen Zeit umfassend auszukennen, und diesen vor Zeitgenossen, bei denen das eben noch keine Rolle spielte, auch offensiv zu vertreten. Das mochte für einen Sekretär der Partei vielleicht ungewöhnlich sein. Aber die neu anzurichtende Gesellschaft sollte schließlich vielen Menschen munden. Und so verstand er sich bei all seiner persönlichen Mühe um einen gedeihlichen Verlauf bei der Erfüllung dieser Aufgabe, nicht über vierundzwanzig Stunden des Tages permanent als Koch und abgeklärter Ideologe, sondern gern auch einmal als ein aus Überzeugung und von Herzen engagierter Wissensvermittler. Gerade weil er die neuesten Erkenntnisse aus reinem Interesse verinnerlicht hatte, war er deshalb natürlich auch immer bereit, diesen Input mit den Menschen seiner Umgebung zu teilen. Denn Fakt war doch auch: Wer seine Mitbürger letztendlich vom Guten und Schönen im Großen überzeugen will, der sollte zum Beispiel auch in der Lage sein, ‚die Sinnhaftigkeit für das Überwerfen eines Seidentuchs als Ergänzung des modernen Gesamteindrucks der eigenen äußeren Erscheinung der Persönlichkeit Dritten gegenüber' zu vermitteln, ohne seinen Gesprächspartner dabei zu brüskieren oder gar zu verletzen. Und dazu gehörte es, als elementare Voraussetzung jenseits aller modischen Kapriolen, dass man selbstverständlich wissen musste, *wovon* und *worüber* man redet. Das begriff er schon früh. In seinem speziellen Fall hatte es mit seiner Erziehung und den Personen, die daran beteiligt waren, zu tun. Ihm war einfach das große Glück beschieden, von zu Hause aus eine gut durchblutete pädagogische Ader mitbekommen zu haben. Sein Vater, eine Ausgeburt an Geduld, war ein nie ermüdender und sensibler Erklärer der *guten Sache* gewesen. Und immer im Interesse der Proletarier! Hätte er, Ruprecht, auch nur die Chance vom Leben dargereicht bekommen, er wäre wahrscheinlich ebenfalls ein hervorragender Lehrer geworden. Die Zeiten waren kurz nach dem Krieg leider nicht so. Aber genau wegen des in seinen Genen angelegten Talents zur Wissensvermittlung wurde er, zumindest später dann, nachdem er von den Genossen des Bezirkes und des Kreises in der Stadt in diese Position befördert worden war, natürlich als ein ‚Hauptverantwortlicher Vertreter der Vorhut der Arbeiterklasse' im Betrieb betrachtet, und von der Partei, welche die seine war, folgerichtig auch entsprechend angemessen bezahlt. Auf ihn war einfach Verlass. Er hatte seine didaktische Veranlagung auch nie – und warum auch – zu verbergen gesucht. Er war in diese Befähigung und seine Überzeugungen geradezu hineingeboren worden. Das war für ihn also nicht nur eine Sache des Herzens, sondern die Antworten wohnten ohnehin völlig selbstverständlich in seinem Kopf. Und in und von ihm lebte er schließlich. Das war sein von den Genossen gut gefüttertes, entsprechend ausgestattetes und gepolstertes Heim. Ruprecht stellte sich die Frage nach der Sinnhaftigkeit seines alltäglichen Tuns inzwischen auch nicht mehr permanent. Er hatte sie für sich vor geraumer Zeit schon einmal und sehr grundsätzlich beantwortet. Jetzt galt es, die Welt zu verändern! Er war ganz natürlich und aus innerster Überzeugung in die Fußstapfen seines Vorderen getreten. Die Genossen hatten ihm dabei geholfen der zu werden, der er heute war. Und es galt selbstverständlich auch in seinem Fall, was der Volksmund ohnehin schon immer wusste: „Wes Brot ich ess', des Lied ich sing'." Das war *a priori* ja auch nicht etwa gut oder schlecht. Und selbstverständlich und erst recht natürlich auch kein in irgendeiner Art und Weise besonders bemerkenswerter oder gar ein zu beklagender Beinbruch. Das genaue Gegenteil davon war richtig! Das war gelebte Kontinuität. Er stand ja schließlich auf der richtigen Seite der Barrikade, und er wusste, weil es wahr war, dass die Mehrheit seiner Mitmenschen eigentlich in die gleiche Richtung dachte wie er selbst. Als einzelne Individuen vermochten sie es im Einzelfall zwar manchmal tatsächlich noch nicht, diese Erkenntnis, so exakt und verständlich es in den zum Glück mittlerweile massenhaft verbreiteten Papieren der Klassiker auch aufgeschrieben stand, als richtungsweisende Handlungsmaxime zu verstehen und anzunehmen. Aber dafür gab es ja nun ihn. Dafür hatte er die Universität besucht. Dafür hatte er gepaukt und sich angestrengt. Und das war, über die fünf Jahre hinaus, auch für ihn alles andere als etwa ein durchgängig leichter Spaziergang gewesen!

Was nun speziell die Vetter-Inge betraf, da war er wirklich sehr diskret und immer bemüht – selbst bei einem geboten leise vorgebrachten Hinweis auf die womögliche Optimierung eines verzwackten, und schwer zu entwirrenden, außerordentlichen Umstandes oder im Vorfeld einer anstehenden Entscheidung – die ihre Person oder ihre Tätigkeit im Tagesgeschäft ihres ihnen allen gemeinsam gehörenden volkseigenen Betriebes betraf – ihr stets das Gefühl zu vermitteln, dass er, Ruprecht, sozusagen stellvertretend für sie selbst, ihr, und im Grunde natürlich auch ausschließlich in ihrem eigenen Interesse, Erkenntnisse formulierte, welche sie ja ganz bestimmt Höchstselbst längst verinnerlicht hatte, und die allein schon deshalb ihre ureigenen waren! Das war ihr manchmal möglicherweise nur noch nicht restlos bewusst. Aber genau darum kümmerte er sich nun! Das war generell seine Aufgabe: Reste aufheben. Er war doch schließlich ‚der Kümmerer'. Ja, er wollte sie durch seine Unterstützung im Grunde nur stärker machen. Und er war sich dabei völlig sicher, dass sie ihn eines Tages verstehen würde. Es konnte sogar auch gut möglich sein, dass sie ihn längst verstanden hatte. Vielleicht war das schon passiert, und sie scheute sich nur, es ihm gegenüber zuzugeben. Es ist nicht immer einfach, über seinen eigenen Schatten zu springen. Man muss es nur selbst einmal probieren.

Ruprecht sprach also, wenn man so will, zu ihr quasi ‚in Zunge' – in *ihrer*! Er hatte studieren dürfen, dass die Gleichberechtigung, und die damit zu erzielende Stärkung des Selbstbewusstseins einer Zielperson, gelegentlich schon noch die Zeit der gedeihlichen Reife brauchte, sie sich, als Verbündete im Geiste, inzwischen aber natürlich längst gemeinsam auf dem richtigen Weg befanden. An diesem Fakt gab es auch nichts zu deuteln und zu rütteln. Ruprecht verstand sich genau aus diesem gutem Grund auch als ein – zu diesem Behufe – von den Genossen an exakt diesen Platz kooptierter ‚Vor-Ort-Scout' der Partei! Und er verinnerlichte deshalb auch gern und dankbar seine damit verbundene Verantwortung. Also nahm er seine Aufklärungsarbeit mit allem gebotenen Ernst, und mit einer durch nichts und niemanden zu erschütternder Treue der Partei gegenüber, sorgfältig wahr. Seine plausibel klingende, und auch plausibel erscheinende, aus späterer Sicht möglicherweise … nun ja, vielleicht eine Spur zu forciert wiederholte Devise seiner eigenen diesbezüglichen alltäglichen Bemühungen lautete: „Du musst die Menschen dort abholen, wo sie stehen!" Also mühte er sich stets – und immer und überall – um eine lebendige Zwiesprache mit den Menschen. Und das geschah bei ihm selbstverständlich in einem offenen Gespräch. Er wusste, wie weit er zu gehen hatte. Nicht jeder oder jedem schmeckte das. Natürlich nicht. Das wollte schon geübt sein. Und manche waren eben tatsächlich noch nicht so weit. Da fehlten einfach noch die elementarsten Voraussetzungen. Von einer derartigen Einschätzung nahm er die Vetter-Inge aber ausdrücklich aus. Sie wollte allerdings gelegentlich auch mal in Ruhe gelassen werden. Dafür hatte er sogar Verständnis: „Keiner möchte sich andauernd vollstopfen lassen. Das Bedürfnis nach Ruhe steckt doch in jedem von uns. "Wenn er also dennoch unverdrossen immer wieder insistierte: „Lass uns doch mal bei passender Gelegenheit in aller Ruhe drüber reden", konnte es im Einzelfall schon passieren, dass er gelegentlich mit einem harschen „Sagst doch eh nur, was DIE für richtig halten" abgefertigt wurde. Aber selbst davon ließ er sich nicht und nie entmutigen. Im Gegenteil! Er freute sich sogar, dass ihn sein Gegenüber, wer auch immer das gerade sein mochte, offensichtlich nicht einfach automatisch unter DIE einordnete. Sein geflügeltes Wort, als ein wahrlich seinen Überzeugungen entsprechend tätiger ‚Ritter einer neuen Zeit' in jedem solchen diffizilen Einzelfall war dann: „Bei mir ausdrücklich stets nur mit offenem Visier! Es gibt nichts zu verbergen. Ich bin ja kein Fremder. Ich bin schließlich einer von euch." Das war ihm außerordentlich wichtig: Ehrlichkeit! Das kostete ihn wirklich keine Spur von Anstrengung. Schlichte – und für ihn aber eine ganz selbstverständliche – Philanthropie bestimmte stets sein Denken und Handeln. Sie entsprach vollkommen seinem Charakter. Er zwang sich und niemanden zu etwas, was er nicht selber auch wollen würde und leisten könnte. Das galt ihm überhaupt als oberste Prämisse. Seine Einstellung verursachte ihm also weder spürbare Anstrengung, noch schien sie ihm besonders bemerkenswert. Er lebte und vertrat seine Haltung überall und wähnte sich damit auf der richtigen Seite der Barrikade. Er fühlte sich in dieser Überzeugung geradezu beheimatet, „zu welcher man – zugegebenermaßen – nicht gerade wenige Menschen heutzutage aber erst noch führen muss. Denke doch aber nur an die Zeit, die wir gerade erst überwunden haben. Da hast du deine Erklärung!" Er wurde auch nicht von permanenten Selbstzweifeln geplagt und brauchte zu seinem Glück auch nicht ständig drüber nachzudenken. Das würde ihm im Kampf der Systeme gegebenenfalls nur genau die kostbare Zeit rauben, die er für die Umsetzung seiner Ideale ganz sicher sinnvoller verwenden konnte. Daran glaubte er fest. Dieses Urvertrauen, dass in seinem Land und in seiner Stadt eine menschlichere Gesellschaft aufgebaut wurde als das, was sich als Gegenentwurf dazu zur gleichen Zeit in der Nachbarschaft des kapitalistischen Westens restaurierte, war ihm, durch die unterschiedlichen gesellschaftlichen Umstände sicherlich noch befördert, ganz natürlich und im Grunde wie von selber zugewachsen. So wie es war, war es für ihn einfach gut! Ja, es ging um Ehrlichkeit und die den Menschen in Liebe zugewandte Freundlichkeit. Und beides erschien ihm, allein schon aus sich heraus, von genügendem Belang. Auch daran gab es für ihn nichts zu deuten. Und es gab bei ihm nicht die geringsten Zweifel und existierten schon gar keine Tabus, sich – und wenn schon „Ja", dann aber gefälligst mit voller Pulle und ganz bewusst – *dafür* zu engagieren! Er hatte sich nach gründlicher Abwägung und Prüfung aller denkbarer Alternativen und Vorstellungen vom ‚Weg in eine gedeihliche Zukunft für alle Menschen' unumkehrbar entschlossen, entsprechend der ihm damals verfügbaren Möglichkeiten, ernsthaft mitzuhelfen, *hier* ein neues Land aufzubauen. Und diese Entscheidung war für ihn so richtig, wie sie wahr war! Er plauderte genau deshalb nicht nur den lieben langen Tag ausschließlich über die Banalitäten der Mode, oder die Erkenntnisse des deutschen Jahrtausendphilosophen Karl Marx, sondern sehr gern, wenn es für ihn, Ruprecht, eben passte, auch zum Beispiel über bildende Kunst oder seinen etwaigen, erst kürzlich zurückliegenden Besuch im Museum der bildenden Künste. – „Ich liebe seitdem den Heisig, den Bernhard. Der hat richtig Kraft. Der hat ein gelebtes Leben hinter sich. Bei dem ist nichts einfach nur angelesen. Der meint wirklich, was er malt. Der fühlt das richtiggehend. Das geht bis in die Farbe rein. Das sieht man doch gleich. Also ich, ich mag ihn … Und außerdem brennt der für Fußball!" Ruprecht verstand es an seinen guten Tagen durchaus, allenthalben den Eindruck einer sympathischen Persönlichkeit von freischwebender und umfassender Intelligenz zu vermitteln. Hätten es Außenstehende manchmal nicht besser gewusst, hätten ihn wahrscheinlich alle für einen Intellektuellen der Art gehalten, welcher nicht einfach nur behauptete, die Menschen zu lieben.

Hin und wieder ging er auf „ein Stäbchen" zu Mayer, einfach um durchzuatmen. Er dachte sich dann: ‚Ich geh' mal ‚zum Dicken' rüber.'

Derartig flapsig hätte er das natürlich nie laut ausgesprochen. Zumal nicht vor Publikum. Wo und wann hätte eine solch laxe Bemerkung denn auch gepasst? Aber er musste nicht so reden. Er verbrachte seine Tage ja nicht ausschließlich im Bauwagen. Wen hätte er also in vergleichbarer Art und Weise so anreden sollen? In seinem eigenen Büro brodelte zum Glück nun wirklich kein hin und her wogender Verkehr eines nie enden wollenden Besucherstroms der Werktätigen. Er war eigentlich die meiste Zeit des Tages allein. Aber gerade weil das so war, verfügte er ja andererseits auch über die Freiheit, es in solchen Augenblicken zumindest *so* denken zu können: ‚zum Dicken' rüber. Das war doch was!

Mayer paffte ausschließlich Zigaretten der Marke *Karo*. Der Gewerkschaftsfritze hatte neben seinem stets überquellenden Aschenbecher ständig einen Pott Kaffee vor sich stehen. Er brauchte den, um in Trab zu kommen. Sein Besucher – den Mayer in solchen Augenblicken dann gern „Herr *Kollege*

Sekretär" nannte, schließlich stritten sie ja um die gleiche Menschen-Klientel, und ein bisschen Ironie hatte noch nie geschadet … so viel Leichtigkeit durfte doch wohl sein … was dieser auch jedes Mal jovial grinsend goutierte: Es kam ja von Mayer! – bekam dann auch einen.

„Ich lass' mal die Luft aus der Tasse", sagte Mayer dann für gewöhnlich, während er die Kanne von der Wärmeplatte nahm und eingoss. Darauf entgegnete Ruprecht nie etwas. Er nahm die Tasse, pustete einmal und nochmal, und schon trank er die ersten Schlückchen. Entweder hatte er Hornhaut auf den Lippen, oder Mayer schenkte nur lauwarme Plärre aus.

Die alte Clara, die auf der Fluretage die zuständige Putze war, grinste in solchen Momenten, wenn sie gerade zufällig hereinschneite jedesmal über das Duo: „Wie Pat und Patachon!" Sie durfte das. Sie kannte hier wirklich jeden und nahm kein Blatt vor den Mund. Sie verfügte über die entsprechende Anzahl gelebter Jahre und gehörte zum Inventar.

Seinen Schreibtisch hatte Mayer schon vor geraumer Zeit mit ‚Blick' ins Zimmer gerückt. Das verhinderte Distanz und bezeugte Gästen gegenüber von vornherein Aufmerksamkeit. Das war ihm einst genauso in einem Schulungskurs für Gewerkschaftsfunktionäre vermittelt worden, und, weil ihn dieser Hinweis überzeugte, übernahm er ihn am Tag darauf sofort in die Praxis seines Büroschlauchs. Wozu fuhr man denn sonst zu solch strapaziösen Lehrgängen?

Auf der Platte mit der grünen Schreibtischunterlage aus Kunststoff standen bei ihm ein weißes und ein schwarzes Telefon mit runder Wählscheibe. Dazwischen ein Zettelkastenbehälter, eine braune Handkurbel-Bleistift-Spitzmaschine aus Pertinax der Firma FTE, Modell 120. Daneben drei Bände *TGL-Arbeitsschutz-Vorschriften* in A5. Diese steckten kopfüber so herum in dem halbhohen Schuber aus festem Karton, dass ihre breiten Rücken – auf denen die Inhalte der besseren Wiederauffindbarkeit halber in fetten Versalien sauber aufgedruckt worden waren, durch diese lesefreundliche Art der Lagerung – gerade auch bei länger andauernder Aufbewahrung – die Ordner dabei zusätzlich noch vor der Gefahr ständigen Umkippens verschonten. Denn gar zu oft nahm er, Mayer, diese nun wirklich nicht zur Hand. Aber *so* waren sie dort vorzüglich aufgehoben und störten auch nicht weiter!

An der Stirnwand, am stabilen Haken, das Konterfei von Harry Tisch: ein im A1-Format ausgeführter Farbdruck in Holz gerahmt, hinter Glas … über die Scheibe könnte Clara gelegentlich wieder einmal drüber wischen … der Fliegendreck …

Auf der Fensterbank ein Gefäß aus dunkelbrauner Keramik mit innewohnendem Gummibaum. An dessen oberen Ende sprießten immer noch kräftige Triebe. Im unteren Stammbereich war er bereits längere Zeit verkahlt. Zumindest ließen das die schorfig gewordenen Blattachseln so vermuten. – War Mayer gut gelaunt, was häufig der Fall war, er hatte ja auch nicht wirklich etwas auszustehen, zeigte er gelegentlich auf den botanischen Exoten, und scherzte dabei: „Wie ich!"

Mayer war als Raucher Inhalierer. Er saugte den Rauch sehr konzentriert und intensiv, quasi bis in die große Zehe hinunter, ein. Gewöhnlich geschah dies auch völlig reibungslos. Und so kam es – er hatte schließlich lange dafür trainiert und hart daran gearbeitet – deshalb tatsächlich nur selten vor, dass er noch einmal hinterher würgen, oder gar nachbellen musste. War allerdings solch ein Augenblick dann wider Erwarten doch einmal eingetreten, hüpfte sein Adamsapfel wie ein kaum zu bändigender Springinsfeld, der sich just in diesem Moment von seinem Träger losgelöst hatte, abrupt in die Höhe. Das geschah dann jedoch dermaßen eruptiv, als führe er in diesen Sekunden ein von seinem Wirtsmann abgekoppeltes Eigenleben. Aber sei es zu solch einem Zeitpunkt auch gewesen, wie es gewesen war, hernach spulte Mayer dann jedes Mal auch noch den letzten Rest des aus ihm aufquellenden Qualmes, als sei der auf einer Rolle grauen Fadens in ihm aufgewickelt gewesen und kullere jetzt völlig selbstverständlich und eben nur wie bemüht zufällig über seine Lippen, bis tief in den Raum hinein und von dort ins Freie. Bisweilen musste eben selbst der geübteste Mann nach solch einem Ausbruchsschwall doch noch etwas länger nachhüsteln. Alles vermochte Mayer, trotz jahrelangen intensivsten Trainings, nun eben auch nicht mehr zu beherrschen und im Griff zu behalten! Und dann konnte er, das war allgemein bekannt, gegebenenfalls doch schon mal für einen Moment die Contenance verlieren. Es gab Tage, da war *Karo* schlicht die Pest!

Der Frau Chefsekretärin gegenüber bemühte sich Mayer aber stets um eine in ihrem Fall jedoch zwingend gebotene Sachlichkeit. Sie war schließlich sein lebendiges Bindeglied nach ganz oben. „Ich muss dringend zum Chef! Die Kollegen haben sich bei mir – na, Sie wissen schon, Frau Vetter: Die Zunahme der Überstunden in letzter Zeit. Ist ja einerseits schön, dass es so zielstrebig vorangeht mit dem Aufbau. Aber andererseits hat jeder Monteur, und auch sonst haben die Kollegen generell, bei uns einen verbrieften und selbstverständlich auch völlig berechtigten Anspruch auf ein erfülltes Familienleben ... Na, und Sie, Vetterin – Sie wissen doch als erfahrene Frau ... wie ich in Wirklichkeit ...? Man ist ja selbst auch nicht andauernd und rund um die Uhr immer nur gesellschaftliches Wesen ... Die haben da – bei uns – schließlich auch ein Recht darauf ... alle ... auch die Kollegen ... aufs Private ... nicht wahr? – Und ich bin doch ihr ...“

Sie blickte ihn bei seinen Worten die ganze Zeit ruhig und geradezu verständnisvoll – ja, fast ermunternd an. Als er abbrach, nickte sie. „Ich verstehe. Gibt es seitens der Mitarbeiter aus Ihrer Sicht aktuell irgendwelche relevanten Klagen?“

Und erst während sie dann doch den Kopf abwendete, weil er nun mit einem Mal plötzlich hartnäckig schwieg, und selbst in der Folge auf ihre einfache Wiederholung der Frage auch weiterhin noch nicht einmal „Nichts“ zu entgegnen wusste, und sie sich dann eben wieder ihrem Arbeitstisch und den darauf verteilten Aufgaben zuwenden wollte – sie mochte auch nicht weiter seiner schuldig gebliebenen Antwort auf ihre banale Frage harren – fuhr sie dann eben abschließend, aber nun in etwas gedämpfter Lautstärke fort: „Ich sage Ihnen final Bescheid, wann *wir* einen Termin für ein Gespräch vorschlagen können. Einverstanden? Oder gibt es jetzt noch irgendeinen entscheidungsfähigen Klärungsbedarf?“ Sie schaute ihn bei ihrem letzten Satz nochmals völlig unverblümt und ganz direkt an.

Mayer bemühte sich, weiterhin konzentriert zu wirken. Er wollte ganz augenscheinlich wirklich keines ihrer Worte verpassen. Aufmerksamkeit war seine Form der Höflichkeit. Warum sollte er diese nicht auch herzeigen, um damit auszudrücken, wie sehr er ihre fachliche und menschliche Kompetenz im Grunde genommen schätzte. Er lobte bisweilen sogar ausgesprochen gern. Und wenn es ihm notwendig erschien, auch völlig selbstlos landauf und landab. Oft sogar dermaßen nachdrücklich und intensiv, dass er mittlerweile eigentlich bereits jeden einzelnen der verantwortlichen Kollegen mit seinen Elogen vorzüglich bedacht hatte. Er sprach auch jetzt wieder sein: „Sehr gut – sehr gut! Nein, nein – natürlich keine Klagen, natürlich keine Klagen … Im Gegenteil … Aber … vielleicht doch … heute … gleich heute, wenn's beliebt …?"

Inge Vetter lächelte wissend. Sie blickte immer noch direkt zu ihm und wiederholte, ohne ihre vormals gewählte Lautstärke dabei auch nur um eine Spur angehoben zu haben: „Falls es möglich ist, sage ich Ihnen dann *natürlich* sehr gern Bescheid."

Der Betriebsleiter Pannwitz wusste selbstverständlich zuallererst, welchen Schatz er an seiner Sekretärin hatte. An diesem Tag trug er businessmäßig Rollkragenpullover, Wildlederjacke und breit gerippten Cord: Erdfarben – Ton in Ton. Die körperbetonte Hose war, wie alle seine Hosen, gut geschnitten und brauchte keinen Gürtel. Der Bund saß straff am Leib, aber keineswegs zu straff, direkt über dem Hüftknochen. So hatte sein Beinkleid eine ganz natürliche und ausgezeichnete Passform. Auch der Mann selbst war ausgesprochen gut beieinander. Eine drahtige Gestalt – sehr sportliche Erscheinung! Manchmal, wenn er sprach, erzeugte der Widerhall seiner Worte in den Augen weiblicher Gesprächspartnerinnen eine wellenartig flirrende Bewegung, als könnten Töne schwimmen. Seine gebürstete Igelfrisur stand stets Haar um Haar aufrecht. Am linken

Handgelenk glänzte das Gehäuse der flachen *Specimatic Glashütte, 26 Rubis,* golden. Ihr braunes Lederarmband kontrastierte angenehm seine helle Haut. Wenn Pannwitz, den Ellenbogen auf die Schreibtischplatte aufgestützt, mit der Hand vorm Ohr auch nur leicht gestikulierte, schnurrte das edle Teil sächsischer Präzisionsarbeit dabei jeweils ganz zart auf. Man musste aber genau hinhören. Manchmal gönnte er sich das einfach. Schon bei der kleinsten Bewegung reagierte das Automatik-Wunder-Werk. Dazu genügte schon der winzigste Fingerzeig ...

Bei diesem Gedanken lehnte sich Pannwitz zufrieden zurück. Er war jetzt 46 Jahre alt und bezeugte in der Gesamtheit seiner Person etwas von der Gelassenheit dessen, der, als ihm eines besonderen Tages Macht angetragen wurde, dieses Angebot sofort und gern akzeptiert hatte, und darin, ohne Scheu oder langes Geziere vorzutäuschen, auch sofort eingewilligt hat. Künftig eigenverantwortlich Entscheidungen treffen zu können, das war für ihn seit jeher nämlich nicht nur völlig angstfrei, sondern viel eher sogar ein lang ersehnter Traum vom eigentlich gebotenen Zuwachs an gestalterischen Möglichkeiten in verantwortlicher Position gewesen. Und entsprechend durfte Pannwitz dann, nur ein Weniges später, eben auch an seinem eigenen Handgelenk inniglich erfahren, *wie* sinnlich das sein kann, und was es ganz real bedeutete, Luxus hören zu können!

Sichtlich entspannt fragte er in Richtung der Vetter: „Was liegt denn heute an, *Ingelein*?"

Solch verbale Vertraulichkeiten waren bei ihm an und für sich selten, und sie beschränkten sich, wenn überhaupt, dann bestenfalls auf einen kleinen Kreis von ihm selbst ausgewählter

Personen. Die ließen sich aber wirklich an einer Hand abzählen. Diese Art Konfidenz gestattete er sich nämlich nur wenigen Mitarbeitern gegenüber. Und auch das nur in solchen Situationen, wenn sie dann wirklich einmal allein und somit unter sich waren!

Für die Vetter-Inge, als sie sich eines Tages durch selbiges Verhalten ihr gegenüber in diese illustren Runde seiner Favoriten damit endgültig aufgenommen wusste, stand dann augenblicks – und im Gegenzug allerdings ebenso unabänderlich – fest, dass sie, für ihren Chef fortan durch dick und dünn würde gehen müssen. Aber damit hatte sie ja nun wirklich überhaupt kein Problem.

Nun war wieder so ein Tag.

Und Pannwitz? Er schob in die kleine und vor Mutwilligkeit ohnehin schon flirrende Pause (diese damit sogar noch verstärkend), sein „Na, was denn nun, Vetterin?" hinterher.

Immer noch Pause.

Und er sah auf ihrem beweglichen Gesicht einem sogleich aufwallenden Entzücken zu, das für ihn eher wie ein weinendes Lächeln aussah. Und auf ihren Wangen stieg nun folgerichtig erneut diese zarte Anmutung von Rot auf, die er anfangs, als er diese, ihr selbst aber sichtlich unbeherrschbare Emotion erstmals an ihr entdeckt hatte, der sie ganz offensichtlich hilflos ausgeliefert war, und welche er zuerst gar nicht so recht zu glauben vermochte, bis er überrascht und erstaunt feststellte, wie sehr ihre Augen, unmittelbar nach seiner direkten Ansprache an sie, regelrecht zu leuchten begannen.

Unglaublich, diese Vetterin … Hat schon wieder funktioniert! Ihre wo mögliche Antwort, gesetzt, er würde sie jetzt peinlich dazu befragen, interessierte ihn in Wirklichkeit jedoch auch an diesem Tag eigentlich nicht die Bohne. Allda ließ er's eben sein.

Was denkt die sich bloß … Nein, das hätte er, gerade bei ihr, niemals für möglich gehalten! So kann man sich täuschen. Von wegen: die Vetter *wider alles* gefeit!

Er kannte die Menschen. Das war einfach so. Eine angeborene Gabe. Die war ihm regelrecht zugefallen. Dagegen wächst kein Kraut. Ein Geschenk von Mutter Natur. Aber er wusste damit umzugehen. Das hatte er gelernt. Darauf verstand er sich. Er war von dieser, seiner besonderen, Begabung mittlerweile auch deshalb so sehr überzeugt, weil er immer ganz genau im Blick hatte, was er wollte. Das war bei ihm so. Er machte sich lieber schon vorab Gedanken. Er mochte keine sinnlose Herumkurverei. Der kürzeste Weg zum Ziel war geradeaus! Das spürt ein Gegenüber. Diese Kraft bricht selbst stärkstes Eis, und somit im Grunde sämtlichen vorstellbaren Widerstand! Das machte jeden *Ihn* oder jede *Sie*, für ihn selbst dann eben auch ganz und leicht durchschau-und händelbar. Was für ein Geschenk! Die Menschen wurden ihm regelrecht durchsichtig. Manchmal erzeugte dieses Vermögen in ihm fast schon Langeweile. Da musste er aufpassen, dass er nicht zu schludern begann. Das war er seinen Gegenübern ja auch irgendwie schuldig. Aber eines stimmte ebenso: Frauen blieben in diesem Spiel ungleich zahlreicher, als er es sich zum Beispiel in seinen Anfangsjahren je eingestanden hätte, sehr oft eine ihn in Wirklichkeit außerordentlich herausfordernde Aufgabenstellung.

Ein kaum zu entwirrendes Mysterium. Die damit gelegentlich einhergehende Unauflösbarkeit manch einer verzwickten Situation erschien ihm, in der Vergangenheit, allerdings mehr als nur einmal entsprechend blöd. Aber es blieb für ihn, selbst in solchen Fällen, dennoch stets unterhaltsam und herausfordernd. Dabei half ihm zweifellos sein starkes Ego. Seine Natur, offensichtlich ohne besondere Absicht, schenkte ihm das schlicht her. Er besaß es eben. Er hatte dieses Gespür. Und wäre das nicht gewollt gewesen, hätte sich im Verlauf der Evolution diese Ansammlung von Zufälligkeiten in einer einzelnen Person, also in ihm, doch längst eliminiert. Es musste in dieser Bevorzugung doch ein Sinn liegen und eine Logik obwalten. Er selber besaß für dieses ihm zugefallene Phänomen des durchdringenden *zweiten* Blick, wie er das bei sich gelegentlich nannte, bislang jedenfalls noch keine bessere Erklärung. Aber könnte er die dahinterstehende Absicht des Weltengeistes eines Tages bis in die kleinsten Verästelungen hinein aufdröseln; spätestens ab diesem, sicher großartigen Augenblick vermochte er dann wohl auch den Unterschied zwischen Männern und Frauen zu erklären. Und endlich verfügte er, Pannwitz, wie er es einmal im Spaß sich selber gegenüber festgestellt hatte, dann *damit* über eine jedes irdische Maß übersteigende einzigartige Fähigkeit! Das wäre letztlich aber wohl doch zu viel des Guten. Eigentlich eine ihm viel zu positivistische und seltsam egomanische Sehnsuchtsperspektive. Das ergab auch nicht wirklich einen Sinn. Das durfte einfach nicht sein! Ansonsten wäre er ja … nein, – *d e r* war er ganz sicher nicht!

Er verwarf also diesen verführerischen Gedankenansatz vorsichtshalber auch gleich wieder, noch bevor er sich – und sei es

nur aus Jux – etwa allen Ernstes doch noch in ihm einnistete.
Er verbat sich einfach solche aufflatternden Fantasien. Da war
er ganz pragmatisch: Schluss jetzt!

„Das Übliche, Chef – das Übliche. Nur Tageskram."
Ihre Stimme gurrte bei der Antwort schon wieder so sanft …
Er war indes immer noch gewohnt aufrecht sitzengeblieben.
Er fixierte sie. Sein Blick ruhte wie eine Fliege auf der erhitzten
Beuge ihres Halses. Er sah den Herzschlag unter ihrer Haut
pulsen …
Keine Tändeleien! Daran – davon war er fest überzeugt und
hatte sich zu seinem eigenen Frommen bis heute wohlweislich
auch immer daran gehalten – darf es kein Rütteln geben! Und
die Einhaltung dieses Prinzips, die war ihm all die Jahre wahrlich ausgesprochen gut bekommen: „Nie im eigenen Stall!"
Er erinnerte sich im Moment nicht mehr daran, wer ihm diesen Rat gegeben hatte. Aber es war ein weiser Rat gewesen!
,Nein', dachte er bei sich, ,das hätte keine, und speziell auch
meine Inge Vetter nun schon gar nicht, nicht nur nicht verdient gehabt – du bist ihr das (im Gegenteil) geradezu schuldig
– dich, komme was es da wolle, im Griff zu behalten und natürlich zu beherrschen!'
Er war jetzt wieder ganz bei sich. ,Du bist doch schließlich hier
der Chef. Reiß dich also zusammen, verdammt noch mal!'
Pannwitz musste bei diesem Gedanken nun sogar über sich
selber lächeln: Respekt! Er war tatsächlich mit sich eins und im
Reinen. Und er fühlte sich sehr wohl dabei!
„Dann wollen *wir* mal, Frau Vetter."
Und er sagte diesen Satz, als sei dieser Satz in diesem Augen-

blick und so lapidar dahingesprochen wie nur irgendwas, ein völlig normaler Satz in einer geordneten Welt. Aber es kribbelte schon noch ein bisschen.

Und er wähnte wohl sogar für einen Augenblick, er könne sich zurück leben in seine wilden Jahre. Und es sprang ihn, wenn auch nur für die flüchtige Winzigkeit des kitzligen Bruchteils einer andauernden Empfindung, diese vage Ahnung von Sehnsucht an. Aber auch die verging in Wirklichkeit rasch und ebenso spurlos, wie jeder Hauch eines für einen hingehuschten Moment hängengebliebener Schatten seiner Grübelei noch alleweil vergangen war. Und also schob Pannwitz, während er sich seiner Sekretärin nochmals und in voller Gänze und Größe auf seinem Stuhl zugewandt hatte, ein „Überraschen Sie mich doch einfach mal, *Ingelein!*" hinüber.

Und schon war alles wieder gut.

No. 3: 1964 bis 1975 – Technik und Beatmusik
Winde fegen den Himmel

ES MAG VIELLEICHT SELTSAM ERSCHEINEN, aber der Siegeszug der Technik durch die Verbreitung der elektrischen Waschmaschinen hat die Entwicklung einer eigenständigen Rockmusik in meiner sächsischen Heimatstadt außerordentlich positiv beeinflusst. Wenn damals Hausfrauen in den Mietshäusern bislang mindestens einmal im Monat (manch besonders Penible gar alle vierzehn Tage!) die gewöhnlich im Keller befindlichen Waschküchen in Beschlag genommen haben, um dort ihre schmutzige Wäsche umständlich aus den geflochtenen Weidenrutenkörben in die dafür bereitstehenden Holzbottiche zu weichen, kernig einzuseifen und auf dem Waschbrett zu rubbeln, und sie anschließend, nach mehrmaligem Spülen und vorm Aufleinen in den Wind dann auch noch schnell durch die am Ablagetisch befestigte Mangel zu drehen – konnten sie all diese Arbeiten nun auf einen Rutsch innerhalb ihrer eigenen vier Wohnungswände verrichten. Zunehmend immer mehr Waschküchen blieben in vielen Quartieren und in immer kürzeren Abständen leer, und harrten demzufolge einer neuen und sinnvollen Nutzung. Eine an dieser Stelle hier vielleicht etwas irritierende Einlassung für mein Unterfangen, mich nochmals in die historische Ausgangsposition des damit *auch* verbundenen Folgenden zu versenken. Denn ich meine hiermit nicht nur, sich dabei der nachlesbaren Fakten aus Lexika oder der im Netz kursierenden Statistiken und Schlagworte zu vergewissern, sie gegebenenfalls gegeneinander in der Hoffnung abzuwägen, dabei vielleicht doch einen bisher eben noch nicht wahrgenommenen und überraschend neuen Denkansatz zu erhaschen, oder wenigstens auf eine originelle Formulierung oder These zu stoßen. Nein, ich will mich schon nochmals ganz gern in die Behausung meines Innern fallen lassen, und mich dabei auch bewusst jener Mühsal unterziehen, welche das Abtauchen in die persönliche und private Historie in die Zeiten der damals endlich massenhaft verfügbar werdenden Haushaltmaschinen durchaus bedeuten kann. Und ich möchte bei solchem Unterfangen weitergehen, als einfach nur die banale Faktizität stattgehabter Ereignisse nett aneinanderzureihen oder gegeneinanderzustellen. Denn Elaborate dieser Art sind ja nun ebenfalls schon oft genug aneinandergereiht worden. Sie existieren übrigens bis heute noch unverwüstlich weiter – nach wie vor – noch und noch – und immer wieder neu. Und sie bleiben für meinen Geschmack, jedenfalls inhaltlich, den eigenen Positionen gegenüber dabei viel zu häufig diskussionslos vertrauensselig – sind im Grunde nicht selten unverzeihlich distanzlos – und oft und gern wird in ihnen letztlich, zum behauptet guten Ergebnisresümee hin, dann nur noch Vergangenes und Befindlichkeiten, erzählerisch und dramatisch gefällig, um einen bereits anderswo zigfach abgeprüften Plot gewickelt. Solcherart in Sprache und Form Gebrachtes verharrt dann gewöhnlich in trockener Betulichkeit. Existiert also weder als widerständige geistige Anregung, geschweige als sinnlich erlebbarer Strom. Es vegetiert nur noch als ein ‚zumindest eine gewisse Galgenfrist lang' nachgefragtes halbtrockenes Werk zur Ablenkung, und ist bestenfalls als dienliche Unterhaltung für risikoscheue Konsumenten geeignet. Diese für den Massengeschmack abgeprüften und ausgefertigten Abhandlungen präsentieren im Ergebnis, oft einfach nur aus der ihnen innewohnenden eigenen Logik heraus, eher selten Resultate eines individuell gelebten Lebens. Wie auch?! Sie schielen gewöhnlich auf den Beifall der Masse, und sind im Bemühen allseits kompatibler und rundgelutschter Betulichkeit schon dadurch eingeschränkt und bereits von Weitem vorhersehbar. So wirken sie allseits gefällig, hübsch angelernt oder angelesen. Sie überraschen die nach Erkenntnis Dürstenden und sie zu ihrer Sättigung dringlich Begehrenden naturgemäß kaum.

Andererseits gilt die entschleunigte Gründlichkeit in der Auseinandersetzung – übrigens *die* unerlässliche Voraussetzung einer, allen täglichen und marktkonformen Lebenswidrigkeiten zum Trotz, doch gelegentlich einmal auftauchenden originären Sichtweise – gleichermaßen als nur schwer erträglich. Solcherart Produkte provozieren möglicherweise in der Wahrnehmung der beschleunigten Konsumentengesellschaft, so das Verdikt (allein schon durch ihre pure Existenz), das dadurch beförderte Ansteigen des Aufmerksamkeitsdefizitsyndroms. Und somit blieb und bleibt die *Langsamkeit als erstrebenswerte Haltung* besser auch weiterhin und weitestgehend verpönt, und ist gemeinhin – wie eh und je – auch heute nur spärlich positiv beleumdet. Sie taugt, bis in die jüngsten Tage des Gerichts hinein, noch immer – wenn denn überhaupt – günstigenfalls zum schwer vermittelbaren ,Bildungsqualgespenst'. Und also dünsten weiterhin zahllose dieser eingängig flott servierten Ge-

schichten unverdrossen den einnebelnd-betörenden Gammel-
mief aus sich heraus, der solchen ‚flinken Happen' schon per
Geburt wie selbstverständlich anheimgegeben zu sein scheint.
Das konstante Auftauchen neu zum Leben erweckter *Kopien-
einer-Kopie-einer-Kopie* offenbart überdies völlig schamlos – allein schon durch ihr bloßes Vorhandensein – den eigentlichen
Zustand der immer weiter um sich greifenden Verrottung. Und
so ätzen sie gewiss auch fürderhin flott in den Wind: wie's übrigens das von Maden überzogenes Aas auf jedem x-beliebigen
Knochenresteberg einer Abdeckerei beharrlich beißend genau
so tut! Mögen auch eloquente *Schönredner* und *Gegenteils-
behaupter* Beteuerungsgirlanden üppigster Art absondern und
ums jeweilige Objekt der Begierde schlingen – Verwesung
stinkt in jedem Fall, selbst bei exquisiter Täuschung mit wun-
dersamsten Essenzen jedweder vorstellbarer Couleur, nur nach
Verwesung! Will ich diese Art von Totenmief ernsthaft vermeiden, dann werde ich mich um und um – und immer wieder
neu – durchdringen lassen müssen von den Geräuschen, Farben, Düften der im Moment nun gerade wieder vor meinem inneren Auge ablaufenden Epoche. Und die Devise eines solchen
Trips, die könnte doch nur lauten: Durchlüften! Niemals fertig
sein! Zeit nehmen! Und bei entsprechender Geduld und Spucke
erwächst mir so vielleicht die ohnehin recht vage Chance, *doch*
einen Ansatz für ein weiterlebendes Erzählen zu entdecken. Ich
stelle mir also hilfsweise vor: Alles wäre frisch, neu, unbesehen
und unentdeckt. Dann wäre ja noch nichts erzählt!
So widersinnig und zeitraubend das auf den ersten Blick auch
erscheinen mag, aber in einer heimlichen Nische tief in mir
drinnen lebt tatsächlich noch jenes unverwüstliche Gran an

Hoffnung dergestalt, welches mir (in der Fantasie) dies in solchem Moment sogar wahrscheinlich erscheinen lässt: Heute den Fortgang meiner damals noch jungfräulich vor mir liegende Zukunft (zumindest im womöglichen Erzählen) so weit zu beeinflussen, dass dadurch deren längst stattgehabter (und – je nun: *nachlesbarer*) Ablauf rückwirkend zu korrigieren sei. Bisweilen drängte sich meinen Hirnlappen manchmal mit einer mich dann noch jedes Mal zumindest ebenso erstaunenden Vehemenz und Penetranz eine weitere, mich aber bei nochmaligem Nachdenken gleichermaßen verstörende Mutmaßung auf: Es sei für jeden Einzelnen auch heute überhaupt kein leerer Wahn daran zu glauben, dass die Welt aktiv zu verändern sei! Jeder sollte ja schließlich die *Revolution im Geiste* wagen, um dabei die anderen Möglichkeiten (s)einer Existenz tatsächlich durchzuspielen – um sie dann, zumindest in seiner Vorstellung innerhalb dieses Prozesses, bei sich, in den sich dabei hoffentlich auftuenden *Denk*-Spielräumen, wenigstens ein einziges Mal ergebnisoffen ausloten! Es heißt doch allenthalben: „Versuch macht klug!"

Solcherart ,Vergangenheitsbewältigungsunterfangen', erscheint, wenn nicht schon gleich auf den ersten, aber dann doch zumindest auf den nüchternen zweiten Blick, immer noch sehr gewagt und ziemlich absurd: Korrektur des Gestern! Jeder auch nur halbwegs Vernunftbegabte weiß doch – oder anders ausgedrückt – *glaubt* zumindest es zu wissen: In die verstrichene Zeit vom jetzigen Standpunkt aus einzugreifen, dieses im Ansatz gegebenenfalls sogar sympathische Wollen (etwa: um dadurch getroffene Fehlentscheidungen der Vergangenheit im Nachhinein zu revidieren oder gar ungeschehen zu machen) entbehrt natürlich jedweder realistischen Grundlage: Zurückleben ist unmöglich! Was ich vom jetzigen Standpunkt aus im Gestern sehe, ist schon gewesen. Nur das Heute hört nie auf. Ich lebe schließlich, weil gelebt wurde. Niemand vermag die physikalischen Gesetze des Alls auszuhebeln. Kein Gott – und natürlich erst recht kein Mensch! Ich sollte mir also besser jeden diesbezüglichen Wunsch tunlichst sogleich nach seinem (und sei es nur ‚sporadischen‘) Aufleben wieder versagen. Aber richtig ist doch auch: Trotz alledem vermag ich weiterhin davon zu träumen! Diese Fähigkeit existiert also. Sie bleibt in mir behaust und ist, solange ich bin, völlig real und damit unbezwingbar.

Ja – ich möchte erklärtermaßen weg von der zerlegenden Darstellung der Einzelteile des Gestern! Mein Ziel bleibt ein lebendig träumendes und damit das Vorangehen im *Heute* anregendes Erinnern. Und das natürlich in Blickweite auf ein erfülltes und erfüllendes Morgen! Und dazu gehört – jedenfalls nach meinem Selbstverständnis – als stabilisierendes Fundament – eben auch, in die Melodien und die Lieder des weiland Gewesenen zumindest dermaßen intensiv und gründlich einzudringen, bis dessen einst dahingegangene Klänge mir endlich frei verfügbar werden. Allerdings: Nur ein akustikgenaues Abbild der Vorwelt – aus dem Fundus der *Töne-Museums-Gruft* des Gestern – heraufzubeschwören, das wäre mir eine vertane und, vom zu erwartenden Ergebnis her betrachtet, wohl auch eine recht dürftig anmutende Liebesmüh. Vermutlich würde es somit um nichts weniger langweilig sein, als es zum Beispiel das Abspulen einer x-beliebigen Magnetbandschleife voller längst vergangener Weisen auf einem historischen Gerät sein kann. So etwas ruft in mir oft auch nur Schulterzucken und fragend heruntergezogene Mundwinkel hervor. Was sollte denn ohne eine dahinterstehende Idee aus solchem Vorgang auch Fruchtbares erwachsen? Ohne den inspirierenden Geist der Fantasie bleiben schließlich selbst die mit noch so viel Sympathie, Liebhaberei und Engagement aufgewendeten Mühen am Ende geistlos.

Es stimmt schon: Die Anzahl der Museen im Lande wächst und wächst – Exponat ruht neben Exponat, Regal steht an Regal. Alles ist wohl sortiert, erforscht, katalogisiert, digitalisiert, beschriftet, besucherfreundlich ausgeleuchtet und nett in Vitrinen drapiert. Auf Wunsch führen Alte/Alte, Kinder/Kinder und Frauen/Frauen durch die hübsch ausstaffierten Räume. Im Angebots-Tableau erscheint seit Neuestem sogar wieder die Möglichkeit der reinen Männerrunde! Selbst Direktoren in Person – gefällig angefragt – bemühen sich sogleich. Traditionell gewachsene Tür-Sperr-Zeiten werden sich ständig verändernden Bedarfen willig angepasst – und dort, wo es notwendig erscheint, ganz selbstverständlich auch wieder gekappt. Die Tore der Häuser stehen gegebenenfalls bis in die tiefe Nacht hinein Besuchern offen! Und mindestens einmal im Jahr sogar rund um die Uhr! Und dann – an diesem einem und lauthals ausgeruf'nen und mit Flyern und auf Plakaten ausgezeichneten Samstag – ist Eintritt dann ganz konsequent für *umme*: für null und lau! Und dies bis mitten in das Weichbild einer sich dafür gefälligst ‚zu interessieren habenden' Nachbarschaft (selbst noch der Nachbarstadt) hinein.

Aber wozu eigentlich, so fragte ich mich, wenn die Besucherzahlen seit Jahren, trotz offensiv gelebter Toleranz und all der aufgewandten Mühen, doch stagnieren …?

Gibt es noch andere, mir unbekannte Hebel?
Das, was wir sehen, ist immer nur Vergangenheit. Und dennoch – und dessen ungeachtet – spuckt die Sonne um und um Kegel von Licht und Wärme in die Kälte des Raums! Auf ihrer Reise durch das All liebkosen diese Traumfiguren dabei dann schließlich auch die Erde. Sie fluten und heben auf dem Flecken unseres Jetzt, mit jedem ihrer prallen Lebensküsse

sei's zart oder sei's ungeschlacht,
sei's einzeln oder mannigfaltig

die dort zuhauf getürmten Bollwerke des Seins …
Endlich: endlich hoher, lichter, warmer Sommer! Hoffentlich bleibt er kein Kalenderversprechen und dauert noch lange!

Bloß: ist's im Süden Sommer, ist's im Norden Winter!
Und umgekehrt.

Gleichwohl: Das Licht verloschener Sterne benötigt nach wie vor Millionen Jahre, um auf der Erde anzukommen. Die Zukunft lauert weiterhin im Dunst der Nebel!

Ach–, und obendrein: Der viel gepriesene Halt durch Ordnung
ist nur ein weiteres Versprechen!

Ja – Kontemplation als Gipfel der Ekstase des Daseins im Stillstand: Was für ein stolzer Traum voll Mut!
Nur – wenn wir unser Sein dann wirklich einmal ausspähen unter all den Wolkenhaufen – erkennen wir, wie es sich präch-

tig in sich selber sonnt! So satt vom blöden Fleiß vorher, vom Lebenszeit verbrauchenden Getue; und schüttet allweil Kübel voll von Langeweile über uns …

Doch manchmal trollen sich die Wetter wieder, und die Sicht klart auf …

Ist Hoffnung ein Vergehen?
Ach – und nochmal: ach – auch Vergehen vergeh'n …

Ob ich es dereinst noch vermag, die wabernden Gespinste meines Hirns stets frisch und neu ins weitere Leben auszuwildern? Vielleicht durch Liebe …

Mir scheint im Augenblick, der Möglichkeiten *dazu* gibt es passabel viele!

Im Traum erklomm ich öfter mal die Höhe. Mein Blick, der reichte dann in offenes, sich weithin räkelndes Land. Ich sah manch andre Dimension von Bergen. Sah Sonnen glühen. Und schwamm, beladen mit dem Duft von meinen Kindheitssommerblüten und dem steten Lärmfeuergemurmel der gewaltigen Natur, der darin schimmernden sublimen Melodie von eig'nem Widerschein entgegen; bis ich, davon berauscht, am ferneren Gestade strandete. Ich sah die Menschenmünder dort im Lager Worte formen. Hörte die Stimmen. Und wurde so des himmelsfernen Singsangs einer Sprache gewahr, deren Sinn mir anfangs zwar noch schmetterlingsgleich zu flattern schien; die ich jedoch, dem Tagwerk dabei schon ganz strickt genügend, allmählich schlicht zu deuten lernte. So formte ich sie dann zu meiner. Und fügte mich gelassen in die gefundenen Gegebenheiten des grenzenlosen JETZT. Ich

*glaubte in diesen Momenten sogar an ew'ges Glück. Und spürte
keinen Schmerz.*

Warum – und auch: *weshalb* – sich letztlich diese immer bedrängender werdende Manie nach der ‚Sagbarkeit des Unfass-
baren jenseits der Worte' plötzlich an mich schmiegte, und so
mein Denken bald vollständig okkupierte, vermag auch ich bis
heute nicht wirklich zu enträtseln. Es geschah.
Die Jagd war eröffnet!

Gleichwohl: Der Ritt, er dauert an. Das große Halali steht
längst noch aus!
Und nach wie vor, und ungebrochen, und weiterhin – gilt mir
die alte Mär: Nur der fürs Unsagbare Wort und Sprache findet,
vermag es dereinst vielleicht doch, den Klang von Freiheit zu
vernehmen!
Davon noch weit entfernt, schaukelten vorerst ungezählte Girlanden gestanzter Ahnungen von der Lust des ‚Munkeln im
Dunkeln' hinüber ins flimmernd-flirrende ‚Raunen des Heute'.
Sie verhießen der begierig lauschenden Meute (deren ein kleiner Teil ich doch selber war) das beruhigende Versprechen dauerhaften Glücks im wohligen Zustand süßester Erschöpfung.

*Über den Bergen, hinten, wo sich mittig oben mit unten inein-
ander zu hakeln schienen, schimmerte ein aufgeräumter Himmel dergestalt, als sei genau er der herbeigesehnte Ausschnitt
eines gefällig drapierten Tafelbilds. Orte wie aus einem Traum
gürteten die fernen Hügel. Die Ziegel ihrer Dächer verschwam-
men ins Rot. Wind kam auf. Lichtblitze grellten durch Wolken-*

*fetzen. Für Momente brannten sie wie Glut. Meine Augen sahen
nicht mehr. Lohen flimmerten wie Feuerregen im Center ihrer
Mitte. Mein Gesicht brannte, und mein Herz beruhigte sich nur
mählich. Schließlich brachte ich die Kraft auf: Ich wandte mich
abrupt ab!*

*Hernach Zuversicht. Ein mir beglückend hell erscheinender Weg
rieselte und perlte zu meinen Füßen quick talab, plätscherte sanft
durchs satter werdende Grün und wusch sich dabei seinen eig-
nen, kleinen Hafen. Er strömte munter weiter fort und fort, bis
tief in jene leuchtende und um Erlösung heischende Ferne, wo er
am Horizont im Blau des Hügelkettenwaldmeers auf Nimmer-
wiedersehen versank.*

„Wach jetzt nicht auf", sagte ich dann zu mir.
„Wach jetzt nicht auf."

Bitte – wache jetzt nicht auf!

Beim neuerlichen und nun sogar genauerem Hinschauen – wie
jedes Mal nach süßem Traum – gleichwohl auch hier – und
abermals – und unverzüglich – der sehnsuchtsvoll-innigliche
Wunsch: Dieser wohlige Zustand möge noch recht lange dauern!

Ich spürte, wie sich meine Finger wollüstig ins Laken krallten.
Aber noch im schummrigen Refugium des Dämmers unter
dem scheidenden Licht der Sonne, behauptete letztendlich
doch die ungezügelte ‚Freiheit des Jetzt' das ihr zukommende
Primat: Mein Kopf – ihr hohes Heim! Himmlischer Wachturm
und waberndes Zentrum zugleich. Die anstehende Metamor-

phose aus dieser traumwandlerischen Sphäre bis in die Mitte meines alle Tage natürlich gelebten Lebens hinein erschien mir – gerade auch in solchen Augenblicken – ganz klar, völlig logisch und total vorgegeben.

Unter der Haut piksen Kiele
fluffiger Flaum
steht gegen den Wind
hebt und fällt
an und ab
bin ich unsterblich.

In den Pausen der *Zwischenzeit* agierte ich fortan für mich überraschend angstfrei und wagte es, die unter der Sonne herumliegenden Angebote sinnstiftenden Tuns einfach aufzusammeln. Wozu denn sonst schmeichelten sie sich allenthalben sichtbar, und mit ihren *Geschichtchen* plakativ um Aufmerksamkeit heischend, aus Büchern, sanken sanft von Bildern, umturtelten (dabei lange verweilend) das Dahindösen des Geschehens aktiver öffentlicher Alibibühnen? Warum sonst siedelten sie schließlich dergestalt fleißig und zielstrebig noch in den letzten verästeltsten Fasern meines inneren Da-Seins?
Nur manches Mal, im freien Spiel der Stücke, erschloss Musik mir unbekannte Orte. Oder lag der Schlüssel zu ihr in Wahrheit nicht ohnehin seit eh und je im verführerischen Sog der Stille zwischen den Noten? Aber sei es selbst auch nur wieder so gewesen wie es schon immer gewesen war – sie stiftete, so sie ertönte, in mir, allein schon durch ihr bloßes Ertönen, die stete Gewissheit unerschöpflichen Aufbruchs! Und wer denn

überhaupt wollte – konfrontiert mit der ureigenen Melodie ihrer extraordinären Erscheinung – dann direkt im Angesicht mit ihr – noch länger blind … und taub … und stur … darauf beharren, dass mithilfe einer dermaßen betörend fabulierenden Seele *kein* unaufhörlich neu aufscheinender Stern gezeugt werden kann? Selbstredend war das möglich! Natürlich bleibt der grenzenlose Himmelsbogen (auf immer und auf ewiglich) der bisher unentdeckten Wunder voll! Hernach freilich, wenn die Geburt der Töne im Konzert dann längst verhallt ist, obsiegt gar oft auch Leere. Doch in ihr drin, im Wochenbett der nun gebotenen Stille der Ernüchterung, da regt sich schon – mit zugegebenermaßen etwas Glück – dann doch … und stets … und auch beständig – das feine tiefe Wissen; so, wie anderswo das ewig gute, grüne Gras. Das Chaos Zeit lässt sich entwirren! Passable Lösungen keimen allenthalben um uns her – und reifen, von Ideen frisch gedüngt, zur Mahd heran. Und das *Kling-Klang* vom Amboss dort – bezeugt: Die Sense dafür wird bereits gedengelt!

In jenen Momenten weitete sich der Umfang meiner Brust. Das Hemd sprengte die Knöpfe! Was wohnt wohl hinter der Grenze der Welt?

Her damit!
So zeig dich doch!
Jetzt!

Definitiv – *das*, verdammt noch mal, will ich nur schauen!
Nur das!
Verstehst du?

Das!

Wach jetzt nicht auf.
Wach jetzt nicht auf.

Und – ja, verdammt – und noch mal! Erhöre endlich mein Ersuchen!
Wache jetzt bitte nicht auf!

Der Absturz lauert listig hinter seinem Zwilling *Zauber* …
Ich glaub', sie lachen beide ziemlich frech …

Erneut:
Vorn blitzt Lohendes.
Hitze steigt.
Schon wieder grellt Licht.

Was gerade war, wird nie mehr sein!

Ich habe es ja bereits angesprochen: Im unaufhaltsamen Voranschreiten der Ausstattungsbreite normaler Durchschnittshaushalte in meiner Heimatstadt mit den neuen und ganz modernen Waschmaschinen – *der* segensreichen Alltagsentwicklung der frühen Sechzigerjahre des vergangenen Jahrhunderts – lagen im Ergebnis die Räumlichkeiten ehemaliger Waschküchen in Kellern oder in den zahlreichen Nebengelassen der Mietskasernen meiner Kindheit schlagartig brach.
Die Wirtschaft des Landes hatte spürbar an Fahrt aufgenommen: „Jeder Trine ihre Maschine!" – und dabei die Hausfrauen

der Welt, zumindest im mich unmittelbar umgebenden Kosmos meiner Vorstadt, durch die Umsetzung dieses Slogans in die Realität ihres Alltags, von einem Gutteil ungeliebter Familienfron befreit. *Sauberkeit* galt gerade im Besonderen in unseren vom Leben ansonsten keineswegs verwöhnten Kreisen ohnehin schon lange als Selbstverständlichkeit. Sie war notwendige Erfordernis unseres gedeihlichen Zusammenlebens und schloss dabei für unser aller Wohlbefinden gleichermaßen Geist, Körper und überhaupt das gesamte Land mit ein. Und ebenso wie der Begriff *Gesundheit* fasste sie also stets mehr als das pure Abbild unserer sichtbaren Erscheinung. Diese hatte nach dem verlorenen Krieg ohnehin nicht mehr das Primat. Es galt viel eher als verbindlich ausgemacht, stets und vor allem gerade auch *Sauberkeit im Denken* zu bezeugen! Und beim Versuch, diesen Erkenntnisansatz in die Wirklichkeit der alltäglichen Verhältnisse zu transportieren, durfte und sollte es nie wieder ein oberflächliches ‚Darüber-hinweg-Sehen‘ geben. Wehret den pestig-schwarzbraunen Anfängen: „Nie wieder Faschismus – nie wieder Krieg!“ – Das war doch die schmerzhafte Lehre aus der gerade erst vergangenen Geschichte: dass es – verdammt noch mal! – (fast) in den Untergang führen konnte, wenn die Gesellschaft herum hampelnder und grossmäulig tuender Duckmäuser (besonders gern in Bierzelten und auf Festplätzen) etwa nicht sogleich und von Beginn an erbarmungslos in ihre Schranken verwiesen, und ihre dort erbrochenen Wahrheiten und die Gebresten ihrer geistiger Pestilenz *nicht* sofort entlarvt und rigoros *ad absurdum* geführt wurden! Verkehrt verstandene, vermeintlich vornehme Zurückhaltung, oder auch blasierte Ignoranz, merzen – allein aus sich heraus –

wahrlich keine Dummheit aus! Ihre Wege führen aber unweigerlich in den Schmerz. Das in einem Blutstrom ersoffene Fehlbeispiel stattgehabter Menschheitsbeglückung lag ja gerade erst einmal ein schlappes Vierteljahrhundert zurück! Schnarrend parlierende Männer in schneidigen Uniformen – vorzüglich jener Eine, samt geradem Seitenscheitel und seiner fanatisch asketisch-vegetarischen Lebensweise – hatten seitdem – und das bis hin zum ,Sankt-Nimmerleins-Tag‘ – in meinem Land der Väter wohl für ewig und auf alle Zeit ausgespielt!

So hoffte ich.

Das Geschenk der Befreiung – von den im Namen Deutschlands so präzise, exakt, national gestimmt, tapfer, aufopferungswillig, fleißig, treu und gründlich tätig gewesenen Überarbeitern des Menschengeschlechts – verpflichtete uns Nachgeborene fortan doch geradezu zwingend zum alternativen Gegenteil – zum wuchernden Wildwuchs der anarchischen Vielfalt!

So meinte ich.

Auch die Alltagsmode zeigte sich inzwischen endlich ziviler. Selbst Hosen wurden geräumiger geschnitten. Die neue Zeit verlangte und verhieß wieder Freiheit in der Bewegung. Aber wie bei jedem noch so leicht verständlichen und nachvollziehbaren Anfang wohnte auch ihm, im Alltag – und das bereits vom ersten Tag an – der absehbare Beginn seiner Endlichkeit inne. Und die sich in solch einem Lichte besehen viel dringlicher stellende Frage, bestand nach meinem Dafürhalten – wie stets zuvor so auch erneut darin – nach der für diesmal vorgesehenen Dauer des soeben stattgehabten Beginns zu forschen.

Denn wir konnten – nein, wir wurden von der uns umgebenden Wirklichkeit ja geradezu genötigt, es schon wieder tagtäglich erfahren zu müssen und zur Kenntnis zu nehmen: jenes mit Staunen und Abscheu verbundene Erschrecken über das, was Menschen ihren Mit-Menschen im Namen ihres jeweiligen *Ismus* – bereits so kurz nach *Ultimo* der doch erst jüngst so furchtbar gescheiterten heimatlichen Diktatur – abermals, und in einer Art, als sei gerade eben nichts besonders nachhaltig Wirkendes geschehen, nun schon wieder weltweit angetan hatten: Griechenland, Indochina, Palästina, Korea, Algerien, Kuba, Indonesien, Vietnam, Namibia, Guatemala, Portugal, Nordirland – und, und, und … Ja, wir konnten es schon wieder sehen. Es vollzog sich ja schließlich vor Unser Aller Augen. Und ja, wir haben wieder nur zugeschaut. Es war völlig unmöglich DAS ALLES auszublenden!
Und also geschah es.

Diese schon wieder stattgehabten Scheußlichkeiten führten im Ergebnis allerdings auch dieses Mal keineswegs sofort – oder erneut – oder zwingend – zu wahrer Brüderlichkeit und Solidarität – oder etwa auch einem gerade eben noch querbeet so dringlich beschworenen, und lauthals herbei ersehnten, und schier endlos beplapperten, vorurteilsfreien Miteinander. Nach der Phase allgemeiner Empörung über die erneuten Ungeheuerlichkeiten der Taten *der Anderen,* und der in diesem Zusammenhang schon wieder zuhauf zutage getretenen rassisch und national motivierten eklen Auswüchse im Umgang der ganz normalen Gattungswesen untereinander, kehrte alsbald erneut dieser so proper daherkommende, und dabei so ganz selbstverständlich und forsch heraus posaunte Optimismus der althergebrachten ‚Zukunftsverkünder' – samt der ihnen geradezu geschwisterlich verbundenen ‚Neutöner vom genauen Gegenteil' – also die gelernte und seit Jahrtausenden eingeübte Ordnung des gewöhnlichen Menschenalltag ein. Und es geschah sogar eine deutlich breite und fette Spur eher, als ich es selbst in meiner wildesten Vorstellungen je vorauszusagen gewagt hätte. Entsprechend Wohnort und der davon beeinflussten Zugehörigkeit zum jeweiligen ideologischen Lager, schrumpften auch die hohen Lohen der nur Augenblicke zuvor wild entfachten und herum stiebenden Empörungsfeuer dann doch wieder zu netten Gedenkkerzenflämmchen, deren Ruß und Asche sich im Grunde doch verdammt gut im Zaum halten ließ. Und so fielen sie im Rest des ablaufenden kalendarischen Rhythmus schließlich ebenso rasch in sich zusammen, wie sie vormals noch aufgeflackert waren. Ja, sie ließen sich gewissenermaßen sogar fast spurlos entsorgen. Die Einpeitscher und Brandlöscher aller Seiten hatten wieder einmal ganze Arbeit geleistet! Die sich gegenseitig bedingenden Feuerwehren der jeweils ganz eigenen und besonderen Art verstehen eben ihr erlerntes Handwerk. Auf ein Neues also! Diese sehr speziellen Brandbeschleunigungs-und-Abkühlungs-Handwerker sicherten, durch sämtliche Hitze-Beben und jegliche Wallungen der Zeiten hindurch, auch dieses Mal einfach nur ihren gelernten Job. Und festigten mit ihrer professionelle Arbeit – es mag einem gefallen oder auch nicht – getreu dem Satz: „Was das Feuer nicht schafft, schafft die Feuerwehr" – in ausgleichend beruhigender Art und Weise tatsächlich auch eine wichtige und unser gesellschaftliches Zusammenleben schon immer so vortrefflich kennzeichnende Konstante: Den steten Wechsel von Krieg und Frieden! Gerade noch heftig bullernde Gluten kühlten sie routiniert herunter, und wandelten dabei deren reinigende Hitze sukzessive in konservierende Kälte um. Durch den lebendigen Ausgleich der Gegensätze garantierten sie den Fortbestand und die permanente Innovation unseres lebendigen Seins. Die empathische Menschenfamilie aus Schwestern und Brüdern – was für eine romantisch-alternatives Trugbild im Zeitalter untötbarer Nationalismen – ha, gelöscht! Gegenseitige Schuldzuweisungen wurden schon immer zuerst rasch und gründlich aufgeweicht, und anschließend professionell und effektiv in die mit netten Motiven ausgeflieste Geschichtskanalisation gespült. Als gängiges Treibmittel dafür reichte oft schon ein winziger Schwapp mit Ideologiewasser verdünnter Ritualsirup, welcher, bei eventuell auftretendem Widerstand, dann nur noch mit dem rasant wucherndem Virus *Desinteresse* geimpft werden brauchte … Wie hieß doch eigentlich nochmal das, was zwischen *Soli* und *Dari* und *Tät* wohnen soll?

Und bald schon beherrschte – wie stets nach der üblichen Tagesgymnastik – wieder Erschöpfung und ganz gewöhnliches Siechtum das Feld. Ergo: Vergessen verschlingt Gewissen!

Woraus nähren sich eigentlich die unverwüstliche Hoffnung und der Glaube ans Gute in uns? Wenn einmal alle Tabus gebrochen sein werden, was vermag dann noch eine menschliche Seele zu erschüttern? Was regt und bewegt sie dann noch zum Denken an, gar zur Umkehr? Kann uns ernstlich das oft genug einfach nur so *larifari* dahin fabulierte Postulat auf das ‚der eig'nen Gattung *nicht* innewohnende Böse' etwa von der

Frage nach dem: Warum ist es dann überhaupt da?, entbinden?

Was ist das also: *ein Mensch?*

Und was heißt das eigentlich: *menschlich bleiben?*

Wie der Himmel an Regentagen manchmal die Bläue versteckt hält, und dabei durch die Sehnsucht nach Sonne und Licht ein Ziehen in der Brust hervorzurufen versteht, voller unerfindlichem Optimismus übrigens, aber schier berstend von der bebend machenden Gier nach Zukunft, welche man arglos hinzunehmen bereit ist, ohne sie möglicherweise je ernstlich (wenigstens einmal) tief zu hinterfragen – genauso selbstverständlich verärgerte mich das mittlerweile immer beflissener und dringlicher vorgetragene Totschlagargument der den Menschen angeblich angeborenen *Unmenschlichkeit.* Ich glaubte noch nie – und ich glaube auch jetzt immer noch nicht – an Außerirdische, an irgendwelche Götter, oder gar an DEN HERRN. Im Teufel vermag ich bis zum heutigen Tag eher den gestrauchelten Engel, der ich Mensch ohne besondere Anstrengung aber natürlich gut und gern auch selbst sein könnte, als jenes vermeintlich durch höhere Gewalt in die Welt gefallene Böse zu erkennen. Ich denke, dass im Grunde die vorgefundenen Lebensumstände uns allen das jeweils passende Rollenkostüm diktieren. Die Live-Version von *Sympathy for the Devil* der Rolling Stones und die mich fortan stets aufs Neue berührende Art, wie rotzig und mit welcher anarchisch-tänzerischen Grazie Mick mir seine Zeilen ab dem Tage ihrer Entstehung über sämtliche Kanäle zu spie, trug daran ursächlich Schuld. Sie erweckte und nährte meine anfänglich nur sporadisch auffla-

ckernde Mutmaßung vom unsterblichen Menschenteufel fortan auf eine mich selbst verblüffende Art und Weise. Anfangs
noch zag und sehr unsicher, vermeinte ich, nach den zahllosen
Wiederholungen, die in immer knapper aufeinander folgenden
Abständen als berauschende Konzertsequenzen über den Bild-
schirm wischten, deutlich erkannt zu haben, *wie* intensiv noch
jedes Mal aus dem oberen Ende des Sängers – seinem Mund –
dieser Song über die jeweiligen Bühnen quoll. Und eines Tages
erspürte ich die entschiedene Gewissheit seiner Haltung sogar
körperlich. Mick erschien mir, bei all der zweifelhaften Ham-
pelei in seiner Interpretation, fortan nun immer ganz *echt* und
bei sich geblieben zu sein. All die mich anfangs gelegentlich
bedrängenden Ahnungen und Unsicherheiten an seiner Lauterkeit fand ich durch seine permanent geoffenbarte Kunst nun
ausgeräumt!

So wollte ich das. Zumindest eine lange Zeit.

Ich verließ morgens das Haus und tauchte mühelos in die wu-
selnde Menschenmenge meiner Heimatstadt ein. Es gab große
Männer. Und es gab kleine Männer. Es gab Mädchen. Und es
gab Frauen. Es gab verbitterte Junge. Und es gab lustige Alte. Es
existierten amputierte Gesunde. Und es vegetierten schlanke
Kranke. Verwegene und ganz gewöhnliche Gestalten jedweder
Couleur hasteten in einem bunten Reigen an mir vorüber. Sie
verhielten einen Moment und setzten sich hernach gleich wieder in Bewegung. Ich glaubte fest daran, dass, so ich in diesen
Strom einzelner Wesen nur intensiv genug eintauchen würde,
ich mit ihm bald eins werden konnte; dass er mich solange

drückte, walkte, zerrte, rollte, streckte, formte, rempelte, faltete, quetschte, rieb, und ich mich an ihm wetzen konnte, bis meine passgenaue Umformung als brauchbares, nützliches und notwendiges Teilchen in die vordergründig konfus dahinfließende Menschenmasse hinein, schließlich eines Tages eingetreten war. Ich konnte mit ihr völlig eins werden! Ja, wir wären dann endlich alle zusammen! Ein einziges, gemeinsam funktionierendes, großes, lebendiges und sich selbst genügendes Organ! Ich brauchte mich also derlei ohnehin ablaufendem Vorgang einfach nur frei und willig, und ohne Widerstand!, hinzugeben – dann würde es schließlich ganz leicht und wie von selbst geschehen …

Es hat gedauert, bis ich verstand, dass kein Spiel – und auf keiner Bühne dieser Welt – echt ist, sondern prinzipiell künstlich!

Und so erschien es mir auch an jedem einzelnen der unablässig weiter heraufziehenden Tage damals vollkommen selbstverständlich, dass die lebendige Gemeinschaft unseres Volkes, welche natürlich nur in einem vor uns liegenden Marsch unseres verschworenen Kollektivs zum gemeinsamen Ziel hin geboren werden konnte, erst noch *vor* uns lag. Das dabei notwendigerweise aktuell bleibende Sinnen und Trachten, dem ich aus innerer Überzeugung übrigens genauso selig berauscht und stetig nachhing wie die Mehrzahl meiner damaligen Zeitgenossen, hieß demzufolge auch weiterhin: VORWÄRTS! Und ich folgte diesem Weg begeistert. Ich glaubte mich konform mit all jenen Mitmenschen, welche die neue Gesellschaft – auf dieser zwar verkündeten, aber nichtsdestotrotz eben auch

Kraft zehrenden *Reise ins Glück* – vor den von außen (in den ursächlich eigentlich doch gesunden Körper des Menschenkollektivs) eindringenden schädlichen Einflüssen abschirmen wollten. Vorbei also an den morgendlich geöffneten Fenstern, die sich beidseitig mit ihren filigranen Gardinen aus Plauener Spitze in die süße Verheißung von der ‚Freiheit der Straße' vor deren morbiden Häuserblocks bauschten. Vorbei an den von dort hervordrängenden Lärm-Böen aus den genormten Wohnzellen der Werktätigen, wo während der Sendung ‚Morgenbeat' – in den dröhnenden Boxen der Staßfurt-Radio-Sterne auf den resonanzbefähigten Regalböden der furnierbeklebten Gute-Stuben-Spanplatten-Schrankwänden – der Beat geboren wurde. Dort entlang führte gewöhnlich mein Fantasiekurs – als würde exakt dort, in diesen Wohnbehausungen der Töne, eigens für die Ohren der darin und davor herum wuselnden und danach dürstenden Männer, Frauen und Kinder akustisch geflaggt. Die Tour ins wirkliche Leben dagegen, die verlief ganz banal: Entlang des Quietschens der *Pneumant*-Autoreifen, dem Plärren der Mopeds aus dem thüringischen Suhl, und dem metallischen Ratschen der gelben *Tatra*-Straßenbahnen – diesen ewig stromfressenden gelben Ungeheuern meiner Heimatstadt. Hurtig und unverzagt querte ich Tag um Tag fußläufig die Schienen ihrer maroden Gleisbetten, bis direkt vor oder gar mitten hinein, in eine der zahlreichen Stätten und Werkhallen der Produktion, wo der Reichtum des Landes unverdrossen zutunlich erwirtschaftet werden musste. Wo ein Pannwitz zwar das Sagen hatte, und sich ein Kollege Kreinbring dennoch (auch in Person) gleichfalls dafür verantwortlich wähnte. Und wo genau dieser selbsternannte verantwortliche Vertreter des Volkes – verdammt noch mal! – voll des ehrlichen Gewissens, es um jeden Preis in der Welt wollte, dass gerade und besonders dort, jeder seiner Schritte mit den rechten Dingen seiner linken Grundüberzeugung – und vor allem jedem nachvollziehbar! – ablief. Und inmitten dieser übergeordneten Periode des Umbruchs – hin zur permanent proklamierten „schrittweisen Verwirklichung der Interessen der Arbeiterklasse", und selbstredend auch aller mit ihr verbundenen Bürger, und den Angehörigen der unterschiedlichen Schichten natürlich auch – war Offenheit und Transparenz letztlich unerlässlich. Ganz besonders eifrig-eifernde Zeitgenossen hüllten ihre dafür notwendigen verbalen oder verschriftlichte Postulate sicherheitshalber, und, zugegebenermaßen: auch ein wenig aus Vorsicht, dann eben gern vormundschaftlich-mütterlich aus- und andauernd, in diesen, von den wissenschaftlichen Mitarbeitern der Einheitspartei aufgehübschten (im Ergebnis allerdings oft nur schwer erträglichen) ‚Neuzeit-Gequassel-Mantel-Sprech'. Das war der alltägliche zu ertragende Preis. Zahltage oder die Verleihung von Devotionalien für Gefolgschaft, wurden sehr gern auf öffentlicher Bühne zelebriert – also kollektiv im Bad mit der großen Menge der auch bislang noch (wie stets) zu kurz Gekommenen. Dennoch: Ich, Bernd Klapproth, gestehe selbst nach so lange dahingegangener Zeit und nach all den vielen Enttäuschungen und geoffenbarten Fehlleistungen (bis zum Scheitern des gesellschaftlichen Großversuches hin), dennoch vielen der damals aktiv Beteiligten Respekt für ihren Versuch zu, die Welt ein bisschen besser machen zu wollen. Ja, der lebhafte Glaube, durch ein verstärktes persönliches Engagement dazu beitragen zu können, dass möglichst viele Menschen schneller an den nahen Gestaden der Seligkeit verheißenen Zukunft heimisch werden können, existierte tatsächlich!

Im Alltag fahndeten meine Freunde und ich unterdes unablässig immer weiter nach dem neuen Menschen dieser Aufbauzeit. Irgendwo musste er ja sein! Das war uns schließlich doch versprochen!

Noch lebte er also, mein süßer Traum von der Schwesterlichkeit und der Brüderlichkeit. Es war immerhin der alte Rauschebart Friedrich Engels[6] gewesen, der auch mir ins Stammbuch geschrieben hatte: „Wir wollen alles, was sich als übernatürlich und übermenschlich ankündigt, aus dem Wege schaffen, und dadurch die Unwahrhaftigkeit entfernen, denn übermenschlich, übernatürlich sein zu wollen, ist die Wurzel aller Unwahrheit und Lüge."

In aller Inständigkeit: Was gab es dagegen schon zu sagen? Er sprach mir aus der Seele. Genau das wollte ich doch auch!

Ich hatte mir in jener Zeit tatsächlich allen Ernstes vorgenommen – fortan und ausschließlich – nur noch in der Wahrheit zu leben. Zumindest so lange, solange es nur irgendwie auszuhalten ging …

Im Ernst: Diesen *Wahren Worten* nachzustreben, was sollte daran schon zweifelhaft sein? Dennoch ahnte ich – eher schon, als ich es zu wissen glaubte: Das wird ein mühsames Geschäft! Ich vermochte allerdings nicht zu erkennen, *wie* mühsam. Wie auch! Ich war noch so jung. Ich war von der schlichten Urgewalt solcherart Verheißung regelrecht infiziert. Und ich war mir, trotz schon kurze Zeit später aufkeimender zaghafter erster Zweifel – ich hatte einfach immer noch keinen ‚neuen Menschen‘ kennengelernt, welcher der Engels-Vision auch nur andeutungsweise nahegekommen wäre – damals dennoch sehr sicher, niemals zu vergessen, wer ich einst *wann und wo* gewesen bin. Und ich wollte partout auch nie irgendwohin abheben. Das schwor ich mir. Ich wollte mich auch fürderhin stets daran erinnern, wie wohl ich mich bei dem Gedanken gefühlt habe, einfach nur, als ein kleiner Teil, jenem gewaltigen Kosmos der Avantgarde von Suchenden anzugehören, welche selbstverständlich die Welt in absehbarer Zeit spürbar verbessern würden!

Das hatte ich mir selbst völlig todernst an meine Fahne geheftet und in mein inneres Stammbuch geschrieben. Ja, ich war vom puren Augenblick und der Hoffnung, dieses Zauberwesen allen Widrigkeiten zum Trotz doch noch irgendwo finden zu können, geradezu vollkommen erfüllt! Und ich verrate kein Geheimnis, wenn ich jetzt bekenne, dass ich in meinem früher mir zugehörigen Blick, und nicht etwa nur partiell, aber rückblickend eben doch, sogar das trunkene Glück des sich – ja, so wird wohl gewesen sein – ‚auserwählt Fühlenden‘ auch heute noch zu entdecken vermag. Und: Nein – ich benötige dazu nicht einmal eine Lupe!

Aber natürlich erkenne ich, aus dem Abstand zwischen meinem damaligen Wollen und der danach eingetretenen Realität meines Lebens, einen gigantisch auseinanderklaffenden Widerspruch. Dennoch, die mir verbliebenen Bilder belegen es unwiderruflich: Ich habe geglaubt!

Ja – ich, der ich so stolz darauf war, nie einer Religion nachgehangen zu haben oder einer Ideologie aufgesessen zu sein, stand zu dieser Zeit fest in meiner Hoffnung, und ich war dabei tief in mir drinnen überzeugt von Dingen, die ich vorher noch nie gesehen hatte ... Ja – so ist es gewesen. Jede andere Behauptung wäre nur eine weitere Lüge.

Aber vielleicht gerade auch wegen des dann mir geschehenen Erfahrungszuwachses – und selbstverständlich eingedenk des allmählichen Verrinnens der ehemals so prickelnden Vision der Marke ,Neuer Mensch in neuer Zeit' – in den sich allmählich immer weiter ausdehnenden Ebenen des Alltags (die allerdings erst später, aber dafür dann so unausweichlich wie gleichermaßen mühsam zur Durchquerung anstanden), passierte auch mir schließlich das Unvermeidliche: Eines Tages sah ich, dass der Sand der mich umgebenden Wüsten nur aus einer unendlichen Ansammlung winziger Quarzkörner bestand. Die einst runden, eckigen, scharfkantigen und zunehmend aber auch all jene Winzlinge, die bei jedem weiteren Transport durch Winde und Stürme immer noch runder und noch runder wurden, waren am Ende zur Herstellung von Beton schließlich völlig ungeeignet. Ihre Oberfläche war durch die Winderosion inzwischen so glattgeschliffen, dass der Sand im Ergebnis nur noch über ungenügende Klebekräfte verfügte.

Was für eine bizarre Situation: Millionen und Milliarden, Billionen und Billiarden, Trillionen und Trilliarden rundgeschliffene, und dabei schon längst schier unzerstörbar gewordener Sandkörner, welche durch die unendlich zunehmende Anzahl der Stürme auf unserem Planeten zwar immer noch länger und noch länger leben würden, aber zum Bau einer neuen Welt, in einer neuen Zeit, damit restlos unbrauchbar geworden waren. Und eines dieser Körner im unendlichen Kosmos der sich aufeinander und übereinander schichtenden Ewigkeiten – war ich! Zum *Da-Sein* verdammt. Diese ernüchternde Einsicht meiner jenseits von meinem Wollen völlig unabhängigen Existenz, löste in mir geradezu einen Schock aus …

Jetzt, wo ich wieder einmal daran denke, fühle ich, dass mir, seitdem mir dieser Gedanke erstmals in meinen Kopf schoss, offensichtlich auch jeder Anflug von hoher Stimmung verlustig gegangen ist – welcher in vorangegangener Zeit öfter einmal *einfach so* da war – und vielleicht gerade deshalb auch so ungeheuer tröstlich und ab und an sogar regelrecht erhebend war. Und ich frage mich gelegentlich heute noch: Was war denn damals eigentlich – vor dieser Erkenntnis – der nur mir ganz allein zugestandene Anteil an Welt? Was eigentlich glaubte ich einst, das einzig mir gehörig und in meinem Besitz befindlich wäre? Was sollte das gewesen sein? Und woraus speiste sich meine damalige Zukunftseuphorie? Und – erneut nachgefragt: Ist mir heute davon wenigstens (überhaupt …) noch ein Rest geblieben? Woher rührt dann andererseits bloß diese unausrottbar traurige Sehnsucht nach einer Antwort, von der mir mein Verstand doch immer wieder sagt, dass es sie so pur und ohne Lug und Trug von niemandem – noch nicht einmal von mir selbst (!) und somit also niemals – geben wird? Und wieso kann ich mir da eigentlich so sicher sein? Bin ich vielleicht doch größenwahnsinnig? Und wieso traue ich eine mögliche Antwort auch einem oder einer anderen nicht zu? Erinnere ich mich wirklich nur, um die nämliche Einfalt des ehemals so guten und unbedarften Glaubens nochmals zu genießen, die mich zu diesem Zeitpunkt schlechterdings offensichtlich beherrschte?

Ja, es steht geschrieben, dass wir nur das betrauern können, was wir einst kannten. Was ist das dann, das ich als großes DENNOCH hier verbelle? Wonach hechle ich, rasch atmend und hörbar mit offenem Maul und heraushängender Zunge, gleichwohl noch immer? Da kann die Einsicht noch so tief sein und das Gehirn wie irr rotieren … Und was für ein Gespinst würde ich denn knüpfen, gesetzt, ich bekäme auf mein Insistieren tatsächlich einmal Antwort? Und *was* denn würde ich nachbohrend erbitten, wenn ich jetzt (aber bei wem denn nur!) darum bitten könnte …?

Meine sonstwo aufgeschnappte Erkenntnis, dass zum Vergeben und der Gewährung von Gnade ein verdammt weiter und wahrscheinlich nie enden könnender Weg zurückzulegen sei, keimte mir in ihren frühen Anfängen zwar auch schon in jenen Tagen, bestand am Beginn meiner Grübelei über Sinn und Unsinn meiner Verhaftung in die Gegebenheiten der Jetztzeit jedoch bestenfalls aus einem höchst diffusen Sammelsurium spekulativer Ahnungen. Die viele hingegangene Jahre darauf erlebten Einsichten eigener Unzulänglichkeiten, genährt durch später erlittene, also durchlebte Erfahrungen alltäglichen Scheiterns, vermischten sich anfangs noch mit meinem sehr defizitär ausgeprägten Mut, darüber zu sprechen – allein schon der Angst wegen, damit unweigerlich neuerliche Katastrophen heraufzubeschwören – und vergoren sich so, in mir, in ein mich total verwirrendes Gebräu. Aber weil selbst ein geringes Maß an Lauterkeit meiner eigenen Person gegenüber noch völlig unerweckt war – der Korken war einfach noch nicht aus der Flasche gefluppt – war der Weg zu Reinheit und Durchsichtigkeit der Gedankenmaische vorerst so verdammt mühsam. Die Erkenntnis, dass es aber ohne einen Filter aus Ehrlichkeit mir selbst gegenüber letztlich auch keine Klarheit im Kopf geben würde, blubberte jedoch schon Tag um Tag. Der Appetit nach dieser Art von Unzweideutigkeit war, einmal geweckt, jedoch kaum mehr zu beruhigen. Ich vermochte es fortan tatsächlich, schon beizeiten zu vernehmen, wenn es in mir wieder leise zu rumoren begann, und war dann stets bemüht, diesen ‚Hampelmann' zumindest um ein Weniges zu besänftigen. Aber kaum hatte ich ihn abgefüllt, begann er sogleich erneut grummelnd umher zu flanieren, suchte lauernd, schnappte zu, rülpste genüsslich und verdaute wohlig. Zwar besaß ich zu jenem frühen Zeitpunkt, und noch völlig ungehemmt durch jedwede Art von relativierender Erinnerung, schon eine vage Ahnung meiner Neigung zur Selbstüberschätzung, vermochte es damals aber andererseits noch nicht, diesen mir so normal und logisch erscheinenden Zweiklang von: *Da-Sein* und *Zweifel* final, wenigstens probeweise, zumindest eine erkennbare Winzigkeit weit, aufzubrechen. Ich fühlte mich geradezu unsterblich und meinte tatsächlich, über alle Zeit der Welt zu verfügen. Ich wusste mich mitten im Zentrum des Universums: Wer wollte mir hier denn allen Ernstes wirklich was? Und ich erbrach in einem Schwall: „Natürlich ist es möglich, sich mit selbstgebauten Flügeln der Sonne entgegen zu schwingen! Gib mir ein, zwei Bügelbretter und einen entsprechend starken Motor – und los geht's!" Dabei war mir selbstredend klar, dass Bienenwachs und Vogelfedern für den Bau von Flügeln nun wirklich ungeeignet waren. Das wussten doch mittlerweile schon die Hühner! Aber ich entgegnete: „Hebe den Kopf und schau einfach nur hoch: Der Himmel hängt voller Flugmaschinen – na also! Selbst auf dem Mond haben schließlich schon welche von uns gestanden!"

Diese blöde Spielart der Selbstverliebtheit klebte fatalerweise immer noch so selbstverständlich an mir, wie eine zweite Haut. Das wurde mir aber zunehmend lästiger. Ich kam mir unter den abwägend-abschätzigen Blicken meiner Mitmenschen manchmal schon wie eingeschnürt und gefesselt vor. Es war bloß gut, dass ich das wenigstens ab und an zumindest mitbekam. Manchmal rang ich in solchen Momenten bereits heftig um Luft. Ich hatte Angst zu ersticken. Ich bemühte mich dabei durchaus, weiterhin nett und freundlich zu wirken – aber ich vermochte kaum mehr unbefangen *unser* zu sein, denn ich war einfach nicht mehr *mein*. Doch ich verfügte über noch keine brauchbare Idee, wie ich das ändern konnte.

Ganz offensichtlich witterten einige meiner damaligen Gegenüber die Anstrengung, mit der ich es allen recht zu machen suchte. Ich trug dabei das Bild eines fröhlichen, witzigen und über den Dingen stehenden jungen Mannes im Kopf, dem ich einfach so gern genügen mochte. Ich wollte dabei aber auch nicht blöd erscheinen. In diesem stetigen Bemühen um Gunst, merkte ich erst spät, dass ich wohl zu oft ‚Ich' sagte. Am Anfang schienen es meine Mitmenschen noch als lässliche Marotte hinzunehmen. Doch instinktiv spürte ich, dass ich sie mit meinem Narzissmus zu nerven begann.

Ich habe mir im Nachhinein manchmal gewünscht, dass mich jemand aus meinem nahen Umfeld schon eher auf meine Ichbezogenheit aufmerksam gemacht hätte. Denn natürlich wollte ich nicht zu einem allseits gemiedenen Fatzke mutieren, über den sich, sobald er den Raum verlässt, alle das Maul zerreißen und den Kopf schütteln, weil er ihnen keinen Raum mehr zu ihrer eigenen Entfaltung lässt. Aber ich blieb in mir gefangen und wusste nicht, wie ich mich häuten sollte. Dieses Gefühl, einst analog dem selbstverliebten Schönling eingeschätzt worden zu sein, welcher sich rettungslos in sein eigenes Spiegelbild verknallt hat, bedrückt mich bis heute. Ich vermochte dazumal aber noch nicht mich zu ermannen, um diesen klemmigen Stolz und die auf Schwäche und Dummheit gründende Überheblichkeit in einem willentlichen Kraftakt einfach abzustreifen. Von *Distanz als Bedingung fürs Miteinander* hatte ich noch nichts gehört. Zumindest erinnere ich das so. Ich glaubte noch ans Glück in der Masse. Mir war zwar sehr früh klar geworden, dass ich etwa als ein auf niemanden angewiesener Eremit außerhalb jedweder menschlichen Gemeinschaft um keinen Preis leben mochte. Allerdings sehnte ich mich wiederum durchaus nach Einsamkeit. Ich beruhigte mich vorerst noch damit, indem ich mir in solch drückenden Momenten des Missbehagens mit mir selbst einredete: Stimmungsschwankungen dieserart sind in meinem Alter an sich wahrscheinlich völlig normal – und: ich würde mich schon gewöhnen. Aber ich gewöhnte mich nicht. Ja, ich habe um des eigenen Seelenfriedens willen sogar einsehen müssen, dass ich zwar besonders war, aber nichts Besonderes! Es gab objektiv auch wirklich keinen Grund anzunehmen, dass in mir einer steckte, von dessen persönlichen Befinden das künftige Wohl und Wehe anderer Menschen existenziell abhinge. Das zu glauben, war einfach nur lächerlich. Was für Handlungen von Relevanz oder Bedeutung wurden denn schon durch meine pubertären Stimmungsschwankungen ausgelöst? Mir so etwas einzubilden, das wäre nun wirklich der angemaßte Wahn eines echt Unsicheren, dem die vermeintlich dankbare Rolle des einsamen Wolfes bestenfalls deshalb so behagen dürfte, weil er sich vermittels ihrer Annahme, in diesem Akt der Selbsterhebung, in seiner erwünschten Außenwirkung, dann als ein omnipräsenter Kraftprotz wähnen konnte. Aber den gab es doch in der Wirklichkeit gar nicht! Der war doch bestenfalls auch nur wieder meiner eigenen Fantasie entsprungen. Und die galt es ja nun gleichfalls zu sprengen. Oder zumindest in die Realität des Alltags zu überführen. Auch das wusste ich noch nicht. Diese zugegebenermaßen leicht verquast anmutende Erklärung hatte er (der ich ja war) sich allerdings erst viele Jahre später, und nach vielen weiteren sich sonstwo herumschlängelnden Grübeleien, zurechtgelegt. Weiß der Teufel, wieso sich dieses Wolfs-Zeugs dazumal überhaupt in meinem Kopf dermaßen selbstverständlich einnisten und breitmachen konnte! Ich bin kein Psychologe. Und genau deshalb vermag ich weder die Wirkung der ‚Nummer 26' der *Kinder- und Hausmärchen* von Jacob und Wilhelm Grimm, noch etwa das leuchtende Rot der Kappe auszuloten oder gar gültig zu deuten. Nur, selbst allen möglichen vorstellbaren Erklärungsversuchen denkbarer Propheten zum Trotz, war mir damals auch eines immer klar geblieben: Selbstverständlich würde ich mich künftig noch des Öfteren häuten müssen, um allein schon dabei den Kostümen sämtlicher der zuvor stattgehabten Theateraufführungen meiner eigenen Bedeutung ein für alle Mal den Garaus zu bereiten! Schließlich bekommt das ja jede dämliche Blindschleiche hin. Auch sie fetzt sich auf ihrem Weg durchs Unterholz Jahr um Jahr ihre alte Haut einfach runter. Denn nur dann ist sie wieder nackt und verletzlich, kann fühlen und spüren, und ist wie neu! Und das bedingt nun noch nicht einmal bei solch einem nur am Boden herumschleichenden Vieh ein allzu großes Mysterium. Das bewerkstelligt einzig und allein die normale, und jenseits unseres Wollens und Wünschens von uns in Ruhe gelassene, einfach vor sich hin existierende Natur. Wenn die Zeit dafür reif ist, passiert hoffentlich auch jedem Zweibeiner, was ihm eben passieren muss. So geht das doch in Wirklichkeit. Warum sollte das also nicht auch bei mir gelingen?

Nüchtern betrachtet bedurfte es also meinerseits keiner weiteren Aufregung mehr. Das für außenstehende Personen oft irrwitzig anmutende Rumgehampel im Vorfeld einer anstehenden Entscheidung, die ja ohnedies nicht direkt gerade selten auch noch weit außerhalb der eigenen Machtbefugnis steht, ist deshalb meist sowieso für die Katz! Denn am Schluss, das wissen wir doch alle, waren erfahrungsgemäß immer noch stets jene Schlauberger besonders erfolgreich, welche den Pfad der Erkenntnis – öffentlich und beharrlich – als das einzig sichere und lohnenswerte Ziel angepriesen –, und ihre dabei anscheinend gewonnene Erkenntnis vor aller Augen zusätzlich auch sehr gern und breit ausgiebig zelebrierten haben. Ein Prost also auf all die Klugen, Angepassten und durchaus bewundernswerten Bewanderer des von ihnen als einzig richtig anerkannten Weges! Sie schnüren folgerichtig – bei ihrem, vermittels ihrer erworbenen Eigenschaften ausgelösten persönlichen Vorankommen, oft sogar auch noch haltungstechnisch perfekt – voran. Ganz gewöhnliche ‚Umwegestolperer' dagegen sind oft nicht sofort, und schon gar nicht gleich vom Beginn des einmal eingeschlagenen Weges an, dermaßen abgeklärt. Sie müssen zu ihrem Glück schon ausdauernd – und richtig lange – gut zu Fuß sein …

Ach – quassel jetzt nicht so viel – tanze lieber! Wer tanzt, der sündigt nicht.

Unleugbar: Trotz allem Beschwichtigungsgetue erschien mein Verhalten Außenstehenden damals mit Sicherheit wirklich blöde – um nicht zu sagen: regelrecht bekloppt! Ja, es kreppt mich auch im Nachhinein noch gewaltig, dass ich schlicht nicht den Arsch in der Hose hatte, um mein albernes Gebaren und Getue von einem Tag auf den anderen abzustellen, und es damit einfach sein zu lassen.

Damals verbanden auch etliche dieser gelegentlich Auftauchenden und mir dabei freundlich zuratenden *Alles-wird-schon-gut-Besserwisser* ihre mir dabei geschenkten Einsichten übrigens sehr gern mit weiteren Preziosen tiefschürfender Substanz, wie beispielsweise der von der „die Gesundheit befördernde positiven Auswirkung der andauernden Bewegung auf die Bewahrung der eigenen jugendlichen Erscheinung". Ich habe mir solches für meinen Geschmack wahrscheinlich tatsächlich wirklich zu oft anhören müssen, und war von jenen gutmeinend tuenden Ergüssen auf diesen Erkenntnis-Partys schließlich auch schnell genervt. Was sollte das Gewäsch? Entweder unterschätzten, kannten oder wertschätzten solche

Schwätzer mit derartigen, mich zunehmend in Rage bringenden Plattitüden die Gestaltungswucht der erlebten und damit *gelebten* eigenen – gern auch beschissenen – Erfahrungen für lebendige Menschen nicht, oder sie waren halt einfach nur ein weiteres Exemplar jener recht häufig anzutreffenden nervigen Zeloten mit Geltungsdrang. Dennoch, mehr als einmal versuchte ich mich zusammenzureißen und zu arrangieren. Unverbindlich lächeln kann unter dieserart erleuchteten Zeitgenossen eine scharfe und sehr hilfreiche Waffe sein. Ich glaubte damit vermeiden zu können, noch mehr der mir immer kostbarer werdenden Lebenszeit in erwartbar unergiebigen Auseinandersetzungen sinnentleert zu verplempern. Denn wer, so fragte ich mich nach jedem weiteren solch danebengegangenen ‚Erweckungserlebnis‘, wer soll denn mit voranschreitendem Alter, und nach einer damit eventuell sogar verbundenen Lebenserkenntnis von Gewicht, solch ein sich ständig wiederholendes und ewig andauerndes Geschwafel und an Vergötzung gemahnendes Bekenntnisgetue zum „Primat des Abbildes von Jugend für unser gesellschaftliches Wohlbefinden" überhaupt noch ernst nehmen? Hatte ich mich anfangs völlig unbefangen auf Gespräche mit allen möglichen Menschen, die auf mich zukamen, eingelassen – voll unkaputtbare Hoffnung: heute passiert es! – drehte sich meine Einstellung allmählich ins Entgegengesetzte. Ich verspürte zunehmend Erleichterung, wenn ich solch einer erwartbaren Situation (am besten schon vorab) zu entrinnen vermochte. Das penetrante Insistieren und die ewige Feier des ‚Frühe-Jahre-Jugend-Wahns‘ – in dieser auch damals bereits geläufigen Art und Weise: über den Äther und alle verfügbaren Kanäle und in sämtlichen Medien – das behagte mir im Grunde immer weniger! Und mit anwachsendem Alter (wahrscheinlich auch aus purem Selbstschutz) stank mir das sogar von Jahr zu Jahr zunehmend mehr und mehr. Ja – es steigerte sich regelrecht bis in körperliche Aversion! Und diese einfach nur noch wegzulächeln, das grenzte für mich wahrlich (damals beginnend, und heute natürlich erst recht!) an viel zu harte, auch mir selbst nicht mehr zumutbare, also eigentlich menschenverachtende Arbeit.

Obwohl: Ich halte den Kern der damit ja auch verbundenen Aussage ‚Früh regen, bringt lang Segen‘ im Grunde natürlich für unwiderlegbar. Dazu gibt es zweifelsohne genügend gattungsbezogene und sehr überzeugende Biologie-Experimente. Dennoch, dieser der Abfolge der Naturprozesse zuwiderlaufende Kult um die Bewahrung des unbefleckten und unschuldigen Bildes vom ‚Anschein von Jugendlichkeit‘ aus reinem Selbstzweck, das nervte mich gewaltig! Nicht einmal Gott vermag schließlich die Welt zurückzudrehen! Zumal mir, und das doch wohl nicht ganz grundlos, diese Anbetung des unbedarften Jungvolks in Wahrheit vor allem kaufkraftorientiert, und in Wirklichkeit zuallererst durch knallharte wirtschaftliche Interessen inspiriert, bestimmt und gesteuert erschien … Junge Menschen legen eben entwaffnend oft einfach ein unbedarfteres und bei relativ geringem Eigenaufwand auch noch ziemlich leicht zu prägendes Konsumverhalten an den Tag. Da klappt das Aufwand-Nutzen-Verhältnis wirklich hervorragend: Die sind so verführerisch einfach noch richtig gut verderbbar!

Zu meinem Erstaunen gaben sich allerdings sogar die schon Alt-Jungen, die diese Mechanismen eigentlich längst durchschaut haben müssten, in diesem weitverbreiteten Gesellschaftsspiel mittlerweile alle Mühe, sich für Marketing-Strategen selbst billigster und niederster Couleur als willige und leicht zu manipulierende Lustobjekte verfügbar zu halten. Sie gaben sich dabei krampfhaft heiter und gerierten sich dermaßen nuttig, als wäre das total selbstverständlich und entspräche einer einvernehmlich getroffenen Vereinbarung von lauter lauteren Ehrenmännern. Ich wurde mir im Laufe der Zeit immer sicherer, dass die Penetranz, mit der das Thema *Jugend* (quasi um jeden Preis – und immer wieder!) in die öffentliche Diskussion gehoben wurde, natürlich keineswegs der reinen Menschenliebe oder gar des eigentlich aller Ehren werten Versuches der Vertiefung der Volksgesundheit durch diese allerdings nach wie vor dermaßen nervig vorgetragene ‚Animation zu mehr Bewegung' entsprang. Ich unterstellte deshalb schlicht schamlose Geschäftemacherei. Und ich bin nach wie vor davon überzeugt, dass dies der Wahrheit sehr nahe kommt. Die weitverbreitete Vergötzung der Jugendlichkeit wirkte auf mich deshalb des Öfteren mindestens ebenso doof und komisch, wie der Anblick eines ohne Not – also selbst verantwortet und freiwillig, und peinlicherweise dabei auch noch oft mit den schrillen Modeattributen nachgeborener Menschenkinder juvenil aufgemotzt – verunzierten Greises. Denn der entwürdigte mit diesem ach so liberalen Gebaren und Getue, welches ihm zugegebenermaßen durch öffentlichen Erwartungsdruck häufig geradezu aufgenötigt worden war, damit vor allen Augen und jedes Mal aufs Neue, ein Gutteil seines schon gelebten Lebens. Und gab es damit der allgemeinen Lächerlichkeit preis. Gerade weil er alle Welt erkennen ließ, dass er nicht begriffen hatte, dass die vergängliche Jugendzeit, die er so vehement und krampfhaft festzuhalten suchte, nur ein naturgegebenes Anlaufnehmen fürs Altwerden war! Dabei weiß ein jeder doch: Einzig der Tod kann die Zeit für jeden von uns jederzeit anhalten. Viele aber tun und handeln im Überschwang unserer Allmachtfantasien so, als sei diese Binse ein lässlich Ding. Sie behängen – dabei ganz Auge und Ohr – die Gegenstände des Lebens solange mit bunten Stoffen und glitzerndem Tand, bis sie Gefahr laufen, deren darunter real existierende Gestalt vollends aus dem Blick zu verlieren. Die gelegentlich inständig geäußerte Bitte, die unserer Gattung auch inne wohnende Fähigkeit zu ‚Widerstand und Revolte durch Denken‘ doch endlich einmal zur Kenntnis zu nehmen, mutet dann oft nur noch wie die Beschwörung eines schönen Märchens aus alter Zeit an.

Während solcher Momente grübelnden Schauens empfand und empfinde ich manchmal Zorn. Hin und wieder Mitleid. Gelegentlich Amüsement. Aber eben auch Erbarmen.

Ich bin mir nicht so recht sicher, ob es sich an dieser Stelle überhaupt schickt, dergleichen offen auszusprechen. Vielleicht ist das ja auch einfach nur arrogant. Aber selbst um den Preis, dass es so ist – dann ist es eben so!

No. 4: Jeden Augenblick beginnt ein neuer
Hingabe und Vorsicht

Die Waschküchen der Mietskasernen meiner Heimatstadt waren mithin also längst zweckfrei und durch ihren sich daraus ergebenden andauernden Leerstand im Sinne des Wortes *sinnentleert* geworden. In diesem Schwebezustand harrten sie nun Tag um Tag und Woche um Woche dringend einer geeigneten und *sinnerfüllten* Nachnutzung! Justament zu dieser Zeit schwappte aus dem angelsächsischen Weltmeer, einem gewaltigen Tsunami gleich, *Beatmusik* in die Herzen meiner danach lechzenden Generation. Die Welle flutete mit Urgewalt die bis zu diesem Zeitpunkt nach ihr dürstenden Steppen und Ödlande sämtlicher musikalischen Kontinente der nachgewachsenen jungen Menschen. Sie drang tief in herumliegende Brachen ein und machte vor nichts Halt. Sie überwand Erdteile, Grenzen, Länder, Systeme und Nationen. Sie durchbrach dabei Mauern, lief über stille Wasser und flog sogar durch die Luft. Sie überquerte Berge, rollte über Alleen und tänzelte an den Stränden auf der anderen Seite des Festlands spielerisch wieder ins Meer. Es war, als verschmölzen die Menschen unter ihrer brachialen Gewalt zu einer Gemeinschaft, welche die bisher so quälend empfundene Dürre der vorhandenen Unterhaltungswüsten endlich zu besiegen trachtete. Die jungen Leute hatten sich dafür bei den Händen gefasst und in allen Teilen der modernen Welt, in Nord und West und Ost und Süd, spross plötzlich lustvolle Subkultur. Die Saat ging auf und explodierte! Als Vorbilder und eingängige Muster für ihre aktuellen Lebensentwürfe dienten der amerikanische Rock'n'Roll und britische Skiffle. Musiker wie der Ice-Cream-Posaunist und Sänger Chris Barber und sein ehemaliges Bandmitglied, der Gitarrist Alexis Korner mit seiner Blues Incorporated aus Großbritannien, machten zuerst ihren Sound und damit letztlich sich selbst bekannt. Ein, zwei Gitarren, Bass, Schlagzeug und manchmal auch nur sämtliche erdenkliche improvisierte und bald darauf elektrisch verstärkte Instrumente jedweder vorstellbarer Couleur; aber was für ein göttlich inspirierter Lärm! Die verdutzte Alterskohorte meiner Eltern wurde davon regelrecht überrumpelt: Die Rebellion der Jugend tanzte vor ihrer Nase herum. Sie änderten ihr Erscheinungsbild: Die jungen Männer trugen lange Haare, die Frauen gebatikte Kleider. Gemeinsam veranstalteten sie pausenlos lustvollen Krawall. Das Ergebnis der Verwandlung glich einer gewaltigen Epidemie: Die Welt schien schlagartig infiziert worden zu sein! Nein, das ist eigentlich ein Euphemismus – ganze Jahrgänge heranwachsender und herangewachsener Menschen waren von einem Tag zum anderen komplett verseucht. Sie forderten plötzlich laut und hemmungslos Gehör. Und erhielten es! Wo nicht, da nahmen sie sich's ungeniert. Sie räumten mit ihren schrillen, ungewohnten und verstörenden Tönen die immer noch üppig wuchernden Auswüchse alter Gewohnheiten ihrer Elterngeneration einfach weg. Es erstaunt mich heute immer noch, dass die Alten diese ihnen so brachial übergeholfene neue Realität, trotz greifbarem Unverständnis, im Grunde widerstandslos akzeptierten. Als plage sie tief drinnen dann doch die Last und der Wahnsinn des in ihrer Verantwortung so verheerend dahingegangenen Jahrhunderts. Klar empörten sie sich ob dieser sich in großen Teilen dermaßen anarchisch Gebärdenden – fluchten, stießen abstruse Verwünschungen aus: „Von wegen, links wo das Herz ist!" – orakelten vom Untergang – faselten: „Verrückte", und warnten vehement vorm Verrücken der gewachsenen Sicherheiten aus dem Zentrum der erlernten Mitte.

Die Mitte

Das Streben nach der Mitte bleibt fatal.
Von jedem Ort der Graden gleich: nah=fern,
wiegt uns der Sehnsuchtspunkt zu stillem Stand im Halt.
So schenkt die Mitte Sicherheit und Ruh.
Verlockungen ins Freie, Unbekannte sind jetzt passé.
Wer sich bewegt, kippt aus der Gnade.

Es war ein Rufen im Keller. Im Grunde war's hilfloses Gestammel. Der Schock über den Bruch der eig'nen Brut, mit den doch auch ‚gut gewesenen Maßen' der Generation ihrer Eltern und deren lieb gewonnenen Traditionen, saß bestimmt tief. Wie dagegenhalten? Wie widerstehen?
Es blieb ihnen nur die einsichtsvolle Jammerklage: „Dabei beginnt es gerade wieder schön zu werden. Es sind ja schließlich unsre eig'nen Kinder. Das ist doch aber wirklich deren Zeit. Ach – und nochmal ach: Ja! Werden sich schon wieder fügen."
Also fügten *sie* sich – vorerst.
Der Virus der draußen rollenden Revolte entpuppte sich derweil als hochgradig ansteckend. Die jungen Musiker meiner

Heimatstadt griffen begierig nach ihrer Chance. Sie wollten sich um jeden Preis mit dieser neuen und mysteriösen Krankheit infizieren. Sie lechzten nach der ersten Ankündigung der Symptome sehnsüchtig nach den Versprechungen der neuen, unbekannten und sie doch hoffentlich auch rasch verändernden Geisteszustände! Sie drängten vehement an die Gestade dieser einst so fernen und nun so *nah* verfügbar lockenden Welten voller Träume, und den großen runden Tüten, angefüllt mit schreiend grellbunten Stoffen und Bündeln von sich ineinander verbandelnden Girlanden ausfransender Fantasien. Sie lokalisierten rasch sämtliche leerstehenden Gelasse als Proberäume, und nahmen sie kurzerhand in Beschlag. Sie fluteten flächendeckend mit sprudelnden Tönen den Staub auf den Böden der Keller, streuten zentnerweise Körner und Samen exotischer Blumen tief zwischen die Krumen des Humus in die erdigen Brachen der Höfe, und überließen sich willig und so selbstverständlich, wie der Tag in die Nacht wechselt, und der Sommer in den Winter, den ewig gültigen Gepflogenheiten der Natur – als seien Innehalten und Bewahren die dem Menschen ganz selbstverständlich zugemessenen Eigenschaften seines Wesens. Sie riefen „Love and Peace" und pumpten unterdes und unverdrossen immer noch weiter anarchischen Lärm in die ungedüngten Ungunstgebiete des mageren Kulturödlandes der soeben wieder auferstandenen Vorstädte; bis aus dem fruchtbaren Modder, welcher sich, in der kurzen Dauer der dabei überbordenden Urbarmachungsflutungen dieser vormaligen Wüsteneien, explosionsartig über Feld und Flur ausgebreitet hatte, tatsächlich neues, forderndes, wild pochendes, heftig verlangendes Leben spross. Sie benötigten für diese unerbittliche Therapie der Erneuerung in den Köpfen und Körpern noch nicht einmal ein vollständiges Sabbatjahr!

Ein Sturm war über die Welt gefegt. Ruhe war gestern. Sie fragten nicht – *wem denn?* Sie baten um nichts – *worum denn?* Sie taten es einfach!

Sie packten an und zu. Sie stülpten um und gingen voran. Und es lagen neue und bislang unerhörte Heils- und Heilungsversprechen in der Luft. Es raunte, brabbelte, gackerte, stöhnte und schrie. Es lachte und schnalzte. Es schwieg, keuchte und schluckte. Man konnte es förmlich auf der Zunge schmecken!

Und immer wieder umrauschten neu gefundene Tonkaskaden die bislang schmerzlich vermissten und nun endlich doch gehobenen Worte: *Revolution ist das Morgen schon im Heute*, erkannten die Barden, putzten heiser und heiter den Äther und fegten damit sogleich noch 'ne Menge von dem aufgestauten Dreck der Vorderen weg.

Irgendwann will jeder Mann raus aus seiner Haut.

Ja, die Zeit preschte gewaltig nach vorn, denn:

Vorn ist das Licht!

Die Saat ging auf. Immer mehr Schießbudenfelle wurden Schlag um Schlag: hart, kompromisslos und trocken gezüchtigt.

Und immer noch (und noch!) wurden immer mehr (und mehr!) Saiten gestimmt ...

Zerriss eine, wurde einfach die nächste aufgezogen ...

Wimmerhölzer bogen sich unter den wild wuchernden Klängen. Pure Wonne! Jeder Psalm ein hohes Lied! Song um Song!

„Reiß den Verstärker auf!!!"

Es war da eine Zeit

Komm ich im Traum da hin
Da stöhn' ich auf vor Lust
Und vor Adrenalin
Die Stimmen flehten, trällerten, röhrten, flüsterten und balzten brünstig um göttliche Gunst. Hier gab es kein Entkommen!
Die Musik drehte völlig durch:
Noch mehr!
Noch mehr!
Noch mehr!
Es war schrill und sanft, rabiat und zärtlich.
Es schnurrte und gellte und war gleichermaßen Diktat und Massage.
Ein unzähmbares und nicht zu domestizierendes Fanal der Neuzeit! Und nach wie vor galt unauflösbar: Die Unterrichtung bleibt so wie sie immer war: hart und unerbittlich! – Ergo: Die Fingerkuppen bluteten weiter!
Alle Zeit drängt nach vorn!
Neues Plektrum her!
Und noch eins!
„Wer fühlen will, muss hören!"
Langsam registrierten die Alten: *Halt = Alt*, und: *Auszeit = out!*
Der aktuelle Gott hieß TEMPO! Mit ihm galt es mitzuhalten!
„Das ist so! Ansonsten bist du abgehängt!"
Noch mehr Kapellen – noch mehr Combos! Band folgte auf Band! Die Musiker: Heilige!
Nur lauter. Konsequenter. Greller.
Dann das unanfechtbare Geheiß: *Love and Peace!*
Vielleicht – und vielleicht gerade auch deshalb: Geheimnisvolles umwehte bald den Ruch möglicher Erfüllung. Im Dunst

der Traumwelt wuchs indes die Sehnsucht. Die Rätsel unsrer Welt? – Wie eh und je!

Nein: Die Fesseln waren längst noch nicht gefallen. Sie schnitten weiter tief ins geile Fleisch der Lust.

Doch summend, surrend, saugend, schnurrend, begann es zu rumoren: War das, was hier passierte, nicht doch erneut, und wieder nur, 'ne weitere und weiterhin unwägbar bleibende Feier unseres heute – ach, so tollen und *so* angesagten *Jetzt*?

Hernach – manchmal, im Zustand wohliger Erschlaffung: Das sanfte Glück der Ruhe. Versuche zur Erlangung der Gewissheit zum *wohin?* scharwenzeln aber stets ins Leere …

Kein Trost zu finden, nirgends.

Dann eben wieder Narretei und Lärm!

Wie gelinde sich doch, selbst im dröhnenden Karneval der Freiheit, die Ahnung vom Ende der Nacht zu behaupten vermag …

Unbesehen schlummern noch heute unzählige abgeknipste Alltagsszenen jener Jahre – deren frustrierend langweiliges Los darin besteht, in die hintersten Winkel der Kleiderschränke und Kommoden verbannt zu sein – in ihren still vor sich hin muffelnden Pappkartonboxen. So sind diese Bilder, zur gefälligen Untermalung der Erinnerungen an vergangene Zeiten, von ihren Sammlern im Bedarfsfall am bequemsten leicht abrufbar. Nur – wann passiert das eigentlich? Nach wie vor scheint mir, als dienten solche flüchtig-quicke ‚Augenblicke eingefangener Lebensbanalität' vorzugsweise der Bewahrung der Illusion von der Möglichkeit des späteren Auswerten eines zuzeiten verpassten Wetterleuchtens von Moderne – oder sie sind einfach der am Fotografen zufällig vorbei gekommenen Schönheit geschuldet: Man weiß ja schließlich auch oft erst im Abstand des gelebten Lebens um die Bewertung einst verronnener Augenblicke durch die Nachgeborenen. Und vielleicht erschließt sich in der Zukunft doch noch, so die vage Überlegung, die wahre Bedeutung all der bislang in Kladden und Kisten vorläufig – und weiterhin – und unbedarft – vor sich hin schlummernden Fotos! Aber bevor man sich der angstgetriebenen Gefahr aussetzt, auch nur einen einzigen und entscheidend gewesenen Lebensmoment *verpasst* zu haben, hortet man – der Einfachheit – also der Sicherheit halber – unterdes doch lieber gleich sämtliche verfügbare Erinnerungsfragmente. Unterstellt, in diesem Unterfangen ließe sich der Keim jener heutzutage weitverbreiteten Sammelwut tatsächlich lokalisieren, die mir von einem Gen infiziert scheint, welches (Pandora) fatalerweise aus seinem Behältnis ausgebüxt ist, bleibt dieser zum einen bewunderungswerte, zum anderen aber auch erstaunlich dumme Kraftakt, gleichwohl nur ein lächerlicher und zum Scheitern verdammter Versuch. Denn *alles* sammeln zu wollen, ist schlicht maßlos. Aber trotz Unsicherheit und gelegentlich aufkommender Zweifel: die Kraft des Herdentriebs, dem zu folgen und zu tun, was alle tun – nämlich sammeln, ist wohl größer als etwa den eigenen vernunftgetriebenen Einsichten oder Impulsen nachzugeben und das Sammeln einfach sein zu lassen!

Sei's drum: Durch manch so ein quasi *nebenher* abgelegten Ergebnis dieses Zusammenraffens, ist mir aber auch deutlich geworden, dass sich einzelne Akteure für die Winzigkeit eines nur ihnen gehörenden Lebensmoments lang, und der sich daraus ergebenden Anhäufung von Erinnerungshilfen –zumindest manchmal wohl kurz und heftiger erleuchtet gefühlt haben müssen! Warum sonst hätten sie weiter gehortet? Aber wie dem auch sei, und gleichgültig, ob ich mit meiner Vermutung nun richtig liegen würde oder auch nicht, stellte sich mir dennoch die Frage: Lohnt das vage Versprechen auf solch ein flüchtiges Ergebnis die dabei *dafür* aufzuwendende Mühe? Und ist jeder einzelne, der im Ergebnis bloßer Sammelwut wohl eher zufällig aufeinanderliegenden, und also völlig zu Recht stiefmütterlich behandelten Papier-Schnappschüsse, heute denn überhaupt noch dechiffrierbar? Und würde dieses bislang *so* doch eher selbstberuhigende Spiel insgesamt nicht sehr viel spannender werden, wenn die Fotografen schlicht und einfach (wenigstens ab und an) ‚eins daneben' belichten würden? Das ‚Bild neben dem Bild' ist – zumindest meinem Erachten nach – doch freilich genauso wichtig wie das Bild selbst. Es bewahrt vor seiner Entdeckung in sich immerhin die vage Chance auf Überraschungen. Und es sind vielleicht diese verborgenen Geheimnisse, selbst wenn sie auch über einen ganz banalen, umständlichen oder sogar irreal anmutenden Umweg zutage treten, die jene Mysterien in sich bergen können, die uns Zukunft verheißen. Mit ihrer der Leere des Nichts entrissenen und so zum Licht gelangten Existenz, würden sie womöglich eines Tages sogar das ansonsten wahrscheinlich weiter vor sich hin schlummernde Interesse potenzieller Betrachter (weil endlich ums ‚Daneben' des vormals gewöhnlichen und vordergründig ja alltäglichen Motives bereichert) neu entfachen können – und: ja! – gegebenenfalls zahlreicher als nur einmal gar – dauerhaft erwecken. Solcher Hoffnungsausblick, in Summe und mit den auf dieser Art Zufallsfotos dokumentierten und festgehaltenen Zeitausschnitten ergänzt, könnte fortan mutmaßlich etwas vom unerlässlich notwendigen Denkfutter mitliefern, welches zur sinnvollen Ergänzung menschlicher Grundnahrung taugen könnte. Und – zugegebenermaßen steile These – aus diesen appetitmachenden Anfängen heraus, eines ferneren Tages hin, sogar die dann hoffentlich ansteckende Erkenntnisgier somit immer wieder und aufs Neue weiter und immer weiter befruchten …

Ich werde ja wenigstens einmal träumen dürfen!

Obschon – der Gegenbeweis war gewissermaßen längst erbracht! Es lohnte offensichtlich einfach nicht, all die mageren Häppchen der verschiedenen übereinander gestapelten Wirklichkeiten von ‚vor Zeiten‘, nur eines doch vermutlich erneut zum Misserfolg verdammten Erweckungsversuches wegen, abermals in den Fokus der bis dato üblichen und eingeübten Betrachtungsweise zu zerren. Das brachte weder ökonomisch noch kulturell etwas. Wer sollte denn dadurch (und wovon denn auch) noch angefixt werden?

Oder galt aus gefühlter und innerer Verpflichtung heraus ohnehin schon jenes ominös um-munkelte, aber in Wirklichkeit wohl immer noch nicht geschriebene Gesetz zur unabdingbaren und sich pausenlos wiederholenden Befreiung eigener (und sei es selbst noch so öder und langweiliger) Erinnerungen? – Als würde sich die Welt inzwischen nicht auch ohne solcherart sinnbefreite Anstrengung bei der Einhaltung scheinbar gültiger Konventionen ständig weiterdrehen. Oder war diese Vorschrift etwa klammheimlich niedergeschrieben und in Kraft gesetzt worden? Und wenn ja, von wem?

„Na also! Wir sind doch hoffentlich noch nicht vollends verblödet?"

Lassen wir uns denn etwa nicht, gelegentlich wohl doch sogar ganz gern, auf etwas Verruchtes ein? Auf etwas Animalisches, Wildes? Das noch nicht einmal einen winzigen, zählbaren und statistisch verwertbaren Nachnutzen verspricht – ergo auf Risiko! Oder empfinden wir heutzutage tatsächlich schon die ganz gewöhnliche und kalkulierbare Gefahr als eine pulsjagende Überschreitung geläufiger Gepflogenheiten? Als eine regelrechte und damit die Regel brechende Revolte gegen Lethargie und Langeweile?

Ich frage mich längst allen Ernstes, wovon denn dann solch überschüssig gebliebene Abzüge eines x-beliebigen belichteten Lebensmoments – aus ihrem Papp-Sarg heraus – überhaupt noch künden könnten? Was würde bei einem weiteren Erweckungsversuch neu und überraschend zutage treten? Was wäre, über die gebannte Statik des Augenblicks hinaus, noch erwartbar? Genügt denn die zögerliche und verschämte Unterbrechung ihres Bilderdämmerschlafes, aus den hintersten Winkeln und Laden sämtlicher vorstellbarer Aufbewahrungsorte heraus, nicht allein schon als überzeugender und schlagender Beweis ihrer dadurch für alle und jeden sichtbar werdenden Petitesse? Und überhaupt, wenn sie nun abermals erneut zu ‚plappern' beginnen sollen, diese wahrscheinlich nicht völlig grundlos ‚spurlos Gebliebenen', und eben nur zufällig und beiläufig aufs Glanzpapier gebannten Schattenspiele einer dahingeflossenen Vergangenheit: zu wem dann eigentlich? Und aus welchen offensichtlich guten Gründen schweigen die Abzüge eigentlich aber dennoch nach wie vor für gewöhnlich? Und fort und fort? Und das bis heute. Und selbst wenn, im hypothetischen Fall der Fälle, einer einst dem Publikum – warum auch immer – nun dann nochmals diese, ihre Kladden-Existenzen zur Besichtigung anbietet, so steht doch mit einiger Sicherheit zu vermuten, erregten diese Regungslosen, selbst dann eben wieder nicht pur, und allein und einzig aus sich heraus, auch nur magerstes Interesse! Allenthalben bestenfalls eine erneute einlullende Gleichgültigkeit – und vermutlich immer noch dermaßen stetig, standhaft und so penetrant – dass man sich wirklich fragen muss: Warum dann? Welch ein Gewinn an Erkenntnis könnte jene Menschen wirklich erwarten, welche diese dann doch wohl ‚nicht gänzlich unverdiente Ruhe‘ zu stören beabsichtigen?

Also wenn schon über die vergessenen Anlässe und Motive einstiger Herumknipserei erneut und überhaupt zu reden sei, sollte es dann nicht zuvorderst erst einmal um die Befreiung des *wahren* Bildes neben dem *eigentlichen* Bild gehen? Und nochmal nachgehakt: In welchem Medium könnten denn die dann dabei entfesselten Essenzen der des Bewahrens werten Fantasie (sag niemals: *nie!*) künftig überhaupt auf ihre Aufspürung und Erweckung lauern?

Hat dafür jemand eine tragende Idee?

Gut – geschenkt!

Gesetzt nun, ich persönlich fände mich eines Tages einem solchen Sichtungsunterfangen ausgeliefert, und ich förderte des Weiteren (während dieses ‚Wagnis mit offenen Ausgang‘) sogar einen wie auch immer gearteten Zufallstreffer (beispielsweise den Abzug eines vergessen Positivs), vielleicht noch mit meinen eigenen Zügen, inmitten einer recht banalen Situation zutage – was dann? Eine Serie bewusst zu fotografieren war den Leuten fremd. Und die nahen Bekannten unter meinen damaligen Zeitgenossen, so meine ich, waren samt und sonders einfach nur ehrgeizlose ,Gelegenheitsknipser'. Sollte ich mich dann also nicht doch auf eine bevorstehende Enthüllung freuen?

Aber wenn ja – warum eigentlich?

Wegen der durch die damit verbundene innere Erregung während der im Entdeckungsprozedere gemilderten Alltags-Langeweile? Wegen des Dreiklangs von *behaupteten, ausgelebten* und *bewiesenen* Forscherdrangs? Oder wegen der verquast-romantischen Sentimentalität in der Nachfolge einer solch etwaig doch einmal stattgehabten, und vielleicht sogar unerwartet ergiebigen, Auffindungssituationen? Womöglich wegen der, ach, so selig machenden und dabei an religiöse Gepflogenheiten gemahnenden Kontemplation im Umgang mit den Zufallsrestefetzen einer dabei wiederbelebten eigenen Vergangenheit.

„Hm, na gut – also dann vielleicht besser doch nicht? Man weiß ja schließlich nie …“

Was nun? Sich eher davor fürchten?

Nicht zu vergessen: Wer will schon seine Hand dafür ins Feuer legen, dass aus den Tagen, Wochen, Monaten und Jahren seines bislang gelebten Lebens wirklich nichts mehr ans Licht kommen kann, was bisher – aus den guten und erklärbaren Gründen der Peinlichkeit, Pietät – und: ,weil das schon immer so gehandhabt wurde' und es wohlweislich eben deshalb auch noch nie aus seinem dunklen Kopfgefängnis, dem ,Verlies des Vergessens' – ins Licht hinein befreit zur Sprache kommen konnte! Und außerdem: Der Mann müsste doch ein bräsiger Langweiler sein, welcher sich im Gespinst eines derartigen Kokons von Sicherheit so gut aufgehoben fühlen würde, dass er reinen Gewissens willens und in der Lage wäre zu verkünden: „Da ist bei mir garantiert wirklich nichts Anrüchiges zu finden!"

Wer will das schon?

Mir selber war der schier unangefochtene Glaube an diese Art von Gewissheit längst unter den Händen zerschnurzelt. Ist wie ein Keks allmählich immer mürber geworden und schließlich zerbröselt, bis ich seine Krümel eines Tages einfach vom Tisch gewischt habe. Mit meiner Biografie hatte und hat solcherart Schutzbehauptung seitdem jedenfalls auch nie – und sei es auch nur ansatzweise – irgendetwas zu tun gehabt!

An dieser Überzeugung hielt ich, nachdem ich erst einmal darüber nachgedacht und mich dann zu ihr durchgerungen hatte, fortan zwar fest, doch wünschte ich mir insgeheim, diese schwer erworbene Befähigung der eigenen Erschütterbarkeit, ab und an wenigstens, für einen Moment ablegen zu können. Ich glaubte sogar, das wäre mir im Bedarfsfall möglich und würde mir gegebenenfalls so leicht fallen, wie es das für mich vor den Jahren, von denen ich hier erzähle, schon einmal gewesen war ... Aber es gelang mir einfach nicht mehr. Der Drops war gelutscht. Hinter welchem Schutzwall allgemeinen Getues und Geschwafels hätte ich im Fall der Fälle denn überhaupt noch Deckung nehmen können? Und all diese läppischen Beteuerungsworte vom ‚garantiert sauberen Vorleben‘, die sich so leichthin aussprechen lassen, aber in Wirklichkeit luftige

Behauptungen sind, deren moralinsaure Bedeutungsschwere immer sofort zerstiebt, wenn sie dann tatsächlich einmal, der eigenen Vergewisserung wegen, im festeren Boden haltgebender Realitäten gründen sollen. Letztlich würde ich – im Widerspruch zu andersgearteten Behauptungen – sehr wohl mit den selbstverständlich zutage tretenden peinlichen Offenbarungen der eigenen Pubertät, erster Lieben oder zum Beispiel den im (wie immer) unpassenden Moment justament wieder aufgefundenen oder aufgetauchten Beweisbildern von mir verschuldetem fragwürdigem Verhalten Dritten gegenüber usw. (die Liste könnte lang werden) eines schönen-nahen-fernen Tages konfrontiert werden. Natürlich habe ich schon reichlich gefehlt. Ich habe ja schließlich gelebt! Ich werde aber, und das ist mehr als nur Hoffnung, entgegen anderen auch noch vorstellbaren Konsequenzen, trotzdem gut und gerne weiterleben!

Ja, doch – das so oft beschworene und ausgerufene ,reine' Gewissen ist eine Schimäre und nüchtern betrachtet bestenfalls eine Frucht der Dummheit!

Fürchten und vermeiden …

Wäre es demzufolge dann künftig nicht überhaupt sinnvoller, *alles* sofort und radikal, und *alles* meint im wortwörtlichen Sinne *alles*, offenzulegen?

Wer nichts zu verbergen hat, hat schließlich auch nichts zu befürchten.

Noch so ein blöder Satz!

Wer legt denn nächstens, in den absehbaren Verhältnissen bevorstehender Totalentblößung, dann überhaupt die Grenzen meiner Freiheit fest? Braucht Freiheit überhaupt Grenzen?

Oder kann sie fürderhin wirklich, wie von dem die Wander-
klampfe zupfenden Poeten besungen, nur noch ‚über den Wolken' grenzenlos sein? Welch Übermensch maßt sich unter derartigen Umständen den Bau des Gerüsts für das Erklimmen
dieser Art Normalität – und aus welchem abgeleiteten Auftrag
heraus – zukünftig überhaupt noch an? Warum sollen wir nicht
mehr mit der Wahrheit, was immer Wahrheit fernerhin auch
zu bedeuten hat, changieren dürfen? Zerrinnt uns damit fort-
hin nicht auch die Lust am Fabulieren? Wo bleibt denn dann
unser so verlustreich erstrittenes Menschenrecht auf Lüge?
Wie definiert sich – gesetzt, gleichermaßen leichtfertig geäu-
ßerter Unsinn gewönne für irgendwen, irgendwann, irgendwo
tatsächlich an Bedeutung – und damit an gesellschaftlicher Relevanz – dann noch privat?
Was bliebe überdies, in solch einem (noch) schwer vorstellbaren
hypothetischen Fall (Was für eine Verirrung des menschlichen
Geistes zu glauben, dass es für die transparente Gesellschaft
tatsächlich heilsam und von Bedeutung wäre, wenn keiner
mehr etwas zu verbergen hätte!) fernerhin in meinem Besitz
– nur für mich? Was sollte ich dann zu meiner eigenen Verteidigung – mir ist die Vorstellung elementarer Selbstentblößung
nämlich wirklich zutiefst zuwider – gegebenenfalls zu meinem
Schutze behaupten müssen? Wäre eine solcherart hemmungs-
lose Inanspruchnahme durch eine vereinnahmende Vergesell-
schaftung meiner Person etwa nicht (unter einem dem Natur-
recht wieder ähnlichem, und damit indirektem, aber eben auch
unausweichlichem Zwang) der Beginn einer unendlichen und
geradezu zwangsläufig folgenden Auseinandersetzung, welche
jedes Ich, bezüglich der Deutung seiner gelebten Vergangen-

heit, künftig mit jedem einzelnem Vertreter der ihm nachfolgenden Generationen pausenlos und immer wieder zu führen hätte: Ein Leben in Verteidigung – entlang dem Referenzpunkt Null? Und das heutzutage. Im Angesicht einer vom lebendigen Menschen längst schon abgekoppelt existierenden Maschinen-Intelligenz, welche gerade dabei ist sich ständig neu zu erfinden, um sich dann – anhaltend und immer wieder – unablässig neu zu gebären. *Noch* scheint deren Sinn darin zu liegen uns zu dienen, für uns zu rechnen, Daten zu sammeln, zu katalogisieren, auszuwerten, uns zu unterstützen – und durch ihr tagtägliches Tun im Ergebnis einen Schirm der beschützenden Kontrolle über der Menschheit zu entfalten. Aber justament eben auch gesteuert von einem gigantischen Hirn, welches mittlerweile längst in zahllosen Hochleistungscomputern rund um den Erdball verteilt blitzt, funkt, sich vernetzt und sich dabei in rasender Geschwindigkeit begierig vervollkommnet. In den ruhigen Kanälen der wissenschaftlichen Arbeit, in denen zu schwimmen wir bisher gewohnt waren, wirkte dieses quicke und sich permanent selbst optimierende maßlose Geschöpf unserer modernen Zeit, trotz all der frappierenden Akkuratesse seiner Leistung, auf mich zumindest – schon immer und immer noch – seelenlos. Es scheint mir auch, vielleicht durch seine von uns angestrebte Perfektion darin noch verstärkt, sich immer weiter von seinen Schöpfern zu emanzipieren. Wird es also nicht zwingend bald aus diesem menschengemachten Ruder seiner eigenen Entwicklung laufen müssen? Für mich standen – vor allem anderen Begehr – zuvörderst etliche Fragen im Vordergrund: Agiert *Es* schon autark? Hat *Es* vielleicht – und mittlerweile womöglich längst – gar ein Bewusstsein von sich selbst entwickelt? Und ebenso unbeantwortet blieb mir bisher, ob *Es*, gesetzt, es wäre so, überhaupt noch gewillt bleiben könnte, uns auch weiterhin arglos und uneigennützig zu dienen, wie wir das bisher mutmaßten und gern auch weiterhin glauben wollen. Vielleicht, um uns damit vor den uns innewohnenden Abgründen zu bewahren? Wird *Es* aber nicht doch eines Tages geradezu zwangsläufig beginnen müssen, zunehmend selbstermächtigt zu handeln? Vorzugsweise und vor allem erst einmal ausschließlich zu seinem persönlichen Nutzen und Frommen. Die vereinigten Egomanen aller Länder tun doch schließlich seit Millionen von Jahren nichts anderes! Wird *Es* also künftig politische Intrigen spinnen und letztlich versuchen, in der Weltherrschaft zu siedeln? Wird *Es* dabei, als oft erprobtes und probates Mittel, letztlich auch eine eigene Religion begründen? So, wie es an allen unterschiedlichsten Orten dieser Erde ja stets geschehen ist, an denen denkende Wesen sich eines Tages dazu aufgeschwungen haben, ihre eigene Kultur über die Kulturen anderer zu stellen. Wird *Es* dies schließlich und endlich als die einzig wahre Leitkultur preisen, an welcher gefälligst die restliche Welt zu genesen hat? Wie lange bleiben wir auf solchem Weg für *Es*, in seiner künftig dann auf seine ursächlich wesenhaften Bedürfnisse ausgerichteten technischen Maschinenwelt, dann voraussichtlich zwar weiterhin vermessbare, aber eigentlich zu vernachlässigende, weil verzichtbare und für das Fortbestehen seiner eigenen Spezies eigentlich irrelevante Dateneinheiten? Hat unsere momentane (noch?) Akzeptanz bei *Es* nicht jetzt schon nur nostalgische Gründe? Warum eigentlich sollte *Es*, nach seiner womöglichen Machtübernahme, nicht ebenso denken und handeln wie zumindest die Mehrheit der mit den Herrschenden verbandelten Intelligenz unserer eigenen Gattung ja schon immer dachte, und allerorten nach wie vor auch unverändert danach handelt: total ökonomistisch? Und worauf gründet also die gute menschliche Hoffnung, so es sie gibt, dass *Es* anders ticken könnte?

Sind die aktuell sonstwo tätigen (ganz gleich, ob gewählt oder selbstermächtigt) Repräsentanten der an alternativen Überlegungen vermutlich weitestgehend desinteressierten Mehrheit der ‚Gäste auf dieser Erde‘ stellvertretend für die Menschheit wirklich Willens und überhaupt in der Lage, diesem kommenden Regiment künstlicher Intelligenz zumindest einige wesentliche Postulate der Ideale aktuell geltender Moral einzupflanzen? Und wie viele Gebote sollten das sein? Drei? Fünf? Zehn? Und unter welchen Umständen könnte solch Transfer gelingen? Wo doch die Mehrheit der Zeitgenossen ihre Lebenszeit vorzugsweise nur im möglichst konfliktlosen Einklang mit ihrem Heimatplaneten verbringen will. Im gefälligst anstrengungslosen Zustand ewigen Glücks. Auf welche und mir bis zum heutigen Tag unbekannte und geheimnisvolle Art und Weise vermöchten wir dann diese künftige Obrigkeit motivieren, unsere vermeintlich verabredeten Ziele eines erfüllten und lebenswerten Lebens zu ihrer eigenen und richtungsweisenden Handlungsmaxime zu erheben? Und wenn ja: *Wer* soll das tun? Und welche Maßgaben sollten das überhaupt sein? Ist es für jenen bevorstehenden Kraftakt in der aufgeräumt blitzenden Großküche Zukunft nun eigentlich noch ‚*einen* Schritt zu früh‘? Oder ist es nicht bereits schon wieder ‚*einen* Schritt zu spät‘?

Gesetzt, wir bekämen diese Chance der freien und von der Gier nach *mehr und noch mehr und noch mehr und noch mehr* unbeeinflussten Wahl vom Universum überhaupt geschenkt, und des Weiteren gesetzt: die unweigerlich folgende Qual der Überführung daraus abgeleiteter und vorstellbarer Beschlüsse in die gesellschaftliche Wirklichkeit sei somit sogar eine realistische Option, wäre nur sie allein wohl auch längst noch nicht die endgültige Lösung unserer Probleme, sondern bestenfalls eine weitere Episode in einer unendlichen Folge immer wieder neu zu lösender Aufgaben. Also wie, fragte ich weiter, der ich mir meine eigene Fragen natürlich auch nicht beantworten konnte, *wie* und durch *welchen* im demokratischen Prozedere ausgewählten ‚Maître de Cuisine' vermitteln wir diesem vielleicht bald existierenden System technisch verstärkten Menschenverstands – oder treffender: technischen System, hervorgebracht und verstärkt durch Menschenverstand – permanent so Unerlässliches wie soziale Kompetenz und menschliche Klugheit? Können wir uns über die bisher gültigen *Zehn Gebote* hinaus (jener an vielen Orten unserer Welt bisher zwar eifrig postulierten, aber eher auch immer noch jämmerlich dürftig in die Praxis überführten Grundsätze für ein gedeihliches Menschenmiteinander) darauf verständigen, wenigstens näherungsweise, auf deren zeitnaher Umsetzung in unsere uns unmittelbar umgebende Lebenswirklichkeit zumindest hinzuarbeiten?

„Ach", orakelte darauf wieder die optimistisch unkaputtbare altehrwürdige Volks-Mär, „die Hoffnung stirbt ja bekanntlich zuletzt!"

Vielleicht, beruhigte ich mich vorerst, vielleicht vermag es diese von uns geschaffene Superintelligenz am Ende tatsächlich, und das sogar völlig unabhängig von unserem Wollen und

Wirken, künftig die großen und bislang ungelösten Probleme der Menschheit mit Liebe und durch uneigennützige Hingabe zu lösen: Kriege, Alter, Krankheit, Tod ... Oder war das jetzt doch schon (und zwar unwiderruflich) die Büchse der Pandora, die wir geöffnet haben? Sind wir gerade – oder besser: nach wie vor und immer noch dabei, uns selber abzuschaffen? War das stete Sich-Berufen auf Vernunft im Kampf gegen Vorurteile (unter Zuhilfenahme der im Streben nach einem positiven Ergebnis dieser Verheißung mühsam antrainierten Verhaltensweisen) in Wirklichkeit doch nur ein nicht ganz so ernst gemeintes Versprechen? Eine flüchtige Episode innerhalb der kurzen – und: ach, so verdammt rasch zu Ende gegangenen Epoche der Aufklärung? Und ist der Abgesang auf die seit damals dermaßen quälend mühsam eingeübte Praxis des Rechts auf Individualität und Freiheit, zu Gunsten einer bisher an noch keinem Ort dieser Erde eingelösten Chimäre von Sicherheit, nichts anderes als der Beginn jenes schon lange orakelten Schwanengesangs vom ‚Ende der Morgenröte‘ unserer bisher gelebten Kultur?

Auch zur nächsten Runde dreht sich also noch für jeden, der sich's schon einmal auf dem endlos laufenden und plärrenden Karussell der Zeit zumindest für einen Augenblick lang bequem gemacht hatte, dieses einfach immer weiter. Stünde es wirklich ruhig, könnte sich ja die ‚ewig Verrinnende‘ um die ‚im Verharren Verweilenden‘ versammeln! Nur – wäre denn wirklich ein dann zu erwartender Zeit-Stau erstrebenswert, oder gar unvergesslich schön? Möchte man *so etwas* jemals entscheiden müssen?

Die Frage bleibt ohnehin müßig: Stillsteh'n tat die Zeit noch nie. Tut sie übrigens bis heute nicht.

Mithin: Orgelt also einer der Besucher auf dem Ew'gen Jahrmarkt sein: „O Verheißung! O welch holder, welch noch nie gehörter, o welch lieblicher Gesang!", so tönt in Wahrheit nur zum zigsten Mal wohl jetzt auch wieder – nur eben neu gewandet – ein schon einmal vertraut gewes'nes Lied vergang'ner Zeiten. Das *item*, kaum verklungen, auch dereinst stets erneut ins neblige *Wohin* verwehen wird. Erst vage, vage, vage – ganz aus der Ferne kommend – und rasch darauf erstaunlich forsch und quick – und voller frischer Kraft: *Heran.*

Das *Ich der Zukunft*: Ein sich dauerhaft bloß stellendes und Tag und Nacht öffentlich lebendes Wesen. *In toto* ohne Schutz seiner auch heute schon so fragilen Privatheit. Ein hilfloses Spielzeug, das wir gerade dabei sind, einem technokratischen Monster auszuliefern, welches wir auch noch selbst geschaffen haben.

Ist das etwa gewollt?

No. 5: 1976 – Das Fanal
Gräulicher Hunger

ÜBER DER WIESE SOG ES UND SANG, es sumste, schwirrte und schnalzte, und für jeden darbenden Honigrüssel hatte sich längst schon ein freudiger Blütenkelch aufgetan. Die Sonne stand kurz vor ihrem Zenit. Der lichte Himmel wölbte sich bis zur Erde. Ein Wetter, wo man das Heu einbringt. Kaum Wind. Die Luft flirrte. Hinten lärmte ein kleiner Schwarm Vögel, die miteinander ihr weiteres Tagwerk zu bereden schienen; dort der volllaubige Baum, dessen zartgrüne Blätter silberfunkelnd jeden Sonnenblitz auffingen und dabei leise und wie vor Erregung und Lust am Leben zu beben begannen. Aber schon eine einzige dahinziehende Streuwolke genügte, und die perfekte Stimmung dieses satten Sommermittags stockte, und für einen Moment schien es, als stammle in der Ferne des August ein Donner kurz auf. Endlich etwas Erfrischung.

Oskar[7] hatte an diesem Tag die für diese Stunde üblichen Arbeiten im Büro aus gutem Grund bereits früher als sonst hinter sich gelassen und war spontan und damit einer abrupten Eingebung folgend genau an diesen Ort aufgebrochen. In der für alle wahrnehmbar diffuser werdenden Helle des hohen Himmels blies der heiße Wind oben inzwischen etwas kräftiger als hienieden, und nur wenige weitere Augenblicke später zerfransten sich bereits die ersten aufziehenden Wolkenhaufen im zügig derber werdenden Spiel. Ihre struppigen Büschel jagten einander bald heftig. Sie überschlugen sich, fielen ineinander und strebten in Wellen wieder hinfort. Bis knapp über der Erde zitterten die Halme, Ähren, Blüten und Blätter von Breitwegerich, Rispengras, Ehrenpreis, Schafgarbe, Knäuelgras, Gänseblümchen und Löwenzahn im Getändel der davon immer noch nicht vollständig durchmischten Lagen und Schichtungen des Wetters; und nur ganz unten, unmittelbar über der grundkühlen Erde, behauptete sich noch lange ein schmales, störrisches, scheinbar durch nichts zu erschütterndes Terrain aus getunneltem Gleichmaß – ein eigenes, in sich konsistentes, aber freilich dennoch fragiles Refugium am bodennahen Rand jener verwunschenen Zauberwelt. Diese nun schürte, durch die damit verbundenen Erfahrung ihrer schon seit weit in der Vergangenheit begründeten und bis heute erstaunlich ausdauernden Existenz darin noch befördert, die tiefe Neigung zahlreicher Schmetterlinge, dort, in der vermeintlich verlässlich stabilen Ruhezone exakt über der Scholle, weiterhin ihre auseinandergeklappten Flügel unter den wärmenden Strahlen der Sonne zu baden. Aber grenzenloses Vertrauen – so firm, dies zu wissen, waren sie natürlich auch – tötet! In der womöglich auch deshalb nun doch ansteigenden Unruhe tänzelte dann bisweilen schon das eine oder andere dieser zahllosen Insekten wie angefixt und hypnotisiert in Richtung der Quelle des Lichts, geriet dabei natürlich sofort – ja, geradezu zwangsläufig – in wirbelnde Turbulenzen, flatterte dann wie zur Selbstvergewisserung auf der Stelle über seinem eigenen Schatten oder wich nach kurzem Tohuwabohu *ad hoc* rückwärts nach hinten weg. Manche verschwanden während dieses an einen Tanz gemahnenden Taumels im unendlichen Meer *Nirgendwo*, andere sanken in sanften Schwüngen zum immer noch Rettung vorgaukelnden Grunde retour. Ein sich permanent erneuernder engelsgleicher Reigen, anfänglich noch in gemessenem Spiel, welches insgesamt aber eben rasch zunehmend an Fahrt gewann.

Am Fuße eines Büschels erstorbener Rispen der einsame, rostbraun vertrocknete Falter mit zerfetztem Flügel als stummer Mahner: fahle Schuppen, glanzlose Facettenaugen, gebrochener Rüssel. Ein wohl erst unlängst, nun aber unrettbar vergangenes Wunder. Leben in der Natur gibt die Wahrheit in allen Erscheinungen zu erkennen. Wer sie herausreißen kann, der hat sie!

Das anmutige Geraschel dieses graziösen Tag-Vögel-Balletts verwandelte sich bei jedem weiteren näherkommenden Schritt Oskars bald in ein fein anschwellendes Wispern, das diesem, da es nun nahe genug um seine Ohren säuselte, für einen Moment gar wie Seufzen schien und ihm dabei dermaßen ans Herz ging, bis er schließlich sogar meinte, so könnte es ewig bleiben. Aber die Welt gab seinem Anflug von Schwäche nicht nach. Sie kennt keinen Stillstand und denkt nicht.

Auf Oskar lastete die selbst auferlegte Bürde des treuen Hirten, die er zwar in hingebungsvoller Pflichterfüllung zu erdulden verstand; gleichzeitig wollte er aber, über die ihm am eigenen Leib angediehene Gnade der Erlösung von Krankheit und Übel auch aktiv Zeugnis ablegen. Glücklicherweise hatte er in der jüngeren Vergangenheit ihm zugeneigte Menschen gefunden und war im Ergebnis dieser wunderbaren Begegnung mittlerweile überzeugt, dass aufgrund ihrer langen und gemeinsam stattgehabten Gespräche, und vor allem dank ihrer für ihn bittenden Gebete, sich sein ihn zuletzt sehr quälendes Magenleiden geradezu verflüchtigt hatte! Und so glaubte er nun, da ihre gemeinschaftlichen Fürbitten für seine Genesung offensichtlich erhört worden waren, der Welt samt seinen Brüdern und Schwestern von diesem Wunder künden zu müssen. Und obwohl ihm die Verbreitung dieser frohen Botschaft durchaus Lust bereitete, argwöhnte er sich manchmal auch schwach und wähnte sich von Zweifeln, dieses selbst auferlegte Pensum dauerhaft durchhalten zu können, immer wieder sattsam angestupst. War er wirklich schon der, der er eigentlich immer sein wollte: ein unerschrockener Verkünder der Wahrheit? Genügte sein missionarischer Eifer seinem ihm sich selber gesetzten Anspruch, noch verwirrtere Seelen als er selbst eine war, um sich zu scharen und sich in gemeinsamer Anstrengung mit ihnen zu läutern? Musste er dafür die frohe Botschaft nicht noch viel offensiver verkünden – ja, predigen!, um dadurch die ihm manchmal feige bedrohlich nahe rückende, aber ihn eigentlich dabei doch nur erniedrigende Scheu vor Repressionen der neuen Herren im Lande abzuwehren und zu überwinden, die ihm bei der Erfüllung seiner himmlischen Aufgaben offensichtlich nicht einmal das Schwarze unterm Fingernagel – also Erfolg und Zuspruch – gönnten, um so bald ihre offensichtlich unabänderlich weiterhin bestehenden Vorurteile, ihm, dem Christenmenschen gegenüber, endlich doch noch – und zwar restlos – abstreifen zu können? Oder lohnte es gar nicht, darüber nachzudenken? Würde also sein stetes Bemühen, durch das lebendige Beispiel eines einfachen, rechtschaffenen und gottgefälligen Daseins letztlich selbst die derzeit ideologisch nach wie vor Verblendeten dennoch für die Liebe zum Herrn gewinnen zu können, am Schluss vielleicht sogar schlagkräftiger und überzeugender sein, als alle zwischenzeitlich noch so intensiv geführten verbalen Auseinandersetzung mit den Leugnern des für uns alle dahingegebenen Lamm Gottes? Sich jedoch auf diese Weise mit dem, der für uns in seiner Selbstlosigkeit, seiner Demut, seiner Leidensfähigkeit und mit seinem Opfertod am Kreuz ein Sühnezeichen gegeben hat, messen zu wollen – wozu verstieg er, Oskar, sich hier mit seinen Anstrengungen eigentlich?

„Sprich mit mir – wo ist denn nur der richtige Weg?", fragte er Gott, den er dabei mehrmals *du* nannte.

Es war schwül geworden. Er ging weiter.

Langsam beruhigte sich auch sein inneres Tohuwabohu. Manchmal streifte er nun mit den Händen flüchtig über die Spitzen des Grases.

Das war schön.

Er ließ die Halme, indem er zügiger ausschritt, locker durch seine Finger gleiten. Und ohne hinzusehen, griff er dabei ab und an, geradezu übermütig und wie zufällig, ins Leere. Es schien, als versuche er, mit spielerischen Gesten den Geist der Wiese zu necken …

In jenen Momenten des Schabernacks fühlte sich Oskar leicht und unbeschwert und mit der Welt ganz inniglich auf Du und Du. Und, wie gerade eben wieder, hatten während solcher Tändelei – womöglich war ihm das vorher auch schon einmal passiert – seine Kuppen von Ringfinger und Mittelfinger hernach seine eigenen Daumenballen sanft umkreist …

Dieses Lavieren zwischen den von ihm selbst geweckten Erwartungen in den Seelen seiner Brüder und Schwestern seines

Sprengels daheim und der draußen vor der Tür jeden Tag gelebten Realität in der Wirklichkeit einer dem Sieg des Sozialismus zustrebenden Gesellschaft – nämlich genauso, wie die führenden Genossen im Kreis und im Land ihre eigenen und von ihnen selbst unablässig verkündeten Heilserwartungen zumindest verstanden – also weit außerhalb seiner heimeligen und in Abgrenzung von diesen ideologisch verbohrten Zeloten dadurch für ihn umso notwendigeren Glaubensgemeinschaft – das musste baldigst ein Ende haben! Das war ihm in den letzten Wochen klar und deutlich geworden. Jedoch bei seiner heute anstehenden Entscheidung, da halfen ihm nun weder Wollen und Beten, da half keine Gemeinde, keine Familie – nichts! Da halfen kein Herr, kein König und kein General. Das konnte er drehen und wenden, wohin er auch wollte. Da blieb nur die eigene Tat. Da war er wieder einmal ganz allein und auf sich gestellt. Ja, das war seine einsame, ihm, Oskar, auferlegte Prüfung!

Seine ureigene Kraft hatte für diesen dringend notwendigen Akt der Befreiung bisher aber einfach noch nicht ausgereicht. Das hatte er sich schon vor Langem eingestanden. Aber trotz alledem, außer zu rückhaltloser Ehrlichkeit bei dieser Einsicht sich selber gegenüber – an diesem Punkt war er roh und rigoros – fühlte er sich, vorerst zumindest, noch zu nichts anderem verpflichtet. Mit einem Rumoren in ihm drinnen meldete sein Körper allerdings ebenso unüberhörbar, dass es offensichtlich hohe Zeit war, den gefühlten Defiziten durch überzeugende Aktionen zu begegnen! Und selbstredend wusste er auch: Von der Einsicht bis zur Umsetzung des befreienden Entschlusses in einer wie auch immer gearteten, momentan aber noch gänzlich ungewissen Tat, da war noch ein langer und beschwerlicher Weg zurückzulegen.

Das war eben der gottgewollte Preis, der gezahlt werden musste!

Justament an diesem Tag nun ertappte er sich, also mitten in seinem unschuldigen Spiel, mit einem Mal dabei, dass er sowohl Zeigefinger und kleinen Finger (wie zwei spitze Teufelshörner!) von der Faust abgespreizt hielt, während er sich mit den Enden der beiden anderen Finger die Hautpartie zwischen Ballen und Daumen geradezu lustvoll und zärtlich rieb. Diese Entdeckung war ihm augenblicks unangenehm – ja, nachgerade peinlich. Und er fühlte sich in diesem Moment vor sich selber regelrecht entlarvt. Besonders irritierte ihn dabei – denn das war doch bestimmt nicht das erste Mal! – seine bislang dann aber noch umso unverzeihlichere Gedankenverlorenheit – bis ins Vergessen hinein – und zwar sich selbst gegenüber.

Wieso hatte er fertiggebracht, dieses befremdliche Tun und Verhalten – bis gerade eben – so vollständig zu ignorieren? Und überhaupt: warum diese verstohlenen und – nun ja – unbewussten Liebkosungen? Was war hier gerade mit ihm passiert? Was oder wer wollte *das*? Wieso hatte er das selbst noch nie zuvor an sich bemerkt? Und warum drängte sich ihm plötzlich – und warum ausgerechnet heute? – der aus dem Himmel *gefallene Engel* so verquer und dermaßen penetrant in seinen Kopf?

Bislang hatte es Oskar immer gut verstanden, sich vor den Blicken allzu Neugieriger nicht über die Maßen zu entblößen. Das war auch in den zurückliegenden, lange vergangenen Zeiten stets so gewesen. Als er noch vor den Toren der Stadt seine kleine, aber eigene Schusterei betrieben hatte, um die Familie finanziell und wirtschaftlich durchzubringen. Die Erinnerung daran begann allerdings tatsächlich bereits löchrig zu werden ... Wie schnell doch so etwas geschehen kann, wenn man nicht mehr permanent daran denken muss.

Oskars damaliges Geschäft erreichte man direkt von der Straße über zwei Stufen aus Granit. Die Miete war preiswert, und die Wände der Werkstatt standen nicht sehr weit auseinander. Mehr Fläche anzumieten, das wäre bei seinem zuzeiten schmalen Verdienst ohnehin kaum möglich gewesen. Dort war es ihm jedenfalls gegeben, von seiner eigenen Hände Arbeit leben zu können. So hatte er sich sowieso immer am liebsten gesehen: als eines niemandem Untertan! Ein stolzer, sich seiner stets und immer bewusster Handwerker.

Die Mitte des Zimmers teilte ein Tresen, welcher den Raum der Kundschaft von der eigentlichen Werkstatt abschirmte. An der Seite ein hohes Regal, daneben die Schleifmaschine mit den drei Scheiben. Hinten der Tisch samt zahlreicher Schubladen, in denen er Werkzeug und alles, was er zum Reparieren von Schuhen benötigte, aufbewahrte. Auf dessen Platte verschiedene Hammer, Zangen und der Leimtopf mit dem Spatel neben dem Pinsel auf seinem bekleckerten Schneidebrett. Dann noch der dreibeinige Hocker vor dem Bock aus dunklem Holz, mit seinem eisernen Gestell von unterschiedlich großen Füßen, auf die er die Schuhe stülpte, wenn er sie neu besohlte. Das war's. Darüber die über eine Umlenkrolle höhenverstellbare Pendellampe mit dem weißen Porzellanschirm, die er bei Bedarf unter Zuhilfenahme eines Fleischerhakens aus Stahl seitlich, direkt über seinem Arbeitsbock, am Regal fixierte und die bei

jeder Bewegung quietschte, als hätte ihr letztes Stündlein ge-
schlagen. Im Herbst, weil das Fenster sehr klein war, musste er,
um arbeiten zu können, nachmittags schon kurz nach drei den
Strom einschalten.

Viel sprechen konnte er bei seiner Schusterei damals nicht,
weil er meist ein paar der Holznägel zwischen den Lippen ge-
klemmt hielt, von denen er einen nach dem anderen in die
Schuhsohlen schlug. Im Raum hing zudem stets eine Wolke
Schusterleim, der die Luft beherrschte und die Stimmbänder
der Kundschaft eher zum Hüsteln, die Menschen aber keineswegs über Gebühr zum Verweilen reizte, was er oft bedauerte.
Gerade in jenen stillen Jahren seines Werdens zum Herrn hin
und im ständig wechselnden Angesicht all der Menschenkinder, die in jenen Tagen an ihm vorüberzogen, fasste er einen
Entschluss: „Ich habe nicht viel Zeit. Jedem, dem ich begegne,
muss ich Christus bezeugen, damit mich keiner bei Gott ver-
klagen kann: Ich hätte es ihm nicht gesagt!"
Ja, so war es für ihn vorgesehen. Genau so.
Und folgerichtig übernahm er die Pflicht, sich fürderhin der
Sorgen und den Seelen seiner Mitmenschen noch intensiver
anzunehmen.

Abrupt streckte Oskar alle zehn Finger weit von sich, schloss
sie jedoch augenblicks wieder zu lockeren Fäusten, um sie anschließend erneut auseinanderzuspreizen …

Hinten, inmitten der Felder, die scharfgeschnittenen Konturen
des vollaubigen Walnussbaums – fast schwarz gegen den Himmel. Ein bis in die kugelförmige Krone hinauf gleichmäßig gewachsener Solitär, der mit sich selbst den sanften Hügel krönte,
auf dem er thronte. Um ihn die Wiese. Als hätte der Herr ihn,

eigens seiner überwältigenden Schönheit wegen, dort hingestellt. Für die notwendige Klarheit beim Kreisen der Gedanken um die ihm abverlangte Entscheidung herum war Oskar genau dieser Flecken Land schon vor langer Zeit als wunderbar passend und ideal erschienen. Dort, am Feldrain, unter dem oberseits matt glänzenden Laubschirm seiner unpaarig gefiederten und sehr aromatischen Blätter, schmiegte sich auch eine grobgezimmerte Bank aus rohen Holzbohlen an die knorrige Borke des glänzenden Stammes. Auf ihr hatte Oskar, von lästigen Fliegen ungestört, öfter als nur einmal, und übrigens immer gern, gesessen und dabei ausgiebig und ungestört über die Rätsel der Welt sinnieren gekonnt. Mochte es nun an dem vertrauten Platz auf den Bohlen der Bank liegen, an der Aura der verschwiegenen Stille dieses Ortes – jedenfalls hatte er in dieser Einsamkeit schon einmal deutlich gespürt, wie eine seltsame Euphorie von ihm Besitz ergriffen hatte und er sich, ihr folgend, damals plötzlich auf eine wunderbar merkwürdige Weise schön und ganz selbstverständlich, und unentrinnbar dringlich, an die Menschensorge für andere Menschen erinnert fühlte. Ein Platz also wie gemacht für eine Zwiesprache mit sich selbst. Die teuflische Gefahr zu bannen, dafür war er – mit höchstem Feuereifer und unter Verleugnung von allem, was ihm bisher ans Herz gewachsen und inzwischen auch lieb und teuer geworden war – bereit zu kämpfen. Und sei der Preis himmelhoch! Die Mitglieder seiner Gemeinde würden das eines Tages verstehen. Darauf vertraute er. Und seinen Töchtern, das wusste er ebenso sicher und fest, hatte er, für deren eigene gedeihliche Zukunft – ob nun mit oder ohne ihn – lange schon eine wirklich gute Mutter gefunden.

„Nur Schafe verstehen nichts. Sie rupfen alle und allzeit im selben Sinn und käuen dann endlos wieder. Ich aber will springen, inmitten deiner Schöpfung über Abgründe hinweg, über den Abgrund meines Herzens, dir in die Arme."

Seitlich, ein den Ackerrain zierender Haufen Feldsteine, mittelgroß und wirr aufeinander geschüttet, den das üppig wuchernde Grün zu seinen Füßen doch noch nicht gänzlich zu entern vermocht hatte. Bei jedem Schritt, mit dem sich Oskar dem Baum weiter näherte, wuchs der Umfang dessen majestätischer Krone unaufhörlich. Schließlich speichte sich ihr Wipfel wie ein riesiger Schirm direkt über ihm auf. Oskar erschien es in diesem Moment, als habe er eine grüne Kathedrale betreten. Die starken Äste verjüngten sich untereinander und zu ihren Enden hin feingliedrig, bis sie darin, der Schwerkraft Tribut zollend und einem Weidenbaum nicht unähnlich, beinahe wieder auf den Boden reichten. Oskar fühlte sich, in dieses Baumgewirr eingebettet, sogleich auf eine merkwürdige Weise an das Gewühl eines menschlichen Netzes von Arterien und Adern erinnert. Selbst die Stelle, wo das Herz dieses Riesens im Stamm pochte, hatte er längst entdeckt. Das musste, mutmaßte er nicht ganz ernsthaft, dort, unterhalb der Verdickung in der silbernen Borke sein, wo sich der gerade, schlanke Stamm – etwa auf Manneshöhe – in drei gleichstarke Äste aufgabelte.

Übrigens genau hier, an diesem ihm mittlerweile vertrautem Ort innerer Einkehr, hatte er dereinst – dank seines unendlichen Vaters – schon einmal jene Ruhe gefunden, deren Versprechen ihn auch heute wieder an diesen Flecken gelockt hatte. Am ehesten vielleicht noch vergleichbar jener lange zurückliegenden Situation, in welcher ihm zuzeiten die Idee mit dem Spielplatz gekommen war. Die damals sich selbst auferlegte Klausur im Grünen, am selben Platz wie heute wieder, überzeugte im Nachgang – durch ihr bald darauf allen Menschen seiner Umgebung rasch sichtbares Ergebnis – einst schließlich auch letzte Zweifler und schenkte Ängstlichen Mut. Warum sich also heute oder künftig – und wofür – denn noch zurückhalten, wenn es analog damals doch nur erneut ansteht, das hoffentlich einzig Richtige zu tun? „Bange machen gilt nicht mehr. Auch die hiesigen weltlichen Obrigkeiten sind nicht gottberufen. Lasst alle Bedenken fahren."

Ganz deutlich lag das Bild seines Wegs, als sei es erst gestern gewesen, erneut vor ihm: Oben strahlte das Licht! Und, dass er damals dem herrlichen Geschenk seines Königs, also jener glücklichen Eingebung an ihn, mithilfe seiner Brüder und Schwestern so zügig und letztlich unbeschadet zu folgen vermochte und gemeinsam mit ihnen seine Idee sogar zügig in die Realität umsetzen durfte, das hatte er nun wirklich nicht erwartet. Umso mehr empfand er es dann aber voller Dankbarkeit. Und verstand es gleichermaßen, wie auch heute noch, als einen geglückten Sturmangriff auf die ihm einst schon immer undurchdringlich erscheinenden feindlichen Linien der ideologisch hochgerüsteten Gegner dieser neuen Obrigkeit. „Wir sind keine Verlierer!", sprach er in der Folge jener Nachmittagsentscheidung oft zu den Seinen. „Habt Vertrauen. Wir stehen auf der Seite der Sieger. Unsere Losung bleibe jetzt erst recht: Für den Auferstandenen! Gegen die staatlichen Kolonnen und gegen alle anwachsende Lethargie! Nicht Kommunismus, nicht Kapitalismus – wir erwarten das Königreich Gottes.

Und bis dahin, liebe Brüder, darf der Bolschewismus unsere Jugend einfach nicht überrennen." An diesem Grundsatz hatte sich für ihn nicht das Geringste geändert.

Ja, sein ganz persönlicher Einsatz für die jungen Menschen der ihm anvertrauten Gemeinde war ihm fortan eine nicht enden wollende Messe voll Wunder geworden. Und so hatte sich sein Entschluss von ehedem, auch im Nachhinein, für ihn als eine glückliche Fügung in Gnade erwiesen. Und ihm war, schneller als je von ihm für möglich gehalten, auch noch Erfolg beschieden. Und endlich, durch die Zustimmung der ihm nahen Brüder und Schwestern seiner Gemeinde darin noch befeuert, fand er nun auch den Mut, vor allen Menschen öffentlich zu seinen Überzeugungen zu stehen!

Also hatten sie bald darauf gemeinsam Pflöcke eingeschlagen und einen Zaun errichtet. Sie hatten eine Schaukel aufgestellt und eine Wippe. Und auch beim Bau des Klettergerüsts legte er selbst mit Hand an – natürlich! Genau wie bei seinem zuletzt Furore machenden Plakat: *Funkspruch an alle ... Funkspruch an alle ... Die Kirche in der D.D.R. klagt den Kommunismus an! Wegen Unterdrückung in Schulen an Kindern und Jugendlichen ...*

Die drei tragenden Pfosten, zwischen denen er das Schild mit dem Hinweis *Evangelischer Kinderspielplatz* schraubte, grub er damals einen guten halben Meter tief in den Boden. In der Lochsohle stampfte er die lose Erde um die Traghölzer mit einem herumliegenden Stammstück so gründlich fest, dass ihm Schweißperlen auf die Stirn traten. Für das Verfüllen der oberen zwanzig Zentimeter mischte er in einem ausrangierten Eimer aus Emaille Beton. Die Konstruktion sollte schließlich dauerhaft an dieser Stelle verankert bleiben. Das war die Absicht.

In den nächsten Tagen wurde es ungemütlich. Für ‚die vom Kreis' und gleichermaßen für ‚die vom Rathaus' war das ihnen erträglich scheinende Maß nun voll: „Die Gestaltung der Kinder- und Jugendarbeit [...] dürfe nicht als Freizeitbeschäftigung mit Sport und Spiel getan werden, da hierfür einzig und allein der Staat und seine Institutionen bzw. Organisationen zuständig" seien, verkündeten sie der Kirchenverwaltung. Sie verlangten ultimativ den unverzüglichen Abbau dieser Provokation! Oskar, als treuer Hirte seiner Gemeinde, befand sich somit unversehens inmitten einer um ihn herum tobenden Kesselschlacht. Und in der Folge seines kurzentschlossenen Tuns drückte ihm demzufolge unmittelbar darauf eine gewaltige Kiepe Ungemach aufs Gemüt. Sie war randvollgepackt mit Vorschriften, Zwängen und natürlich den auf dem Fuße folgenden glasklaren Reaktionen der Ortsgewaltigen. Nur einen Morgen später wurde das Schild nämlich bereits entfernt! Die Täter hatten in der Dunkelheit der Nacht die Balken aus dem Boden heraus gewuchtet und das Plakat einfach mitgenommen.

Es hätte im Grunde ein lässlicher Ärger sein können, welchen er sich mit seiner voranstürmenden Art damit aufgehuckt hatte. Nur, auch keine noch so absehbare Auseinandersetzung konnte ihn daran hindern, gültige Konventionen – bei innerster gegenteiliger Überzeugung – nicht doch durch Taten wahrnehmbar zu konterkarieren! Als beispielsweise der Vorsitzende der örtlichen Landwirtschaftlichen Produktionsgenossenschaft triumphierend ein Schild anbringen ließ: „Ohne

Gott und Sonnenschein, holen wir die Ernte ein", malte Oskar auf einem Banner gleichermaßen apodiktisch zurück: „Ohne Regen, ohne Gott geht die ganze Welt bankrott." Solches Tun beschwerte die weitere Umsetzung seiner für die künftigen Tage geplanten Vorhaben der Gemeindearbeit für Jugendliche selbstverständlich sehr. Da half es auch nicht wirklich, seinen Mitbrüdern gegenüber immer wieder zu betonen, dass er, Oskar, im Gegensatz zu ihnen, keineswegs willens sei, sich durch Feigheit ein ruhigeres Leben zu erkaufen und damit Gott und die Kirche zu verraten. Und da half auch nicht mehr die bloße Erinnerung an den einst voller Inbrunst gehaltenen Appell: „Non possumus!"

Er fühlte natürlich, wie es unmittelbar um ihn her immer kühler wurde. Er war ja kein Klotz. Selbst wenn er nun mit einem ihm immer noch nahen und ihm verbunden gebliebenen Menschen sprach, vermeinte er bisweilen – sogar wenn der Kalender nach wie vor Sommer auswies – knirschenden Raureif zwischen ihren beiden Gesichter zu spüren. Wie nur konnte er diese für jeden sensiblen Menschen wahrnehmbare Klimaverschärfung mildern? War die Hinnahme jener Kühle um ihn herum vielleicht doch der von ihm zu entrichtende Obolus für sein Streben nach der göttlichen Vollkommenheit des Himmels auf Erden? Musste dann die Suche nach dieser Vollkommenheit, deren Erfüllung einzig und allein Gott *schenken* kann, demzufolge nicht schon von vornherein zum Scheitern verurteilt sein? Grenzte es also nicht schon an grenzenlose Hoffart, solches von *Ihm* für sich selbst überhaupt zu erhoffen? Es peinigte und quälte ihn in diesen Zeiten geradezu, dass die Antwort auf die Frage: „Wodurch lässt sich das Feuer erkalteter

Liebe neu entfachen?", die ihn bedrängte und umtrieb, für ihn bisher nach wie vor unauffindbar geblieben war. Die Kraft der Hoffnung auf Erlösung aus dieser persönlichen Misere speiste sich durch sein Vertrauen auf eine Vision, welche auch ihm *in Christus gleich und damit frei* in Aussicht stellte, selbst schwierigste Antworten durch und im Glauben finden zu können. Es war allerdings auch nirgendwo festgeschrieben worden, dass das Ringen darum besonders leicht fallen würde.

So viel schien ihm mittlerweile aber doch gewiss: *Alles* Mögliche und Notwendige zur Entspannung der verfahrenen Situation gleichzeitig zu tun, das war im Grunde unmöglich geworden. Und um diese bedrückende Last künftig überhaupt noch schultern zu können, halfen auch keine einfachen Polster mehr! Das Beste wäre, sie auf mehrere Schultern zu verteilen. Nur, auf wessen Hilfe durfte er also – oder eben auch nicht – schlechterdings noch rechnen? Und was für Beistand war denn tatsächlich überhaupt noch zu erwarten oder möglich? Und stand für ihn denn wahrhaftig schon die konkrete Frage: Mit oder ohne meine Mitbrüder und Mitschwestern? War es nicht ohnehin viel eher so: Wenn es ernst wurde – und es war ja unwiderlegbar längst ernst – und wenn es also weiterhin nicht nur ernst blieb, sondern im Gegenteil noch ernster wurde, spätestens dann, das wusste er ja aus erlebter Erfahrung, genau ab diesem Zeitpunkt, der (dessen war er sich so sicher wie das Amen in der Kirche) am Schluss selbstverständlich kommen würde, also ab diesem unausweichlich vor ihm liegenden Moment, blieb er, Oskar, dann vor seinem Schöpfer sowieso nicht mit sich allein! Ersehnte er vielleicht gar nur deshalb eine abweichende Antwort von jener doch eigentlich wohl unverrückbaren, welche er sicher zu kennen glaubte, weil seine Nerven so verdammt zu flattern begannen?

Aber selbst in diesen quälenden Wochen voller Ungewissheit und Zweifel wusste Oskar sich immer von *Ihm* getragen. Darauf vertraute er fest. An dieser Zuversicht gab es für ihn kein Rütteln. Diese Burg im Glauben stand. Sie gründete auf einem Fels der Kraft und ewiger Herrlichkeit! Gefolgschaft, Gehorsam und Treue waren für Oskar kein leerer Wahn. Sie schenkten ihm Halt und Mut. Und nur aus dieser inneren Gewissheit sog er die Stärke und die Chuzpe, entgegen allen Widrigkeiten, inmitten seiner selbstgewählten Aufgabe, tagtäglich weiter auszuharren. Und er wusste sich bei der Ableistung seiner Pflichten vor dem Herrn dabei von diesem stets beschützt. ‚In seiner Hand' war für Oskar zu keiner leeren Floskel verkommen.

Natürlich war es eine Provokation allererster Güte: Direkt der aus roten Klinkern erbauten staatlichen Grundschule gegenüber, im Angesicht der dominanten staatlichen Bildungseinrichtung am Ort, hatten er und seine Getreuen ihren eigenen Spielplatz, auf ihrem guten Land, also dem Grundbesitz ihrer Gemeinde, angelegt! Und an ihrer Kirche leuchtete jetzt des Nachts deutlich und weithin sichtbar ein Neonkreuz! Dieses Zeichen ließ nicht den geringsten Zweifel zu: Genau dort, auf diesem Rasenstück vorm Gotteshaus, wohnte der wahre und der einzige König! Seine unendliche Größe hatte bislang überdauert – und würde auch weiterhin – sämtlichen Tand der Welt überdauern. Und mögen seine Leugner noch so viel Häme und Spott über sie gießen und im Dreieck springen – des völlig ungeachtet: Die letztlich siegreiche Kirche wird auf immer und ewig weiterleben!

Von der sommerlichen Wiese vor dieser Bank, unter dem Schutzschirm der herrlichen Walnuss, erwartete Oskar an jenem Tag, an dem er seinen Entschluss abwog, weder zauberhafte Magie, die ihn beeinflussen würde, noch hoffte er auf den einen (und ihn damit vielleicht sogar erlösenden) Fingerzeig Jahwes. So wichtig war er – das einfache Lamm – schließlich nicht, und so wollte er auch nicht gesehen oder gar angesehen sein. Er war stets nur ein frommes Lamm in der Herde, ein demütiges Ich. Gott war das Ich aller Ichs; er war der, der alle in ein Wesen fasste. Warum also – und aus welchem Grund – sollte der Herr seinen Blick ausgerechnet allein auf ihn lenken? Schon der bloße Gedanke daran war doch Hoffart! Der Glaube an lebendige Wunder indes, die mitten im Leben aufzutauchen vermochten und von dort aus ihre segensreiche und unendliche Wirkungsmacht entfalteten konnten, war dagegen bei Oskar völlig ungebrochen. Er hatte sich in den ausgiebig geschlagenen Schlachten der vergangenen Wochen und Monate – inmitten all der Fährnisse und unter den alltäglichen Angelegenheiten der Menschen – zwar ein wenig erschöpft, aber die Macht der Erinnerung an die Liebe des Kindes zum Vater war unausweichlich. Ja, sie war für ihn allgegenwärtig geblieben. Einzig sie war es schließlich gewesen, die ihn hierhergeführt hatte. Dazu bedurfte es weder einer Rechtfertigung noch eines weiteren Beweises. Das Sich-Fallenlassen ins Ungefähre der Stille an diesem Ort, wo er *Ihm*, in trauter Hingabe, nahe sein konnte, erschien ihm deshalb als die einzig natürliche und ihm, Oskar, gemäße Option für seine bevorstehende Entscheidung. Und nur vom strikten Vollzug seines im Ergebnis dann getroffenen Vorhabens versprach er sich Linderung und die ersehnte

Heilung seiner unruhigen Seele. Er musste das Ungeheuer besiegen! Das hatte er sich ganz fest vorgenommen. Die quälende Pein bisheriger Unentschlossenheit sollte endlich weichen. Sie musste sich in einer befreienden Tat vollenden. Noch länger zuzuwarten – er mochte es wenden und drehen wie er wollte – nein, das hatte beim besten Willen einfach keinen Sinn mehr! Die Zeit war *jetzt* reif. Sich die nächsten unausweichlich auf ihn zukommenden Martern nochmal widerstandslos aufladen zu lassen, das würde im Ergebnis nichts und für niemanden irgendetwas erleichtern, mildern oder verbessern. Aber weitere zusätzliche Lasten würden ihn – und das war absehbar! – noch mehr drücken und biegen und am Ende womöglich sogar zerquetschen. Das schlichte und so kommod dahingesagte ‚zurück in den Sprengel', zu dem ihm (von wohlmeinenden Mitbrüdern und Schwestern und von Seiten seiner eigenen Kirchenverwaltung in immer kürzeren Abfolgen, und sogar ‚von Herzen') immer wieder geraten worden war, empfand er schierweg nur als eine womöglich ungewollte – aber dennoch und vielleicht sogar genau deshalb – geradezu höllische Zumutung! Solche Vorschläge künftig im tagtäglichen Leben umzusetzen und durchstehen zu müssen, dazu war sein Blutmuskel bereits zu weh und zu schwach. Warum also mit diesem Ansinnen überhaupt noch weitere kostbare Zeit im Kreuzzug gegen die Mächte der Finsternis vergeuden? Seine vom Herrn und Erlöser vorgegebene Bestimmung, das wurde ihm an jedem weiteren der vergehenden Tage nun immer deutlicher, war es, Opfer zu sein!

„Ich bin bereit."

Er, Oskar, würde diesen Weg zu seinem ganz persönlichen *Ort des Schädels* bis zum bittersüßen Ende gehen. Ebenso aufrecht wie der Herr, und im steten und nicht nachlassenden Bemühen, ihm ein verlässlicher und ebenbürtiger Kämpfer zu sein! Das war sein Dienst: Er musste seinem Führer folgen!
„Dieser Entschluss ist unwiderruflich!"

Es ist der richtige Ort.
Es gibt keine Zwänge mehr
Es gibt nur noch die Tat in Liebe.
Es ist jetzt gut.

Ja, er würde die ihn umklammernde Eiseskälte der Finsternis mit einem bislang unerhörten Fanal entflammen …
„Der Herr spricht: Wenn wir nicht brennen, wie wird dann die dunkle Nacht erleuchtet? Aber ich bin gekommen, ein Feuer anzuzünden auf Erden! Warum brennt ihr so wenig, warum seid ihr so kalt?"
Und dann sang Oskar unter der grüngewölbten erhabenen Kuppel des Walnussbaumdoms *Jeremias Klagelied*, das Gebet des gedrückten Volks um Gnade und Hilfe:

1. *Gedenke, Herr, wie es uns gehet;*
   Schaue und siehe an unsre
   Schmach!
2. *Unser Erbe ist den Fremden zu teil*
   worden, und unsre Häuser den Aus=
   ländern.

3. Wir sind Waisen und haben keinen
Vater; unsre Mütter sind wie Witwen.

4. Unser Wasser müssen wir um Geld
trinken; unser Holz muß man bezahlet
bringen lassen.

5. Man treibt uns über Hals; und
wenn wir schon müde sind, läßt man
uns doch keine Ruhe.

6. Wir haben uns mühsam Ägypten und
Assur ergeben, auf daß wir doch Brot satt
zu essen haben.

7. Unsre Väter haben gesündigt, und
sind nicht mehr vorhanden, und wir müssen
ihre Missetaten entgelten.

8. Knechte herrschen über uns, und ist
niemand, der uns von ihrer Hand er=
rette.

9. Wir müssen unser Brot mit Gefahr
unsers Lebens holen vor dem Schwert
in der Wüste.

10. Unsre Haut ist verbrannt wie in
einem Ofen vor dem greulichen Hunger.

11. Sie haben die Weiber zu Zion
geschwächt und die Jungfrauen in den
Städten Judas.

12. Die Fürsten sind von ihnen gehenkt,
und die Person der Alten hat man nicht
geehret.

13. *Die Jünglinge haben Mühlsteine*
    müssen tragen, und die Knaben über dem
    Holztragen straucheln.
14. *Es sitzen die Alten nicht mehr unter*
    dem Tor, und die Jünglinge treiben kein
    Saitenspiel mehr.
15. *Unsers Herzen Freude hat ein*
    Ende, unser Reigen ist in Wehklagen
    verkehret.
16. *Die Krone unsers Hauses ist ab=*
    gefallen. Oh weh, daß wir so gesündigt
    haben!
17. *Darum ist auch unser Herz betrübt,*
    und unsre Augen sind finster worden
18. *Um des Berges Zion willen, daß*
    er so wüst liegt, daß die Füchse drüber
    laufen.
19. *Aber Du, Herr, der Du ewiglich*
    bleibest und Dein Thron für und für,
20. *Warum willst du unser so gar ver=*
    gessen und uns die Länge so gar ver=
    lassen?
21. *Bringe uns, Herr, wieder zu dir,*
    daß wir heim kommen; verneue
    unsre Tage wie vor alters.
22. *Denn du hast uns verworfen, und*
    bist allzusehr über uns erzürnet.

No. 6: 1978 – Louise[8] und Sigmund[9]
Weltenwunder – Wunderwelt

ANFANGS DES LETZTEN DRITTEL IM SIEBENTEN
JAHRZEHNT des vergangenen Jahrhunderts verspürte ich
zunehmend das Bedürfnis, mir endlich Klarheit über meine Zukunft verschaffen zu müssen. Ich wusste lange nicht,
wo ich mit meinem Leben eigentlich hinwollte. Klar hatte
ich bereits einiges hinter mich gebracht und von den großen Aufbrüchen in die Welt geträumt. Und einer tollen Bude
für mich allein! Mit runder Glaskugel über dem Couchtisch.
Und ich habe mir, trotz gelegentlich aufkommender Zweifel,
immer wieder lebhaft vorgestellt, dass es eines Tages tatsächlich so sein würde. Und es sollten ab diesem Zeitpunkt nur
noch Menschen um mich sein, die ich wirklich mochte. Wir
alle würden uns dann gut verstehen. Würden rauchen. Etwas
trinken. Und bis in die Puppen reden. Es würde schön sein.
Dessen war ich gewiss. Nur, es dauerte! Auf dem Weg dahin zog so manches Mal eine leise lockende Sehnsucht nach
menschlicher Nähe durch mein Innen, welche ich allerdings
nie wirklich zu befreien verstand. Und für die sich Außenstehende natürlich auch in den seltenen Augenblicken nicht
interessieren konnten, in denen ich dann doch einmal der
Versuchung erlag und dabei den Vorhang des Schweigens
millimeterweit lüftete … Ach, bestimmt wirkten auch die
darüber hinaus noch zuzüglich von mir ausgehirnten Ver-

suche, lange Blicke und zögerlich-stockende Bewegungen als die mir eigenen grüblerischen Liebesbekundungen zu tarnen, schlichtweg nur komisch. Ich vermochte ja noch nicht einmal in dürren Worten auszudrücken, wie es um mich stand. Ich vegetierte dahin. Völlig ohne jeden Zuspruch eines femininen Resonanzkörpers. Wie auch?! Aber ich ließ nicht locker. Ich wollte, dass wir uns gut sind. Ich erwog sogar, mich dieses Gefühls wegen zu opfern. Es gab aber keine Person, die mein Opfer wollte. Kein Mensch, dem ich mich hätte schenken können. *Ich* hatte keinen Gott. Und war auch keines Gottes Schäfchen. Dabei sehnte ich mich nach Verständnis. Also träumte ich Tag um Tag weiter von dem Augenblick, an dem das lebendige Leben für mich beginnen würde. Bis dahin existierte ich halt vorläufig und provisorisch. Damit musste und hatte ich mich schließlich abgefunden. Das war mein kleiner Trost. Aber ein Gedanke piesackte mich bisweilen sehr: War ich vielleicht in einer dieser monströsen Zwischenzeiten gelandet, innerhalb derer nichts Wesentliches passiert? In der die Existenz einfach nur verrinnt? Durch Geburt zufällig ins Leben geworfen, das immer weiter verstreichen und niemals beginnen würde! Bestand mein Dasein in Wirklichkeit gar nur aus einer stetigen Abfolge lauter aneinandergereihter, unscheinbarer, winziger und belangloser Zwischenzeiten? Das morgendliche Aufstehen. Die Klamotten, in die ich steigen musste, um zur Arbeit zu kommen. Die verrauchten Kneipenabende mit Freunden. Die hormongeschwängerten Bekanntschaften mit vorüberdefilierenden womöglichen Bräuten. Die Bands. Die Bücher. Die Filme. All die fantastischen Spinnereien von Reisen an unbekannte

Orte. Dienten sie nur dazu, die Zeit bis zum großen Moment meines eigentlichen Beginns zu überbrücken? Wann nur würde das Warten enden? Wann? Wann endlich?

Aber es passierte nichts. Ich bekam bei aller mit diesem Aufbruchsthema verwobenen Grübelei meine Gedanken um dieses Problem einfach nicht in den Griff. Nichts flutschte. Als sei alles verstockt. Das wurmte mich von Mal zu Mal mehr und drängte nach Erlösung. Würde die gewünschte Entspannung durch die äußeren Umstände weiter behindert, wäre wohl Hartleibigkeit die logische Folge. Und ein gestörter Austausch meiner Innen- mit der Außenwelt, der beeinträchtigte gewiss mehr als das eigene Wohlbefinden! Die einfache Erkenntnis meines Großvaters Paul für jeglichen praktikablen Lösungsansatz in solch festgefahrenen Lebensfragen hieß deshalb seit eh und je: „Kontinuität! Alles kommt zu seiner Zeit. Wachsam bleiben. Du darfst den richtigen Augenblick nicht verpassen!" Die dafür erforderliche Aufmerksamkeit, nicht zuletzt auch das Gespür für den entsprechend dazugehörigen passenden Moment, gehörte in unserer Familie, zumindest solange ich denken konnte, immer zum Allgemeingut. Besonders und schonungslos zwingend zahlte sich diese Einsicht gerade auch den unkalkulierbaren Fährnissen der eigenen Befindlichkeiten gegenüber aus. Mochten sie von Fall zu Fall auch noch so speziell sein! Jeder von uns Klapproths trug diese Einstellung seit Geburt quasi in seinen Genen. Das ließ sich weder vermitteln noch erlernen. Es war einfach so! Über jenes naturgegebene Geschenk in aller Offenheit zu sprechen, das war dann allerdings nochmal ein ganz anderes Kaliber.

Wenn ich heute nun doch noch einmal über meine eigenen—nun ja, ‚Erweckungserlebnisse' nachdenke, muss es so etwa gegen Ende Juli des besagten Jahres gewesen sein, da hatte ich in einer der vielen täglich erscheinenden Zeitung von der Geburt des ersten *in vitro* gezeugten Kindes gelesen – einem Mädchen aus dem englischen Oldham, nahe bei Manchester. Sie erhielt den schönen und einprägsamen Namen *Louise Brown*. So weit sind wir also jetzt doch schon! – staunte ich damals bei der Lektüre, und mich kam, als ich die Meldung noch ein weiteres und dieses Mal bewusst gründlicher las, ein mir ansonsten völlig fremder Stolz an. Er überwältigte mich regelrecht! Natürlich war das lächerlich. Mir war ja klar, dass ich im Land meiner Geburt, und speziell in dem dort dicht geknüpften Netz bestehender gesellschaftlicher Verhältnisse, festhing. Selbst auf absehbar fortdauernde Jahrzehnte würde ich wahrscheinlich auch weiter dort gefangen bleiben. Ich hatte also die Folgen dieser durch mich selbst unabwendbaren und im Allgemeinen natürlich zutiefst unschönen Gegebenheit, dass ich meine Heimat im Normalfall erst als Rentner in Richtung Welt verlassen durfte, im Grunde akzeptiert. Sie stießen mir auch nicht mehr täglich sauer auf. Im Rückblick musste ich also ehrlicherweise zu meiner eigenen Überraschung feststellen, dass meine Kolleradern – allein diesem Umstand geschuldet – seinetwegen wohl eher selten angeschwollen sind. Jedenfalls erinnere ich es so. Anderes zu behaupten wäre unredlich, ja, geradezu gelogen. Es war für mich Normalität geworden – so unnormal, wie es war! Und ich hatte ab einem bestimmten Punkt einfach keine Veranlassung mehr gesehen, meine Welt, bezüglich dieser uns allen mittlerweile hinlänglich bekannten Problematik der Abschottung vom Rest derselben, jeden Tag grundsätzlich neu in Frage zu stellen. Doch nun, tief in mir drinnen, durch die Meldung über jene in diesem Labor der Insel des Vereinigten Königreiches von Angehörigen meiner eigenen Gattung gestarteten Existenz dieses kleinen Mädchen, fühlte ich mich geradezu neu erweckt und gefühlsmäßig in eine bis dahin unbekannte Sphäre katapultiert. Ja, ich wähnte mich plötzlich durch diesen Vorgang – unabhängig jedweder praktischen oder auch nur theoretisch geläufigen, und selbst eben sogar auch bei mir gelegentlich greifenden Staatsräson – sogar kosmisch erhöht! Das hätte ja schließlich mein Schuss Samen sein können, der die bisher als gottgegeben hingenommenen Grenzen beim Schöpfungsakt auf so fantastische und moderne Weise überwunden hatte. Allein schon die theoretische Möglichkeit der Umsetzung in die künftige Praxis des täglichen Lebens eröffnete uns allen völlig neue und unbekannte Dimensionen des Seins! Die Welt lässt sich also wirklich bewegen! Es muss nur jemand damit beginnen. Jener, im Königreich von Elisabeth II., aus dem Haus Windsor, vollzogene Bruch mit sämtlichen mir bisher bekannten Gepflogenheiten im Vorfeld einer menschlichen Geburt, der markierte in meinem gegenwärtig aufgescheuchten Denken fortan etwas so gravierend Radikales, wie es der Beginn eines neuen Zeitalters zweifelsohne ist.

Ja, es ist tatsächlich so gewesen – mich überflutete an diesem Tag ein von mir derartig tief nie wieder durchlebtes Gefühl körperloser, mich dennoch vollkommen einschließender, elementarer Leichtigkeit. Dieser Zustand war eminent. Als sei ich frisch ins Leben geworfen, und all die vergangenen Jahre wären spurlos an mir abgeperlt. Als sei ich nie von ihnen geprägt worden. Weder durch Kindheit, Erziehung, Schule oder Ideologie. Als wäre ich gerade in die Welt gefallen. Einen Augenblick lang glaubte ich mich sogar gänzlich rein und unbefleckt. Ich gehörte niemanden – und niemandem an! Ich war frei.

Samen ist ja zuerst einmal neutral. So einem milchig-trüben und leicht glänzenden Spendenspritzer im Reagenzglas ist ja tatsächlich noch nicht einmal ein (entgegen aller Behauptungen dennoch aber unterschwellig in Vermutung stehender) genetischer Ost-Makel anzusehen. Zugegeben: Vielleicht übertreibe ich es an dieser Stelle auch mit dem aktuell überbordenden Überschwang meiner damals gelegentlich dann doch von Zorn und Frust getriebenen inneren Gestimmtheit des den damals wohl zu unvorhergesehenen Umständen ausgelieferten *Ostzonesiers*. Fakt bleibt jedenfalls: Mit dem Beweis des vom intimen Zusammenspiel der Menschen abgekoppelten Reproduktionsprozesses eines Gattungswesens wurde, zumindest nach meinem begeisterten Dafürhalten, in Britannien der erste Akt einer wahren, vorurteilsfreien und geschwisterlichen Weltgemeinschaft der Menschen begründet: Alle Menschen sind gleich! Die bis zu diesem Tag nach wie vor bestehende blöde Konkurrenz der sich gegenüberstehenden Gesellschaftssysteme (bis in den biologisch vorgegebenen Akt der Fortpflanzung der eigenen Spezies hinein) war demzufolge tatsächlich und unwiederbringlich obsolet geworden. Für mich stand unverrückbar fest: Die vernunftbegabten Menschen in den Laboren der Zukunft arbeiteten künftig zusammen. Und das ausschließlich international! Das Morgen hatte soeben begonnen!

Durchlässige Grenzen für gut gekühltes Ejakulat waren dabei

zwar nur ein bescheidener, aber im Grunde doch auch ein längst überfälliger Anfang. Und daraus folgerte vielleicht sogar bald der schleichende Abbau vieler immer noch bestehender Vorurteile. Meine Gedanken geriet ins Schwärmen: ‚Wandel durch Annäherung' auf eine so schlichte und wunderbar stetige Weise, wie es der Samentransfer unter Menschen sein kann, der vermag doch wohl, die gewohnten Verhältnisse nachhaltig aufzuweichen und zum Tanzen zu bringen. Die in meinem Land geübte Praxis der Abschirmung gegenüber fremden Einflüssen bei der Gewährung von Reisepässen, speziell für zeugungsfähige, aber ideologisch *instabile* Mitmenschen, insbesondere vor Erreichen ihres Rentnerdaseins, entlarvte sich im Licht solcher unerwarteten Entwicklung nun erst recht als das, was sie sowieso schon immer gewesen war: Eine willkürliche und gestrige Dummheit!

Ja, das fühlte sich doch wirklich alles verdammt gut an: Ich, Bernd Klapproth, hatte das verteufelte Glück, Zeitgenosse und zugleich Zeuge eines historischen Umbruchs in dieser sich vor meinen Augen neu sortierenden Epoche in der Geschichte der Menschheit zu sein.

Trotz all meiner unbändigen Euphorie, schlich sich mir jedoch ein kleines und mich beruhigendes *aber* dergestalt in den Kopf, dass es auch bei der künftig notwendig bleibenden Menschenherstellung – und völlig unabhängig der noch zu erwartenden technischen Neuerungen, selbst bei einer sich ‚wie weit auch immer' noch weiter auseinander entwickelnden körperlichen Nähe während des Akts der Zeugung, zumindest auf absehbare Zeit, und hoffentlich auch fürderhin – dafür immer noch zwei Menschen brauchen würde!

Dieser Gedanke besänftigte mich schließlich auch wieder.

Und dennoch bohrte seitdem eine für mich schwer zu fassende Unsicherheit vor dem Unwägbaren da draußen vorsichtig weiter in mir, von der ich mich, über die kommenden Jahre, nicht auch mehr wirklich zu befreien vermochte. Und ich zweifelte deshalb sogar daran, ihr überhaupt je wieder gleichermaßen beseelt entkommen zu können, wie ich mich zu der Zeit fühlte, als die kleine Louise Joy Brown meine Fantasie so fruchtbar beflügelt hatte. Aber da ich in vergleichbar ähnlich grüblerischer Stunde mit mir selbst schon früher einmal verabredet hatte, den Dingen, die mich unmittelbar betrafen und, unabhängig aller wie auch immer gearteten, Empathie, die sie in mir auszulösen vermochten, möglichst rasch auf den Grund zu gehen, und sie nicht einfach nur widerstandslos geschehen zu lassen, nahm ich schließlich sechs, sieben Wochen später am Tisch vor dem Fenster im Wohnzimmer Platz und legte eine Seite weißes Papier vor mich hin. Ich unternahm den vorher von mir noch nicht einmal ansatzweise praktizierten Versuch, diese Unruhe – die sich eingangs sanft schnurrend und wie auf weichen Pfoten durch die Fenster in die Ruhe meines Zimmers geschlichen und sich dort aber nun festgekrallt hatte hatte, wenigstens einmal zu notieren. Ich glaubte damals daran, diesen Zustand zwischen Gefühl und Wissen *so* für mich handhabbar machen zu können. ‚Das ist jetzt meine Zeit‘, hatte ich mir schon des Öfteren gesagt und dabei jedoch das dringende Verlangen gespürt, die ‚Unumkehrbare‘ bei ihrem Selbstgespräch zu belauschen. Und ich wollte allzu gern – aus einem mir bis heute noch unerfindlichen Grund – dabei Erhörtes für mich notieren und festhalten: Auf dass ich es nie mehr würde vergessen können! Im laufenden Prozess dieses sich für mich anfangs sehr und ungewohnt anfühlenden Experiments, stellte sich bei mir, nach etlichen Stunden der praktischen Einübung, dann doch rasch die Gewissheit ein, auf deutlich mehr Worte verzichten zu können, als ich es ohnehin schon getan hatte. Aber selbst dann waren es immer noch zu viele! Also wieder verknappen, umsortieren und austauschen, ergänzen und wegstreichen. Obwohl ich das Prozedere bis zu diesem Zeitpunkt schon zig Male wiederholt hatte, war mir das Ergebnis letztlich immer noch zu opulent. Ich musste, während dieser Streicharien, im Sinne der Verständlichkeit andererseits zwingend vermeiden, das Textergebnis dabei ins allgemein Unverständliche wegdriften zu lassen. Die Gefahr bestand ja darin, dass der Extrakt dessen, was sich in diesem Endlospuzzle über Stunden herauskristallisiert hatte, trotz all der investierten Mühe, auch weiterhin unverständlich blieb. Das von mir verschriftlichte Bild des *Erlauschten und Erdachten* flimmerte vor meinen Augen und begann in dem Moment erneut wegzugleiten, als ich es vermeintlich gerade noch zu fixieren vermochte. Alles, was ich bis dahin aufgeschrieben, notiert und festgehalten hatte, um es mir selbst und vielleicht sogar einem *wem auch immer* und *wie auch immer* gearteten Gegenüber zu erklären: was denn *das* überhaupt sei – also die Quintessenz dessen, was ich vernommen hatte oder jetzt schon wieder vermisste, was mich störte oder wonach ich tief in mir suchte, blieb aber weiter relativ unklar. Dabei hatte ich doch bereits auf sämtliche Alltagsritualwidrigkeiten als Verhinderungsgegebenheiten für den zu erstellenden Text bewusst verzichtet. Meiner angestrebten Selbstvergewisserung wegen ignorierte ich dabei auch die scheinbar überlebensnotwendigen Gepflogenheiten meiner mich umgebenden Freunde, Verwandten und Kollegen, von denen ich Kenntnis besaß. Ich unterwarf mich der puren Schreiberei. Nach der verzehrte ich mich in diesem sich weiter und weiter dehnenden kreativen Moment – und je länger er dauerte (wie von einer unstillbaren Sehnsucht getrieben) desto mehr – und immer mehr. Über die Anmaßung, später vielleicht auch noch Dritte mit dem Ergebnis dieses *Erguss*-Textes zu behelligen, die in meinem über mich gekommenen Schöpfungsansinnen (zumindest gefühlt) von Beginn an angelegt war, machte ich mir an diesem Tag aber noch keinerlei Gedanken. Ich war einfach nur beschäftigt. Aber einmal war doch Schluss! Also buchstabierte ich mir das Ergebnis all der schöpferischen Mühe vor dem Blatt, diese letzten *Wort-Mohikaner* (welche nach der Streich- und Umstellungsarie von mir Bestandsschutz erhalten hatten, und die nun vereint aufgereiht waren) laut her. Jene Überlebenden und bis zum Erbarmen Würdigen so nackt und pur auf der schmalen Heimat ihrer wenigen Zeilen – diese vor Erregung zitternden und *noch* unbefleckten Krieger vor ihrer ‚Wort-Schlacht-Schlachtung‘ – das ergriff mich schon ganz merkwürdig. Ja, es fasste mich geradezu an! In ihrer Verletzlichkeit und ihrem einfachen Sinnzusammenhang erschienen sie mir in diesem Augenblick der Wahrheit als liebenswerte, züchtige, reine Gestalten. Sie standen pur und ohne jede Spur von Mätzchen auf ihren Linien. Ich hatte Vergleichbare *so* natürlich bisher noch nie nebeneinander aufgereiht gesehen. Wir befreundeten uns.

Die Stille

*Ab und an brauche ich die Stille. Neulich, durch meine Vorliebe
für diesen reglosen Zustand getrieben, versuchte ich eine Ton-
bandaufnahme von ihr. Ich sprach: „Und jetzt folgt die Stille",
ließ dann das Band laufen und genoss wieder die Lautlosigkeit.
Spielte ich mein Produkt einem Bekannten vor, wurde ich ver-
lacht. Hörte ich allein, selbst in Stereo, fühlte ich, dass etwas fehlt.
Es war eine tote, platte Stille. Eine Konserve. Ich habe das Band
gelöscht.*

Ich wunderte mich später, dass mir – bei all dem Geacker und
der Anstrengung mit diesem schmalen Text – ausgerechnet das
tschechische Tonbandgerät im Holzgehäuse dermaßen präsent
geworden war. Dessen Markennamen hatte ich schon einmal
notiert, dann aber wieder gestrichen, erneut hingeschrieben
und nach etlichem Hin und Her letztlich doch eliminiert. Ich
benötigte dieses Gerät damals für Mitschnitte von Musik und
habe es genau so auch vielfältig genutzt. Ich hatte es einst von
einem Freund abgekauft und verdanke ihm wunderbar ange-
füllte Stunden voller Freude, musikalisch-euphorische Gefühls-
höhenflüge, und manchmal eben auch nur heimeligen Genuss.
‚Angesagte' LPs waren im Alltag meines Landes, ohne persönliche Beziehung ins Musikfachgeschäft um die Ecke, kaum auf
normalem Weg zu erwerben. Es gab einfach keine ansprechen-
den Scheiben, und wenn überhaupt, dann war die verkaufbare
Auflage für den vorhandenen Bedarf im Lande viel zu gering!
Wer also keine persönlichen Beziehungen in den Handel hinein
hatte, oder zumindest jemanden-kannte-der-jemanden-kann-
te-der-jemanden-kannte, der war wirklich angeschmiert. Al-

lein schon aus diesem Grund blieben für jeden Interessierten, der aktuelle Musik für sein Lebensglück benötigte, eigentlich nur diese selbstproduzierten Radio-Mitschnitte als Alternative. Was haben wir – die von dieser Misere Betroffenen – manchmal geflucht, wenn, kurz vor Ende eines frischplatzierten Titels in der Hit-Parade, plötzlich eine atmosphärische Störung aus dem Äther dazwischenfunkte und dadurch die Qualität der Aufnahme unwiederbringlich verdarb. Das war immer dann besonders ärgerlich, wenn dies innerhalb der Ausstrahlung bei einem der nur während guter Wetterlagen optimal empfangbaren Westsender passierte! Wer wusste schon, wann das nächste Mal die Sterne im Kosmos wieder vergleichbar günstig stehen würden. Nach solch einem unvorhersehbarem Ungemach hieß es alternativlos: *löschen,* und auf eine der kommenden Wiederholungen hoffen. Keiner von uns wollte sich vor seinen Freunden mit missglückten Mitschnitten blamieren. Im Grunde ist mir also bei meinem Schreibversuch – entgegen meines ursprünglich – und: ja doch! – auch recht naiven Vorhabens meiner textlichen Menschheits-Beglückungs-Grübelei – das bewusste tschechische Tonbandgerät aus einer unbeabsichtigten und zufälligen Erinnerung heraus aufs Papier geraten. Und ich ließ das damals unwidersprochen, weil ich in dem Moment regelrecht neugierig geworden war, wohin mich diese Art von Schreiberei noch führen würde. Und ich staunte auch später noch darüber, dass ein solches Gerät, welches ursächlich zur Bewahrung von Tönen und der die durch sie ausgelösten Gefühle entwickelt worden war, im Grunde, trotz buchstäblicher Abwesenheit auf dem glänzenden Bogenblatt, ganz offensichtlich *dennoch* und *auch* und *zauberhafterweise* für die ja schlussendlich nun schwarz auf weiß vor mir liegende exakte Erkenntnis taugte, *wie lieb* mir lebendige Stille geworden war. Es war einfach so geschehen – stand aber nun für alle Zeit aufgeschrieben – und für jede und jeden *jederzeit* nachlesbar – auf dem Papier. Und so bezeugten die Worte dieser Seite eine historisch verbürgte Wahrhaftigkeit (wenn auch von fragilem, leicht entflammbarem Bestand) der man sich hingeben mochte – oder eben nicht. Zumindest war sie jetzt in der Welt. An dieser Stelle der hier vorliegenden Abhandlung, und nach all den dahingegangenen Jahren, sollte das erwähnte Gerät (so viel Ehre gebührt ihm einfach) wenigstens einmal vollständig mit Vor- und Zunamen als das benannt sein, was es immer gewesen ist: *Tesla B56!*

Am nächsten Tag tippte ich den Text erneut mit meinem zwei Finger-such-System in die Tasten der Reiseschreibmaschine *Erika,* die ich mir zu diesem Zweck von meiner Nachbarin ausgeliehen hatte, tütete das Originalblatt (zusammengefaltet – plus einem zusätzlichen Durchschlag *zur* und *für* die Sicherheit!) in ein A5-Kuvert, auf das ich eine 20-Pfennig-Marke schleckte. Und ich notierte per Hand und gut leserlich auf dessen Frontansicht – etwas weiter links darunter versetzt – die Adresse jener Redaktion, die ich in der Zeitungsannonce drei Tage zuvor, als die dafür angepriesene Auffangstelle für auf diese Art provozierte Zuschriften, entdeckt hatte. Ich ging zum Briefkasten neben der öffentlichen Telefonzelle am Diakonissenhaus, welcher auch am Sonntagnachmittag (dafür waren auf dem Informationsschild des Kastens die Zeiten 10.30 Uhr und 17.30 Uhr angegeben) zweimal geleert wurde. Und ohne auch nur eine Sekunde zu zögern, öffnete ich die Klappe und steckte den Umschlag hinein. Der Vorgang war für mich somit nun erst einmal abgeschlossen. Allerdings drehte ich mich nur wenige Schritte später dann sicherheitshalber doch noch einmal um. Aber es hatte alles seine Richtigkeit: Ich hatte die Sendung eingeworfen!

Ich war dennoch überrascht, als ich vierzehn Tage später per Brief die Mitteilung erhielt, dass man mich „… aufgrund Ihrer interessanten Zusendung, hiermit …" zu einem informellen Gespräch in die Hauptstadt der DDR, nach Berlin, einlud. Die im Schreiben des Weiteren angekündigten Themen des Treffens, sollten neben dem persönlichen Kennenlernen, auch eine mir in Aussicht gestellte Publikationsmöglichkeit in einer neu zu gründenden und wie beabsichtigt wohl sehr *temperamente-vollen Zeitschrift* sein.

Das verblüffte mich. Ich war diesbezüglich total unbedarft und hatte deshalb auch nicht die Spur einer Ahnung von solchen Dingen. Ich war, ohne über etwaige Konsequenzen nachzu-denken, quasi aus einer mutwilligen Eingebung heraus – völlig ohne irgendwelche Absichten oder Hintergedanken – diesem Angebot, einfach einmal einen selbst verfassten Text zu versen-den, spontan gefolgt. Jetzt erfüllte es mich aber durchaus mit Stolz, dass ich, einzig aufgrund dieser wenigen Zeilen, in die mir fremde Welt einer richtigen Redaktion eingeladen wurde. Klar war ich unsicher. Nur, was gab es schon zu verlieren? Man sollte sich gelegentlich doch durchaus etwas trauen! Also fuhr ich hin.

Das Wort führte ein Mittvierziger, der, so munkelte man in den mir nur ganz spärlich bekannten Kreisen Literaturinteressier-ter auf meine wie zufällig und nebenher gestellte Nachfrage, zwar ein anerkannter Brecht-Spezialist sei, aber es eben auch nicht lassen könne, selbst Verse zu verfassen: Dichtung für den alltäglichen Kampf! Eines seiner Werke, was er mit *Gerne sitze ich an meinem neuen Tisch* betitelt hatte, endete so:

Alles ist da, und für alles ist Platz
wenn etwas fehlt, bin ich es.
Ich kann mich nicht beklagen
Alles fordert mich auf, etwas zu tun
Nur ich, wenn ich anwesend bin,
kann noch besser da
und mehr am Platze sein.

Der selbstbewusste und leicht größenwahnsinnige Gestus der zum ‚aktiv werden' aufrufenden Zeilen gefiel mir. Ihr Verfasser[10] besaß ein rundes, freundliches und vertrauensstiftend dreinschauendes Gesicht, kurz geschnittenes Haar und – damaliger Mode entsprechend – einen nur ganz lässig gestutzten Oberlippenschnauzbart. Seine Stimme dröhnte, wenn er das Wort ergriff oder er, als offensichtlich sinnenfreudiger Mensch, während seiner Rede einmal sogar kurz und kraftvoll sang. Er rauchte wie ein Schlot und hing in einem grauen Strickpullover mit bequem weiten Halsausschnitt, dessen Ärmel beidseitig bis kurz unter die Ellenbogen aufgekrempelt waren und der ihm, weil das Kleidungsstück mindestens eine Nummer zu groß gewählt war, bei all seinen weit ausholenden Gesten, während er, was er häufig zelebrierte, auf- und abschreitend Heine oder Brecht zitierte, dabei genügend Bewegungsspielraum gewährte.

„Du bist doch sicherlich der Klapproth?", hatte er sich vergewissert, als ich nach anfänglichem Zögern schließlich nähergetreten war, und mir dabei unauffällig mit einer knappen Geste bedeutet, am Tisch neben ihm Platz zu nehmen. Den Fortgang dieser Zusammenkunft aus der Erinnerung heraus zu rekonstruieren, erscheint mir nach so vielen Jahren auch deshalb müßig, weil ich das ‚Berliner Treffen' gewissermaßen nur in einer Art Betäubungszustand durchgestanden hatte. All das war für mich erstmalig, fremd und im wahren Sinne des Wortes ‚Neuland'. Und so könnte ich heute nicht einmal mehr auch nur näherungsweise die Liste der weiteren Anwesenden benennen, ganz zu schweigen davon, ob eine zahlenmäßige Ausgewogenheit der Geschlechter unter den neben mir zahlreich ebenfalls eingeladenen jungen Menschen zu verzeichnen war. Überaus deutlich geblieben ist mir jedoch der Eindruck an eine atemlos kurze Stunde, voll von lebhaftem Wort-hin-und-her-Geplänkel, von dessen inhaltlichen Belangen ich allerdings nicht einmal einen bescheidenen Bruchteil verstanden hatte. Außer der bloßen Namensnennung mit Altersangabe aller Eingeladenen gleich zu Beginn, und der mehr oder weniger gekonnten Beschreibung ihrer momentanen Tätigkeit für den alltäglichen Broterwerb im Verlauf des folgenden Gesprächs, erinnere ich nichts wirklich Substanzielles, was in meiner Aufzählung des Verlaufs der Zusammenkunft eventuell fehlen könnte. Im Ergebnis wurde dann im Protokoll (nach meiner Erinnerung ist, durch wem auch immer, tatsächlich eines gefertigt worden) noch festgehalten, dass ich, auf ausdrückliche Bitte und dem erklärten Wunsch meines nachmittäglichen linken Nachbarn, künftig im erweiterten Redaktionskollektiv des geplanten Heftes mitarbeiten sollte; und ich, Bernd Klapproth, mich neben drei – oder waren es nicht sogar vier? – anderen Anwesenden, am 26. August, im Adlershofer Fernsehstudio einzufinden hätte. Dort müssten wir dann jeweils unseren Text – im Zusammenhang mit der Werbung für die neu herauszugebende Zeitschrift – und ich im Speziellen eben *Die Stille* vorstellen. Die vom Brecht-Spezialisten auch für weitere Aktivitäten namentlich nicht benannten Teilnehmer der Runde, bemühten sich derweil um Gelassenheit und darum, möglichst unauffällig durch den Raum zu blicken.

„Das geht doch seinen Gang?"

„Ja."

Als ich mich schließlich verabschiedete, legte mir mein Nachbar die rechte Hand auf die Schulter, beugte sich nahe zu mir hin und sagte so leise, dass es kein anderer der Anwesenden hören konnte: „Wenn du beim nächsten Mal irgendwelche Fragen hast, stellst du sie einfach. – Klar?"

Ich vermochte nur zu nicken.

„Fraglos wird nämlich keiner verständig."

Natürlich war ich aufgeregt und nervös, als ich mich Ende August dann tatsächlich an der beschrankten Pforte in dem weitläufigen Objekt des Fernsehfunks in Adlershof zur Sendung meldete. Ich musste meinen Personalausweis vorlegen, welcher von dem Mitarbeiter am Einlasstor ganz selbstverständlich einbehalten und in ein kleines Fach aus Sperrholz abgelegt wurde, bekam eine entsprechende Kontrollkarte mit vierstelliger Nummer ausgehändigt, und meine Daten wurden nach einem klärenden Telefonat des Pförtners von ihm zusätzlich per Hand in einer vorgedruckten Liste erfasst. Das von ihm benannte Ziel lag am Ende einer langgestreckten Baracke, hinter einem vierstöckigen, ziegelroten Klinkerbau mit Flachdach, zu der mir der Mann an der Pforte in kurzen, klaren Worten den Weg gewiesen hatte. In dessen nüchtern eingerichteten Vorbereitungsraum in der zweiten Etage bekam jeder von uns Neuankömmlingen umgehend Wasser angeboten – auf Wunsch alternativ Kaffee oder *Vita-Cola*. Als alle Gäste schließlich beieinander waren, folgten eine ausführliche Verhaltenseinweisung des Redakteurs und knappe Hinweise zum beabsichtigten Ablauf der Sendung. Alle für diesen Programmpart vorgesehenen Beteiligten absolvierten schließlich gemeinsam in einem sich unmittelbar anschließendem Studio einen ‚trockenen‘ Probedurchlauf. Es herrschte meiner Erinnerung nach unter den Mitarbeitern auf dem gesamten Gelände des Funkhauses eine Atmosphäre geschäftiger Freundlichkeit. Ich hatte dennoch gerade deshalb alle Mühe, meine für mich kaum noch zu bewältigende Aufregung in den Griff zu bekommen. Zu Hause würden zu vorgerückter Stunde sicher einige meiner Bekannten die Sendung verfolgen. Ich hatte meinen vorgesehenen Auftritt letztlich doch nicht für mich behalten können und berichtete zwei mir nahen Menschen davon. Hätte ich das nicht getan, wäre ich geplatzt! Diese ihrerseits verbreiteten meine eigentlich aber als vertraulich gedachte Mitteilung sofort als nicht alltägliche Neuigkeit weiter. Natürlich bekam ich Wind davon und hob pikiert die Oberlippe.

„Doch nur in ganz kleinem Rahmen", versicherten sie mir auf meine Vorhaltung unisono. „Nur ein winziger, überschaubarer und wirklich sehr beschränkter Kreis."

Sehr beschränkt. Na prima! Da musste ich nun durch. Selber schuld! Meine Anspannung steigerte sich indes mehr und mehr. ‚Hoffentlich verhasple ich mich nachher nicht‘, dachte ich ständig. Aber noch waren gute zwei Stunden Zeit – also ruhig bleiben und durchatmen!

Irgendwann öffnete sich die Tür und eine füllige Blondine mit Papieren in der Hand bat um Aufmerksamkeit. Ihr hing eine Lesebrille mit halben Gläsern an einer Goldkette um den Hals, welche sie nun routiniert auf ihrem Nasenrücken platzierte. Sie stand an der Stirnseite des Raums neben einer üppigen Kübelpflanze, deren glatten Stamm sie in der Höhe noch um gut zwei Köpfe überragte.

„Hallo, auch für die da hinten! Ruhe bitte! Ich habe eine wichtige Mitteilung zu machen!"

Natürlich okkupierte sie allein schon mit dieser einfachen Ansage schlagartig die totale Aufmerksamkeit. Nur im Hintergrund räusperte sich noch jemand umständlich. Als dann aber schließlich auch dort Ruhe herrschte, fuhr die Blonde unverzüglich und forsch fort: „Soeben, liebe Genossen, erreichte uns die wunderbare Nachricht, dass der erste Kosmonaut der Deutschen Demokratischen Republik, unser Genosse, der Oberstleutnant der NVA, Sigmund Jähn, aus dem schönen Morgenröthe-Rautenkranz im Vogtland, zusammen mit seinem sowjetischen Kommandanten, Valerij Bykowski, mit dem Raumschiff *Sojus-32* an die Orbitalstation *Saljut-6* angedockt hat. Ihr habt ja sicher alles Verständnis der Welt dafür, dass wir aus diesem aktuellen Anlass für die Menschen in unserer Heimat natürlich eine richtig *knorke* Sondersendung ausstrahlen

werden. Unseren gemeinsamen, für heute vorgesehenen Beitrag über die junge und vielgestaltige Kulturlandschaft unseres Landes werden wir aus diesem freudigen Grund natürlich nun auf einen späteren Zeitpunkt verlegen müssen. Den neuen Termin teilen wir euch auf alle Fälle rechtzeitig genug mit. Erst einmal danken wir euch allen für eure wirklich tolle Bereitschaft an der Mitwirkung in unserem für heute eigentlich geplanten Programm. Aber soviel Spontanität für eine Umstellung aus so einem duften Anlass, das müssen wir uns alle in solch einem außergewöhnlichen Fall wohl gönnen können – Genossen! Kommt also bitte gut nach Hause. Und feiert schön unseren großen und völkerverbindenden gemeinsamen Triumph!"
Schon wieder – und bereits zum zweiten Mal – dachte ich im gleichen Moment: ‚Ich bin nicht dein Genosse!' Spontanität – pah, Geschwätz! Eigentlich war ich in Wirklichkeit froh. Ich hatte ja noch nie vor einer Kamera gestanden. Ich war geradezu erleichtert, wieder nach Hause fahren zu dürfen! Noch während der letzten Aufforderungsworte hatte die Blonde ihren linken Arm mit dem Bogen Papier, von dem sie gerade die Namen der Kosmonauten und die exakte Raumschiffbezeichnung abgelesen hatte, an die Seite gesenkt. Dann hob sie ihre Hand jedoch wieder, als sei ihr im Augenblick der Abwärtsbewegung noch etwas Wichtiges eingefallen, das sie, in der kosmischen Aufregung, zu berichten verabsäumt hatte. Sie fingerte sich, durch das Blatt darin etwas behindert, unter zu Hilfename ihres kleinen Fingers (den sie dafür zu einem Haken krümmte) die Brille von ihrem Nasenrücken, die dadurch nun wieder frei an der Kette um den locker geknöpften Ausschnitt ihres Busens baumeln konnte. Letztlich folgte dann aber nichts mehr.

Sie beließ es beim bislang Gesagten. Dabei lächelte sie ob ihrer eben verbreiteten Botschaft aus dem Universum weiterhin so vergnügt und stolz in die Runde, als sei sie an dieser Aktion im All *in persona* beteiligt gewesen.

Anfangs noch recht spärlich, brach sich der von ihr ausgelöste Bann schließlich nun doch Bahn. Vereinzelt kam es sogar zu kräftigem Beifall. Die Übermittlerin der Nachricht nickte darob dankbar und zufrieden reihum. Sie straffte sich und schwebte gemessen und erhobenen Hauptes und ohne auch weiterhin auch nur noch ein einziges Wort im mittlerweile immer heftiger anschwellendem Gemurmel der Anwesenden zu verlieren aus dem Raum.

Bei diesem auf so unverwelkliche Art und Weise vollzogenem Abgang einer Königin, kreuzte sich an diesem Tag mein Lebensweg ganz direkt und pur, zumindest für jenen kurzen Wimpernschlag der Geschichte, mit dem des ersten Deutschen im Weltraum. Meine Biografie küsste sich also seltsamerweise tatsächlich schon wieder mit einer historischen Begebenheit. Das war mir nicht zum ersten Mal passiert.

Erste Begebenheit

Ende Oktober 1965 war ich auf den Wilhelm-Leuschner-Platz bei der später als „Beat-Aufstand" berühmt gewordenen Demonstration anwesend gewesen. Es war die beginnende Zeit von ‚Flower-Power', und die mir süffig eingängigen Jugendparolen dieser Jahre lauteten: „Alles Liebe! Alle Freunde! Alles Brüder! Alles Schwestern!" Seit Tagen war schon per Mundpropaganda unter Schülern und Lehrlingen dazu aufgerufen worden, sich – wider das Verbot einer besonders beliebten Gitarrengruppe der Stadt – auf dem Platz vor dem Neuen Rathaus zu versammeln. Natürlich versuchten unsere von der Abteilung ‚Volksbildung' bestallten Pädagogen, eine gegen die Anordnungen der Staatsmacht gerichtete Auflehnung unter allen Umstanden zu verhindern. Die Lehrer und der Direktor der Schule kamen gemeinsam in unser Klassenzimmer und warnten eindringlich: „Geht da ja nicht hin. Solch eine Zusammenrottung ist weit außerhalb von dem, was man in einer sozialistischen Gesellschaft ungestraft durchgehen lassen kann. Das wird schief gehen. Das werden wir uns nicht gefallen lassen!" Diese Ansage war für uns natürlich spannend. War ja wirklich auch bescheuert, wie unsere damaligen Erzieher die Dringlichkeit ihrer Warnung vermittels ihrer hilflosen Drohgebärden zu verdeutlichen suchten. Das musste doch geradezu unseren Stachel löcken! Was wollten sie denn dagegen tun? Diese unbeholfen wirkende Abschreckung, das heizte doch die ganze Situation erst noch richtig an. Dazu kam: In den Hotels und Pensionen überall Ausländer. Es war auch der Tag, an dem die Fußballnationalmannschaft der DDR im Zentralstadion mitten in der Stadt ihr Länderspiel gegen Österreich bestreiten musste. Wenn das kein Schutzschild war! Also allenthalben Aufregung pur. Keiner von uns wusste schließlich aus eigener Erfahrung, wie das geht: Demonstration! Beim letzten großen Aufstand im Juni des Jahres dreiundfünfzig, da waren wir allesamt noch Kinder gewesen. Und nun schauten wir erwartungsvoll herum, es war Sonntagvormittag, rauchten eine Zigarette nach der anderen und spannten darauf, was denn nun passieren würde. Plötzlich ein Polizeiauto mit vier Lautsprechern: „Bürger, das ist eine illegale Ansammlung! Bitte verlassen sie sofort die Straße!" Der Anweisung haben wir uns auch bereitwillig gefügt und sind auf den Bürgersteig hoch. Runter von der Fahrbahn. Dort standen wir dann wie die Heringe. Es passierte wieder lange nichts. Dann erblickte ich erstmals in meinem Leben einen Wasserwerfer. Unten, vom *Clara-Zetkin-Park* her, rückte eine Kette uniformierter Hundeführer vor. Ihre Köter kläfften. Die Anspannung wuchs. Dann der Befehl: „Wasser marsch!"

Was für eine Sauerei. Ich bin vor Angst, völlig eingeweicht zu werden, stiften gegangen. Und hatte Glück. Ich wurde nämlich nicht polizeilich zugeführt. Erich Loest, der Schriftsteller und Chronist meiner Heimatstadt, hat die Geschichte dieser Revolte und der Entfremdung der jungen Generation von der herrschenden sozialistischen Staatsmaschinerie am Beispiel seiner Hauptfigur Wolfgang Wülf, in seinem Roman *Es geht seinen Gang* dreizehn Jahre später einem breiteren Publikum zugänglich gemacht. Ich selbst erlebte nur zweieinhalb Jahre nach dieser Begebenheit, am Ende des Oktobers 1965, schon meine nächste.

Zweite Begebenheit

Mit einem Jugendfreund war ich am Morgen des 30. Mai 1968 zur Paulinerkirche auf dem Karl-Marx-Platz unterwegs. Dieser war seit dem zurückliegenden Wochenende bereits weiträumig abgesperrt gewesen: zahlreiche miteinander verbundene Bauzäune, etliche Strohballen. St. Pauli, die Kirche der Universität in Leipzig, sollte laut Beschluss des Rates der Stadt an diesem

Tag gesprengt werden. Die Verantwortlichen rechneten wohl aus gutem Grund mit Protest. Das Gotteshaus war in der Mitte des elften Jahrhunderts geweiht worden und hatte sogar die flächendeckende Bombardierung der Stadt durch die Alliierten im Dezember 1943 weitgehend unbeschädigt überstanden. Nun aber passte die Kirche nicht mehr in die Vorstellungen der neuen Machthaber von einem das zentral gelegene Forum der Stadt begrenzenden Gebäudeensemble. Der in der Stadt gebürtige Staatsratsvorsitzende Walter Ulbricht, der zugleich das Amt des SED-Chefs der DDR innehatte, sollte geäußert haben: „Das Ding muss weg!" Viel los war an diesem Morgen allerdings noch nicht. Ich war und bin kein gläubiger Mensch. Aber ich hatte wirklich mehr öffentlichen Protest, speziell auch durch die betroffene Gemeinde, erwartet, die anschließend ja erst einmal heimatlos sein würde. Wir zwei Freunde schlenderten, in vorsichtig-wohlweislicher Entfernung von der Kirche, und auch voneinander, durch die mageren Grüppchen der Herumstehenden am Rande des Opernplatzes. Traurige Häuflein von vielleicht vierzig bis fünfzig bereits schon jetzt versprengten Personen. Wir hatten uns vorgenommen, etwas von der vorherrschenden Stimmung aufzuschnappen. Da bemerkte ich plötzlich, dass mein Freund vor mir von zwei forsch an ihn herantretenden Herren gewissermaßen ‚gestellt' wurde. Er trug eine der damals üblichen Einkaufsbeutel aus Cord bei sich, weil er, das hatte er mir schon vorab bei unserer Begrüßung erzählt, direkt im Anschluss an unsere Stippvisite vor Ort, noch drei Single-Schallplattenschätzchen, nämlich zwei der *Beatles* und eine der *Stones*, bei einem unserer gemeinsamen Bekannten vorbeizubringen beabsichtigte. Dieser Bekannte wollte sich die

Songs, wie damals unter uns üblich, aufs Tonband ziehen. Aber der – wenn auch nur mäßig gefüllte Stoffsack – hatte bereits das Interesse der Männer geweckt. Ich trat also, ohne groß zu überlegen, von hinten an die Dreiergruppe heran und bat meinen Freund um mein Einkaufs*utensil*. Ich sagte spontan auch noch, dass ich überhaupt nicht durchschaue, was hier eigentlich los wäre, und ich deshalb, weil mir das ganze Durcheinander mit diesen komischen ‚Kirchenfritzen‘ hier jetzt irgendwie immer *suspekter* und undurchschaubarer würde, und das mir wirklich entschieden zu blöde sei, eben nach Hause wolle. Er möge mir also bitte ‚meinen‘ Sack aushändigen. Ich muss sehr überzeugend gewirkt – und sie mit ‚Utensil‘ und ‚suspekt‘ wohl auch überrumpelt haben. Zu meiner eigenen Verblüffung hatten sie nichts dagegen. Die Übergabe erfolgte sogleich und unverzüglich – und natürlich zischte ich sofort ab. Mein Freund wurde, nach allerdings sehr ausgiebig erfolgter Überprüfung seiner Personalien, selbstverständlich auch irgendwann wieder entlassen. Eine zügigere Art der Kontrolle war noch nicht erfunden, und die staatlichen Hüter der Einhaltung von geltenden Vorschriften, betreffs: Ordnung und Sicherheit, waren und sind ja zu allen Zeiten und in allen Systemen (zumindest theoretisch) zu gründlicher Arbeit angehalten. Aber sei es auch gewesen, wie es gewesen ist, für uns Freunde blieb jedenfalls die an jenem Tag stattgehabte Kulturbarbarei der Sprengung von St. Pauli, fortan zugleich immer auch mit der Rettung der so kostbaren Scheiben der Beatles und Stones vorm gierigen Zugriff der Staatsmacht verbunden.

Dritte Begebenheit

Weitere vierzehn Monate später saß ich, wegen des in meinem Heimatland per geltendem Gesetz strafbewehrten Vergehens des versuchten ungesetzlichen Grenzübertritts (das Delikt hieß im Volksmund *Passvergehen*) bereits mehr als neun Monate im Knast. In den Wirren des August 1968 hatte ich mich mit zwei Freunden verabredet, über die Tschechei in die Bundesrepublik abzuhauen. Wir wurden während der Umsetzung unseres Vorhabens geschnappt, und jeder von uns bekam nach kurzem Prozess eineinviertel Jahre Knast aufgebrummt. In der Nacht des 21. Juli 1969, um die es hier geht, lagen noch runde einhundert Tage Haft vor mir. Ich hatte mir damals ausgerechnet, dass dies ein günstiger Zeitpunkt sei, um mir eine Kopfglatze zu rasieren. Zu meiner bevorstehenden Entlassung, im November des laufenden Jahres, wäre dann jedes einzelne meiner Haupthaare aller Wahrscheinlichkeit nach nämlich bereits wieder auf etwa drei Zentimeter Länge gediehen. Die Perspektive, somit bereits Mitte des dann darauffolgenden Jahres wieder eine gleichmäßige und ansehnliche Frisur herzeigen zu können, erschien mir also durchaus realistisch. Dem Zeitgeist geschuldet, war mir meine Haarlänge natürlich außerordentlich wichtig. Ich wollte einfach schnellstens in mein normales Leben zurück. Die Aussicht auf meine bald bevorstehende Freiheit bestärkte mich zusätzlich in meiner Entscheidung. Was ich beim besten Willen nicht einmal ahnen, geschweige wissen konnte (es existierte im damaligen Strafvollzug überhaupt keine Möglichkeit, etwa ein Fernsehprogramm oder irgendeine Zeitungen unzensiert sehen oder lesen zu können) war, dass ein gewisser Neil Armstrong in jener Nacht als erster Mensch den Mond betreten würde. Als US-Militärangehöriger trug er, gleichermaßen wie die meisten Soldaten praktischerweise auch, sparsamstes Kopfhaar. Sämtliche weiteren Umstände und Erkenntnisse im Zusammenhang mit dieser ersten Mondlandung waren mir zu diesem Zeitpunkt, aufgrund meiner damaligen Lebenssituation, naturgemäß völlig verschlossen geblieben. Ungeachtet dieser gegebenen Umstände betrachtete das leitende Personal der Haftanstalt jene mir in dieser welthistorisch bedeutsamen Nacht mühsam beigebrachte Glatze anderntags als außerordentlich geschmacklose Provokation. Sie wertete meinen modischen Anpassungsversuch im Gegenteil als unverfrorene Sympathiebekundung zum herrschenden imperialistischen System in den USA. Da hätte ich höchstwahrscheinlich auch erzählen können was immer ich auch wollte – die waren richtiggehend sauer! Also schwieg ich. Mein störrisches Verhalten erzwang eine machtvolle Reaktion ihrerseits. Die darauf folgenden drei Wochen Einzelarrest in einer abgedunkelten winzigen Zelle, die waren dann letztlich das von mir zu erduldende Ergebnis dieser im Grunde spontan ausgeführten Aktion. Solch ein allerdings doch recht drakonisches Strafmaß galt in der Logik der dortigen Verantwortlichen jedoch als angemessene Denkpause zum Einstig in einen mir damit verordneten Läuterungsprozess und erschien ihnen als Replik auf meine Unverschämtheit vermutlich wohl unerlässlich. Im Nachgang dieser mir wirklich lang gewordenen einundzwanzig Tage, brach ich mit der von mir einst ziemlich lax und leichtfertig geäußerten Absicht: „Ich werde es immer wieder versuchen, in den Westen zu gelangen. Da mag kommen, was will." Nein, den Triumph, mich dermaßen billig loszuwerden, den gönnte ich ihnen seit jenen mir unvergesslich gewordenen drei Wochen nicht mehr. Meine Devise lautete fortan: „Sie haben dich nicht gehen lassen – nun müssen sie dich aushalten!"

In der Mitte des November 1969 war es für mich dann schließlich soweit: Haftende!

Das mir zwei Monate vorher unterbreitete Angebot auf vorzeitige Entlassung gegen Auflagen zur Bewährung, hatte ich sofort abgelehnt. Ich wollte *denen* nicht zu Dank verpflichtet sein. Es mussten dann letztendlich erst noch vierzehn Jahre vergehen, bis ich über jene Zeit im Knast einen für mich einigermaßen akzeptablen Text zu schreiben vermochte. Er ging so:

... dass du groß und stark wirst ...

Der Raum

Und wenn er nur sechs Meter lang ist und fünf breit und in einer Ecke eine Toilette steht und ein Gitter vorm Fenster verhindert, dass sich einer davon machen kann, von denen, die von abends zehn bis morgens sechs in diesem Raum eingeschlossen werden, und keiner die Spur einer Chance besitzt, seine Mitbewohner sich vielleicht aussuchen zu können oder auch nur Wünsche zu äußern, sie also *miteinander* leben müssen; Wochen, Monate, Jahre – wie's gerade kommt, verstärkt sich dieses Gefühl: Räume engen ein, das vorher eher dumpf geahnt denn empfunden wurde, bis zum Schmerz. Du ballst die Fäuste, schlägst an die Wand, hart, grinst höhnisch über dich und die Situation, in die man dich gepresst hat, du selbst hast dazu den geringsten Teil beigetragen – ha! Du hast es einfach nicht verdient, wer verdient *das* schon? Gierst deinen Träumen nach: Vergeltung, Rache; wohl dem, der über soviel Fantasie verfügt, sich wegträumen zu können von dem, was ist; und die Wände lassen sich nicht verrücken – was sind Fäuste?

Und du ergibst dich, wieder, zum wievielten Mal? Du lernst zu hassen. Und Edgar sagt: „Nein!" In diesem Moment sagt er „Nein", als ob das normal wäre, eine eigene Meinung. Und dieses „Nein" ist nicht etwa unschlüssig, zittert nicht, hat eher etwas Müdes, Resignierendes, eine Spur Trotz vielleicht – *was willst du denn noch von mir?*

„Spinnst du?", sagst du zu Edgar. Du sagst das sachlich, fast gleichgültig. Jede Aufregung käme einer Kapitulation gleich. Du spürst, wie dich die Stille anlauert, ausgerechnet Edgar! Jetzt musst du ruhig bleiben, nur keine Blöße, dich umdrehen, das Metallbett verrät jede deiner Bewegungen, und wie nebenher zu Edgar sagen: „Du willst wohl Wasser saufen?"

Die Dunkelheit ist euch kein schützender Mantel. Ihr seid nackt. Ihr habt sehen gelernt. Du hörst jede Bewegung. Deine Sinne sind wach. Du verteidigst dich. Du lauerst. Deine Muskeln sind gespannt. Mit dem Äußersten musst du rechnen.

„Ja", sagt Edgar endlich. Er hat den Kampf verloren. Er gibt auf. Er ist weniger als du. Er will kein Wasser aus dem Lokus saufen. „Ja", sagt er, „ich erzähle. – Blond war sie, riesige Glocken. Läuten schon beim bloßen Hinsehen."

„Schwarz – schwarz soll sie sein!"

„Schwarzhaarig", sagt Edgar. „Kleine, feste Brüste, geschmeidiger Körper, regelrecht ausgehungert, die Frau."

Und dann steigt er auf, beherrscht Besitz ergreifend Klammerarme, Haltebeine: noch mal und noch mal – Schaukeln,

Schwingen, Stemmen – *dein Fleisch wächst in deine Hän-de* – Leben ist Lust, ist Schmatzen, Patschen, Röcheln, dieses Krallen und Stöhnen, sind Schreie, ist der dürre Chor metallischen Quietschens, die beschwörende Stimme Edgars – Verkünder eurer zügellos tobenden Träume – brennend nach Zärtlichkeit, Zuwendung, Erleichterung erhoffend; und nur die Möglichkeit, dir selbst dich zuzuwenden, oder, undenkbar, einem Kumpan! Edgar wälzt sich, bäumt sich, peitscht euch auf – für einen winzigen Moment bersten die Mauern: Licht! Ein fernes, unwirkliches Brausen, dir dröhnt der Kopf, du spürst: Ich!

Du fällst. Der Raum hat dich eingeholt. Mühsam beruhigt sich dein Atem. Endlich sagst du: „Edgar, du bist eine Sau. Eine elende, verfickte Sau!" Du stehst auf, dir ist leicht und schwer, unkontrolliert zuckt ein Muskelstrang im Oberschenkel. Du schmeckst Edgars Angst. Er wird schweigen: Angst – und näherst dich ihm. Tieräugig liegt er da. Du hebst die Arme – er bittet um nichts. Also musst du warten. Jetzt wäre es zu leicht für ihn. Du musst ihn hinhalten. Die Angst muss in ihm heimisch werden. Sie muss in jede Zelle seines Körpers kriechen. Er darf nicht mehr er selbst sein. Er darf nicht glauben, sich mit seinen Armen vor dir schützen zu können. Er soll dich anwinseln. Er hat dir eine Wirklichkeit vorgelogen, die es nicht gibt. Er hat dich mit Versatzstücken abgespeist, das soll ihm nicht bekommen! Du willst gnädig sein dürfen. „Warte du nur", sagst du laut zu dir selbst. Von den anderen widerspricht keiner. Acht Menschen, hier hat niemand einen Freund. Vorsicht! – wer weiß, wer der ist. Jeder belauert jeden. Nur keine Blöße zeigen, und nicht zu offensichtlich lügen. Lügner werden geschnitten. Edgar hat schon oft lügen müssen. Jeder kann ihn dazu zwingen. Edgar ist der Schwächste. Du selbst bist stark. Es haben sich noch nie welche gegen dich verbündet. Noch bist du unbeschädigt über die Zeit gekommen. „Ich geh erstmal scheißen", sagst du. Du nimmst dir diese Freiheit. Ein anderer wagte sich das nicht. Du würdest zischen: „Scheiß dich am Tag aus, Sau", das würde genügen. Nur Wasser abschlagen gestattest du. Du kannst ihren Gestank nicht ertragen. Sie widern dich an. Du gehörst nicht hier her. Du kannst es sie fühlen lassen. Das ist dein Glück. Du stützt deinen Kopf in die Hände und lauschst dem Fluss der Zeit. Es tröpfelt. Die Nächte sind lang. Du vermisst deinen tiefen Schlaf. Ein Traum überfällt dich immer wieder:

Du bist ein Vogel. Deine Mutter kommt. Sie will dich füttern. Sie zwitschert: ‚Damit du groß und stark wirst.' Sie trägt Würmer und Käfer im Schnabel. Du reißt deinen weit auf: Hunger! Sie stopft und stopft. Sie hat einen dicken, gelben Schnabel, der dir Brechreiz verursacht – zu komisch … Da siehst du dich. Dein Körper fehlt. Du bist ein abgerissener Kopf. So wie sie's oben reinstopft, fällt es unten wieder raus. Sie pickt und stopft. Du wirst nicht satt. ‚Hunger!', schreist du. Du willst fressen und verdauen. Was denn noch? fragt deine Mutter schließlich. Sie nimmt deinen Kopf und drückt ihn milde an sich. Du verspürst keinen Schmerz. Ihre Federn sind nachgebend weich, während sie dich wiegt. Dann fliegt sie weg.

„Du musst spülen!" Edgar wartet.

Nicht aufstehen müssen. Nicht zu Edgar gehen müssen. Nicht schlafen müssen. Nicht träumen müssen. Nicht hier sein müssen.

Wirst aufstehen. Zu Edgar gehen. Schlafen. Träumen. Hierbleiben. Edgar wartet.

Du betätigst die Spülung, das Signal – „Edgar, ich komme!" Du stehst vor ihm. Tieraugen. Sanft-feucht ergeben. Er weiß, was kommt. Er wartet nur darauf. Nichts mit Rebellion. Das vorhin war ein Versehen. Er hat versehentlich „Nein" gesagt. Er weiß um seinen Platz. Seine Aufgabe heißt: *Dulden.* Er ist das Schwache, an dem das Starke sich erkennt. Er harrt der Dinge. Du schlägst deinen Hass in ihn. Deine Erfahrungen reichen weit zurück. Nur einmal, ganz am Anfang, hatte er dich danach leicht am Arm berührt. Das Wort *Hoffnung* hat für dich ein festgesetztes Datum. Du bist so alt wie die meisten hier: siebzehn. Der Raum wächst sich euch ein. Er erdrückt dich nicht. Unvermittelt schlägt er zu.

Übrigens: die an jenem Kosmonauten-Feier-Nachmittag in Adlershof auf später in Aussicht gestellte Verschiebung der ursprünglich geplanten Sendung auf einen künftigen Zeitpunkt, hatten die Programmmacher in der Hektik der Alltags irgendwann sicher einfach schlicht vergessen. Sie fand jedenfalls nie statt. Aber als würden dieserart für mich und mein allgemeines Wohlbefinden allerdings unvergesslichen Merkwürdigkeiten allein immer noch nicht genügen, verunglückte am 13. November des gleichen Jahres auch noch der mir so wohlgesonnene Nachbar des wenige Wochen zuvor stattgehabten Hauptstadttreffs tödlich. Man munkelte hinter vorgehaltener Hand, er sei irgendwo die Stufen einer Treppe derart lebensfroh heruntergefallen, dass er sich bei diesem Sturz fatalerweise gleich noch das Genick gebrochen habe. Etwas darüber hinaus Erhellendes zum Hergang dieses Desasters war trotz weiterer zwei oder auch drei sporadisch unternommener Versuche meinerseits eventuell doch noch Genaueres zu Hergang und Ablauf des Unglücks zu erfahren, für mich nicht mehr zu ermitteln. Also ließ ich es schließlich sein. Diesen Mann gab es nun nicht mehr. Das Leben ging für alle anderen einfach in seinem gewohnten Gang weiter. Von seinem Nachfolger auf dem Leitungsstuhl der Zeitschrift hörte ich nichts mehr. Nie wieder! Aber was mir von diesem Ausflug in mein erstes Schreibabenteuer zumindest haften blieb, war die erstaunliche Erfahrung, eine Geschichte einzig aus mir heraus so aufs Papier gebracht zu haben, dass sie einen anderen Menschen offensichtlich interessiert hatte. Das tat gut und schmeichelte mir. Ja, es stimmt – ich habe mich sogar darüber gefreut! Und – um es an dieser Stelle nun doch noch etwas genauer und deutlicher zu formulieren: Ich, Bernd Klapproth, hatte einfach Blut geleckt!

Ich habe in diesem zwischenzeitlichen Jahrzehnt natürlich weitere Texte verfasst und dadurch Männer und Frauen in sich lose treffenden Runden kennengelernt, welche bereit und interessiert waren, meine Worte anzuhören – und: sie gegebenenfalls auch zu diskutieren. Während derartiger Treffen bekam ich schließlich Kontakt zu einer Gruppe von Nachwuchsschreibern und einem Verlag aus der preußischen Hauptstadt. Es wäre für den Bernd Klapproth von damals vorerst dennoch nicht weiter berichtenswert gewesen, dass seine Lebensrealität sich dabei Zug um Zug dort beheimatete, verwurzelte und zu existieren begann, wo seine Fantasie und Vorstellung – anfangs noch vorsichtig und wie auf unsicherer Weide befindlich – zuerst verloren herum wuselte, sich aber dann doch (allmählich war ich auch mutiger geworden) zu etablieren und wie von allein auszuweiten begann. Dass ich fürderhin jedoch die wabernden Gebilde meines Kopfes einmal dauerhaft in die Wirklichkeit meiner dabei sukzessive neu errungenen Lebenswelten zu überführen hätte, oder zumindest Pläne dafür in Erwägung ziehen sollte; solch ein gelegentlich wohl sogar ernstgemeintes, und dabei mehr als nur einmal an mich herangetragenes Ansinnen, war mir, trotz all meines Bemühens um Pragmatismus, der meinen Alltag ansonsten bestimmte, dennoch lange suspekt geblieben. Überdies: Jene mir vermutlich recht wohlmeinend kredenzten Winke und Tipps zur weiteren Lebensgestaltung, die ich durch Außenstehende zugeeignet bekam, sind mir damals im Grunde eher wie die kläglichen Überredungsversuche zum Verrat am Zauber der üppig gedeckten Tafel meiner eigenen Wunschträume erschienen. Und so hatte ich mich in jenen Jahren eben vehement, und aus voller Überzeugung, gegen sämtliche Aktivitäten in diese Richtung immer wieder sehr dezidiert gewehrt und gepanzert – und das auch deutlich hergezeigt und ausgesprochen: „Das Aufschreiben bleibt bei mir ausschließlich nebenher!" Ich wusste schließlich doch wohl am besten, was gut für mich war. Dass mir jenseits meines Wollen das Gegenteil davon dennoch widerfuhr und meine Neigung, den anfangs gefassten Beschluss aufzugeben, letztlich obsiegte, wunderte mich am Ende wahrscheinlich am meisten. Aber vielleicht behielt ja mein Großvater, Fürchtegott Paul, final auch einfach nur recht, der Zeit seines Lebens darauf bestanden hatte: „Glaube mir, was kommen muss, das kommt!"

Mittlerweile war meine jugendliche und wohl auch aus Unsicherheit geborene Zeit der Revolte gegen die mich umgebenden Verhältnisse fast vollständig verebbt. Träge Gewöhnung hatte sich unauffällig in die Leere meiner mählich immer länger werdenden Tage geschlichen. Ich hatte mich mit den bestehenden Verhältnissen arrangiert. Die einst feste Haltung mir selbst gegenüber bröselte. Und wenn mir dann über meinen eigenen Opportunismus doch einmal der Atem stockte, faselte ich mein schlechtes Gewissen mit diesem wie besoffen herbeigestümpertem Geschwätz von ‚innerer Emigration‘ und ‚Verpflichtung aus Verantwortung meinen Nächsten gegenüber‘ und ‚möglichst gesund weitermachen zu müssen‘ zu.

Kompromisse! Ich schwamm in einem Meer alltäglicher Kompromisse. Nur manchmal noch diese alte und untötbare Sehnsucht nach Abenteuer und Anarchie. Mit zunehmenden Alter beunruhigte mich dann aber doch der allmählich immer bedrängender werdende Gedanke, dass mein Leben künftig im Gleichmaß jener Tag um Tag dahinfließenden Stunden, Wochen, Monate und Jahre weiter so spurlos und öde vergehen würde, wie es offensichtlich (und vermutlich bis zum tatsächlich endgültigen Absaufen hin) ja jetzt schon verging. Und ich fragte mich mit der Zeile des damals von mir oft und laut intonierten *Lied vom donnernden Leben*: „Das kann doch nicht alles gewesen sein". Im Nachhinein vermeine ich sogar, manchmal noch Spuren vom Mut spendenden und Herzklopfen treibenden *Dennoch* und dem naiven Erstaunen darüber, dass sich schließlich alles so gefügt hatte, wie es dann merkwürdigerweise noch gekommen ist, in mir zu erkennen. Mit meiner eigenen Rettung vor bedrohlich heraufziehender Trübsal und Langeweile, vor der der Barde[11] damals krächzend und die Klampfe zupfend über den Äther warnte, hatte ich nämlich selbst kaum mehr wirklich gerechnet …

Ohne jede Vorwarnung oder Ankündigung – und gänzlich ohne Netz und doppelten Boden – quasi in einem Überfall radikaler Spontanität – verweigerte ich mich plötzlich meinem alltäglichen Trott: „Ich kündige!" Zu diesem Zeitpunkt wusste ich überhaupt noch nicht, was morgen kommt. Woher denn auch? Geschweige – wie?

Ich habe weder verinnerlicht, noch ist überliefert, was als exakter Anlass oder Auslöser dieser Handlung berichtenswert wäre – oder dafür wenigstens als tauglich erscheinen oder herhalten könnte – noch vermochte ich bei späteren Nachfragen nach den dazugehörigen Begleitumständen etwas Substanzielles zur etwaigen Aufklärung dieses auch für mich selbst unerwarteten Schritts beizutragen. Allenfalls könnten für den von mir als ebenso erstaunenswert empfundenen Vorgang solch nichtssagende Sätze bemüht werden wie: *Er war noch jung. Alle Zeit der Welt lag brach und somit direkt vor ihm.* Oder wahlweise und vielleicht sogar etwas knackiger: *Der Mut war gut!* Möglicherweise war es jedoch so, dass ich – intuitiv – eher in diese nun von mir eingeschlagene Richtung wollte: *Keine Sicherheit – aber frei!* Ich weiß es einfach nicht mehr. Mein damaliger Satz für diesen Aufbruch lautete meiner Erinnerung nach schlicht und einfach: „Ich bin doch noch nicht tot!" Als mir dann seitens eines sich dem ‚Neuen Leben' verpflichtet fühlenden Verlags für das kommende Frühjahr das Abenteuer einer kurzen Exkursion ins mir weitestgehend unbekannte Riesenreich der UdSSR in Aussicht gestellt wurde, sagte ich sofort und ohne nachzudenken zu. Ich sollte mich dort umsehen und etwas *Nettes* über die im Bau befindliche Erdgaspipeline und die sogenannten ‚Trassniks‘ (so wurden die dort tätigen Bauarbeiter, welche diese Rohrleitung zu errichten hatten, überall genannt) aufschreiben. In Richtung Ural oder bei Orenburg einmal kräftig durchzuatmen, und dabei in Ruhe abzuhusten, das erschien mir um Längen besser und spannender, als zu Hause vor Langeweile zu verrotten und nichts dergleichen zu tun! Und so landete ich dann schließlich runde 2.000 Kilometer von meinem sächsischen Zuhause entfernt auf einer Baustelle, auf der ich mich einige Tage hochoffiziell ‚herumtreiben‘ durfte.

Mein im Ergebnis dieser Reise damals entstandener kleiner Monolog wurde nie veröffentlicht. Ich vergaß ihn schließlich und fand seinen verblassten Schreibmaschinendurchschlag fünfunddreißig Jahre später in den archivierten Unterlagen derjenigen Behörde wieder, welche zuzeiten auch über mich und mein Tun gelegentlich Niederschriften anfertigen ließ. Dieser Fund löste in mir bei seiner Wiederentdeckung allerdings weder Freude noch Triumph aus. Mich überkam in jenem nüchternen Büro, in dem die Sichtung der mich betreffenden Unterlagen schließlich stattfand – inmitten der so irreal erscheinenden Begegnung mit den Zeugnissen meiner dahingegangenen Vergangenheit – hingegen ein Gefühl zwischen Melancholie, unerwiderter Liebe und Scham. Mir war für einen Moment sogar, als klebte, für alle sichtbar, schon wieder der Makel eines verschmähten Liebhabers an mir. Jener an sich eigentlich läppische Preis, den ich – in dieser vermeintlich nur mir gehörenden Stunde – für die für mich damit unwider-

legbare Gewissheit einstiger fremdbestimmter Beobachtung –
nun schon wieder zu zahlen hatte, schmerzte erneut. Eine lebenslang schwärende Wunde. Der dieser Situation zugrunde
liegende Vorgang bleibt eben nach wie vor immer wieder einfach nur widerlich.

Tröstlich ist aber auch, dass seine vermeintlich unauslöschlich
lebendige Unsterblichkeit nur in meinem eigenen sterblichen
Gedächtnis lebt. Zum Glück gelang es mir, mich dieser kurzzeitig doch sehr vereinnahmenden Verstörung bald wieder zu
erwehren.

No. 7: 1981 – Gasleitungshelden

Ein Monolog – Geld verdienen

(EINE BARACKE, ARBEITER, siebenundzwanzig Jahre, im Nachbarzimmer Musik, eine Frauenstimme)

Nach so einem Tag ist die Dusche das Beste. Ich zögere das immer ein bisschen hinaus. Vorfreude. Da bin ich wie ein Kind. Wo habe ich denn bloß die Streichhölzer …? Ah – hier! *(zieht den Rauch ein)*

Ist jetzt sowieso zu voll, vorn. Muss dann bloß aufpassen, dass das warme Wasser reicht. Aber ist ja erst sieben. Gegen zehn ist es dann wieder heiß. Da geht auch meist die Marion rein. Wir haben hier nämlich keine getrennten Duschen. Und vorm Schlafengehen noch mal abbrühen, das hat schon seinen Reiz. *(lacht)* Wenn sich dann alles öffnet. Die Poren und so.

Aber passieren tut nichts. Dass sich da vielleicht einer rein schleichen … Nein, also da ist hier, soweit mir zumindest bekannt ist, noch nie etwas vorgefallen. Die hängt ein Schild an die Klinke: MARION DUSCHT, und da bleiben die Kumpels draußen. Selbst wenn sie an ihrem eigenen Geifer ersaufen. Das ist hier so.

Die ist gewissermaßen ,in festen Händen'. Wohnt mit dem Bernd von der Schweißbasis zusammen. Die sind jetzt schon ein halbes Jahr in dem Zweibettzimmer. Oder Moment, nee … – doch, kommt hin! Als ich dazumal aus der Heimat eingereist bin, waren die schon zusammen. Vorher soll es dem

Zahnarzt seine Bude gewesen sein. Obwohl der ja nur alleine wohnte … Aber der ist ja nicht mehr zurückgekommen … Und jetzt war ich schon wieder daheim. Und in vier Wochen steh' ich auch auf der Flugliste. Reichlich halbes Jahr kommt also hin. Die Zeit vergeht. Ich habe mir das mit der Flugliste schriftlich geben lassen! *(verschluckt sich am Rauch)* Die haben es gut, die zwei. Da kommt keine Langeweile auf. Sonst ist ja hier nicht viel. Kino. Combos schicken sie uns her. Unterhaltung. Bücher. Am Wochenende Disko. Saufen mit Musik, wenn man's real betrachtet. Steht eben in keinem Verhältnis: Männer – Frauen. Aber wie will man denn das auch in den Griff bekommen. *(öffnet sich eine Flasche)* Das kommt aus der Heimat. SPEZIAL aus Karl-Marx-Stadt. Wenn da mal ein Kutscher von ‚Trödel-Trans‘ samt seiner Ladung steckenbleiben würde, ich vermute, spätestens an dem Punkt löste die Bauleitung Großalarm aus. Dann schon lieber keine Rohre! *(trinkt)* Bis vor einem Vierteljahr hatte ich einen Hund. So einen kleinen. Große gibt's hier nicht. Das ist eine Futterfrage. War keine Rasse, das Tier. Aber hat jedes Wort verstanden. Ich habe deutsch mit dem gesprochen. Und der hat mich von Anfang an verstanden. Also nicht etwa, dass der mir von einem anderen Kumpel zugelaufen wäre. Hunde halten sich viele von uns. Das war schon ein hiesiger. So, wie der ausgesehen hat. Und hat mich trotzdem gleich verstanden. So intelligent war der. Ich hab' dem Futter hingestellt, weiß noch ganz genau: Wurstgulasch und Kraut. Von Stund' an hat der pariert. So ein Tier, das findest du selten. So uneigennützig. Wenn ich dagesessen hab', kam der an und hat mich angeguckt. Dunkle Augen und feucht. Und da habe ich gesagt: ‚Fussel‘, ich habe den

Fussel genannt, weil der doch so zerrupt war. ‚Fussel‘, habe ich gesagt, ‚na du!‘ Und dann habe ich den gekrault. Hintern Ohren. Das hat der gern gehabt. Und da hat der stillgehalten. Und nicht etwa nur, um anschließend zu betteln. Nein. Dem hat einfach genügt, dass ich da war. So ein Tier war das. Das findest du selten, so was. Ganz selten. Wir hatten auch Geheimnisse voreinander. Ist doch ganz klar. Ist also vorgekommen, da war er auf einmal weg. Zwei, drei Tage hat das gewöhnlich gedauert. Als es das erste Mal passiert ist, hab’ ich gedacht:‚Den siehst du nicht mehr. Ist das Wilde wieder durchgebrochen.‘ Aber dann hat der hinter der Baracke übernachtet, ich hatte dem dort eine Hütte gezimmert, als sei nichts gewesen. Und wie ich ihn nun frage: ‚Sag mal, Fussel, wo kommst denn du her?‘ Da guckt der mich an – dunkle Augen und kein Wort.

Wenn der tatsächlich noch leben würde, der wär doch längst gekommen. Nach so einem Tier kannst du dir doch nicht einfach ein neues anschaffen. *(trinkt)* Die Einheimischen, die sollen sich aus Hundefell Mützen nähen. *(Musik bricht ab – Notstromaggregat, Musik)*

Stromausfall!

So hocken wir hier nun Abend für Abend rum. Du weißt über jeden Bescheid. Ob er den Brief bekommen hat, auf den er wartet. Wo und wie er seine erste Frau kennenlernte. Warum er heute geschieden ist. Und mit wem er im Moment zusammenlebt. Du weißt sogar, was in dem Brief steht. Du weißt, dass es ihm bei ‚der Fahne‘ bombig ging und er einen herrlichen Job hatte: Urlaub und Ausgang, so viel er nur wollte! Und wie er seine Vorgesetzten verscheißert hat. Und wenn du eine Zeit hier bist, weißt du, warum er tatsächlich immer wieder bereit ist, Überstunden zu schrubben, Wochenenden durchzurabotten, und warum er sich regelmäßig besäuft, wenn er mal nicht arbeitet.

Ja, Geld verdienen. Und diese beschissene Angst vorm Tagedrücken! Allmählich bekommst du mit, wie sehr sich diese Geschichten ähneln. Wie viel du selbst mit allen gemein hast. Und falls du trotz alledem doch noch glauben solltest, du seist etwas Einmaliges, Unwiederholbares – hier wirst du eines Besseren belehrt. Hier gehen Träume krachen.

Manchmal möchte ich einen Kumpel, nur so aus Hohn, nach seiner Entwicklung fragen. Mir seine kleine, unscheinbare Geschichte anhören. Ich denke, das kann doch niemanden im Ernst interessieren. Aber ich frage nicht. Mit welchem Recht denn auch. Ich halt' die Klappe.

Und dann kommen immer wieder welche an: Arbeiter studieren! Die Richtigen. Jene, welche wirklich an den aktuellen Brennpunkten tätig sind – an den wichtigsten Investitionsvorhaben des Sozialismus! Na, da müssen se doch zu finden sein, die Helden! Und dann glotzen se uns an wie Zootiere, freundlich. So 'ne Scheiß-Freundlichkeit, völlig unverbindlich. Wo du gleich zu bist. Du weißt doch, was die von dir wollen. Du kennst das doch mittlerweile. Du bist doch ein Kind der Zeit! Die sind gar nicht an deiner Person interessiert. Die wollen nur noch das Bild ausmalen, was sie eh schon haben. Die sind so ekelhaft überlegen. Und immer im besten Einvernehmen mit Gott, der Partei und der Welt!

Die führen dich so unbarmherzig auf den richtigen Weg. Und immer bitte recht freundlich – na klar!

Ich weiß nicht, wie man glaubt, und ich kann keine Predigten ertragen.

Ich finde es zum Kotzen, wenn hier welche kurz aufschlagen und mir dann erzählen, dass ich ein toller Kerl bin. Und wie ich mithelfe, die Pläne zu erfüllen: mit dem Einsatz meiner Arbeiterpersönlichkeit. Und wie viel sie von mir lernen können: Einfachheit, Bescheidenheit. Und dann klopfen sie mir auf die Schulter, weil wir Kumpels das doch so machen. Und dann sind wir an einem solch schönen Abend auch noch alle so wunderbar solidarisch. Zum Kotzen find' ich das, einfach nur zum Kotzen! Wie weit sind die denn weg von mir, wenn sie sich dafür immer erst mühsam gemein machen müssen? Warum hampeln die sich so ab für verlogene Berichte, Geschichten, Bilder?

Musik hör' ich ganz gern. Ich denke, wenn die klingen will, muss sie ehrlich sein.

Mir macht das doch keinen Spaß, drei Jahre meines Lebens wegzuschmeißen. Nur dann haut das nämlich mit dem Auto über GENEX hin. Ich bin verheiratet. Was weiß ich denn, was nach drei Jahren noch läuft. Ja, Prüfung, ob es die Richtige ist. Ob es Bestand hat. Das ist doch Käse! Zwecklügen für Halbidioten. Das kann doch gut sein, dass das Leben an so einer Prüfung glatt vorüberläuft. Jaja – das große Ganze! Das hab' ich nicht im Blick. Wie denn auch!? Das kann ich einfach nicht überblicken.

Die beiden da drüben, die brauchen sich keinen Köter zu halten. Du verkraftest das nämlich nur schwer auf Dauer, so ohne Wärme. Ich bin auch keiner, dem beschriebenes Papier genügt, Briefe. Ich bin ein lebendiger Mensch! Und ich habe einfach keine Lust von der Gnade oder Ungnade irgend so einer Küchen-Hilfe-Baustellen-Entsafterin abhängig zu sein. Ich mach' das nicht mit.

Ich versteh' die zwei, die Marion und den Bernd.

Sind beide verheiratet. Der Bernd zu Hause in der Heimat. Und der Marion ihr Mann, der arbeitet auch an der Trasse, rund 350 Kilometer von hier, auf einer völlig anderen Baustelle. War aber für die oben offensichtlich nicht möglich, dass man das Paar zusammen einsetzen konnte. Nun ja, und so haben sich eben unsere zwei Hübschen von nebenan gefunden. Eine glückliche Verbindung auf Zeit.

Zu Hause läuft dann alles wieder wie gehabt. Ich finde daran nichts auszusetzen. Auch wenn sich Verschiedene das Maul zerreißen. Vor allem die, wo du es nun überhaupt nicht erwartest. Pharisäer! Ich denke, die Geschichte mit der Marion und dem Bernd, das ist nicht unmoralisch. Im Gegenteil! Das ist praktisch Nächstenliebe auf Zeit.

Habe selber vor zwei Monaten eine Einheimische kennengelernt. Zwanzig, Lena heißt die. Sauber, piek-sauber.

Ich hab' ihr nichts versprochen, sprech' ja die Sprache so schlecht und bin ihr zweiter Versuch. Hat vor mir was mit einem Raupenfahrer gehabt. Der hat sich, als es ihm zu heiß wurde, versetzen lassen. Hat den Schwanz eingezogen. Arbeitet jetzt am Verdichter bei Perm.

Die will weg. Die will einfach weg, die Lena. Hat mich auch schon mit allem gefragt, ob ich verheiratet bin: mit Worten, Blicken, Füßen und Händen. Hab' ich natürlich nicht verstanden. Ich hab' das Licht gelöscht, ihre Mama war zur Nacht-schicht, und sie mir vorgenommen. Ich leide eben unter einem Unmaß angestauter Gefühle.

Die sind gar nicht so. Aber nur im Dunkeln.

Und die sind so dankbar für jedes Streicheln. Nur, wenn du denen ihre Kerle siehst, ist das auch kein Wunder!

Die Lena ist wirklich ein ganz liebes Mädel. Eine Figur. Eine Haut. Und Brüste. Und wie die duftet! So was, das kannst du zu Hause mit der Lupe suchen. Hab' sie auch schon hier in der Ba-racke gehabt. Ist streng verboten. So weit geht die Freundschaft nicht. Habe sie aber genau deshalb hier eingeschmuggelt. War ein echtes Erlebnis für die. Hab' ja gesehen, wie sie die Augen aufgerissen hat: Schränke, Betten, Heizung, Spannteppich, Steppdecken – selbst die Nachttischlampe! Das hat die gewaltig beeindruckt. Jetzt lernt sie an der Abendschule Deutsch.

Eigentlich tut sie mir leid. Aber was will ich denn machen. Ich fühle durch sie, dass ich lebe.

Werde noch mal vorgucken. Vielleicht ist jetzt warmes Wasser da. Den restlichen Abend so dreckig rumsitzen, das bringt ja auch nichts ... *(Schritte, Tür – Blende)*

No. 8: 1988 – Stippvisite Hoffnung
Der Osten

IN DEN AUSGEHENDEN ACHTZIGER JAHREN des zwanzigsten Jahrhunderts wurde ich mit einer Gruppe junger Schreiber erneut ins größte Land der Erde eingeladen. Der Zug fuhr in Ostberlin los, und die Wagen rollten über Warschau nach Kiew. Wer die Sowjetunion bereiste, musste seine gelernte und gewohnte mitteleuropäische Puppenstube hinter sich lassen.

In Brest änderte sich als Erstes die Spurweite. Sie war ab dort für jeden sichtbar breiter. Das war in Russland schon seit den Anfangszeiten der Eisenbahn übliche Praxis. Es ergaben sich so für den Zug in Summe viel bessere Laufeigenschaften und boten dadurch, auf den schlechten Untergründen dieses riesigen Reiches, in den Sumpfgebieten, Steppen oder Gebirgen des sich immer noch weiter und endlos ausbreitenden Vielvölkerstaates dem Transport von Personen und Gütern deutlich belastungsfähigere Gleise. Außerdem eröffnete diese Maßnahme die Gewähr, dass die zuzeiten noch unter dem Zaren getroffene Entscheidung fortan Geschwindigkeiten der Schienenfahrzeuge möglich werden ließ, welche schmalspurig einfach nie zu erreichen gewesen wären. Und dennoch, wer das Land in Gänze per Bahn durchfahren wollte, brauchte dafür stets und dennoch Tage, wenn nicht gar Wochen. Der erhöhte Platzbedarf für die größeren und flacheren Bogenradien, um zum Beispiel das Entgleisen der Wagen bei höherem Tempo oder beim Überfahren von Weichen zu vermeiden, war ja, Dank der schieren Größe in diesem Riesenreich, wirklich zur Genüge vorhanden. Natürlich existierte aber gerade in diesem gewaltigen Flächenland ein unter keinen Umständen zu vernachlässigender und permanente Wachsamkeit einfordernder Sicherheitsaspekt. Seine Urgenz bestätigte, nicht zuletzt im Vorhandensein des Breitspurnetzes, lebhaft die alte und nach wie vor geltende Erkenntnis, dass der Übergang von einer schmalen zu einer breiten Spur die etwaige Nutzung des Schienennetzes, zum Beispiel als profundes Mittel bei einer feindlichen militärischen Invasion, erheblich behindern würde. Ganz sicher auch ein wesentlicher Grund für sämtliche vorangegangenen und gegenwärtigen Zaren, an dieser, eben bereits zu Beginn der Industrialisierung sinnvollerweise in Kraft gesetzter Entscheidung, stählern festzuhalten. Gerade die hungrig und gierig gewordenen europäischen Schmalspurzwerge waren es in der Vergangenheit oft genug gewesen, die eines erstaunlichen Tages ihrem Größenwahn, samt den daraus entspringenden Allmachtfantasien, erlegen sind, und plötzlich daran glaubten, ausgerechnet sie seien Goliath! Sie fühlten sich bisher, im kurzen Schluss, fatalerweise hochmotiviert, oder waren, ,aus Gott allein weiß, aus was für Gründen heraus' verleitet, an diesem in Jahrhunderten gewachsenen imperialen Koloss, wie es das Großrussische Reich samt seinen von ihm dominierten und ihm angedockten Vasallen und Einflusssphären nun einmal war, mutwillig herumzuknabbern. Wieso sollte sich deren in Abständen regelmäßig immer wieder einmal aufwallendes Lustverhalten plötzlich grundsätzlich geändert haben? War der letzte Großkrieg für eine solchermaßen ausgelöste Bewusstheitsänderung wirklich gewaltig genug gewesen? Reichten die von ihm verursachten Erschütterungen tatsächlich bereits dafür aus, dass sich die immer noch reihenweise vorhandenen (und sich immer noch überschätzenden) Hasardeure aus der Betrachtung der Geschichte etwas zu lernen vermocht hatten? Wer sollte und wollte denn dafür seine Hand wirklich uneingeschränkt, mit vollem Risiko ins Feuer legen? In was für einer Struktur wächst eigentlich das Kraut, welches wirklich vor und gegen Dummheit schützt? Und welche Ressourcen an natürlichen Dünger müssen wir erst noch bilden, damit Zukunft ruhig und stetig und überhaupt *weiter* gedeihen kann? Die allenthalben offenliegende Ignoranz der Mächtigen blieb und bleibt nach wie vor ein auch weiterhin höchst lebendig existierendes Faktum. Und dennoch erstaunte und erstaunt es mich in jedem einzelnen Fall immer wieder aufs Neue. Es war und ist doch wirklich kein unbekanntes Geheimnis geblieben, wohin zum Beispiel der Appetit auf fette Bissen aus ‚Mütterchens Fleisch' in der Vergangenheit stets geführt hatte. Aber die Mächtigen sämtlicher Herren Länder sind bislang trotz alledem so gut wie nie aus Vernunft zur Vernunft gekommen. Vielleicht muss ihre Möglichkeit, durch ihr Tun Macht über die ihnen anvertrauten Gemeinwesen samt den darin lebenden Menschen auszuüben, künftig einfach zeitlich rigide begrenzt werden. Ich halte das, zumal nach den Erfahrungen der letzten Jahrhunderte, inzwischen für ein höchst probates Mittel. Und wenn diese – ihnen durch die Gemeinschaft verliehene Gestaltungsmöglichkeit – in festgelegter Frist abgelaufen ist, *lost* der Souverän die Spitzenpositionen für die kommende Dekade, im Sinne eines gedeihlichen Fortbestehens der Gemeinschaft – also die Nachfolge der Macht – einfach neu aus. So ein zutiefst demokratisches Zufallsverfahren wäre im Grunde dann wahrscheinlich sogar um einiges gerechter, als sämtliche bislang bekannt gewordenen und praktizierten Formen finaler Auswahl. Und solcherart revolutionäre Praxis, welche schon von den Griechen des Altertums gelegentlich angewandt wurde, minimierte wahrscheinlich den davon betroffenen Menschengruppen zumindest die ansonsten wohl nicht in Abrede stehende Gefahr, stetig weiter anwachsender geistiger Verkalkung der Mächtigen. Deren Festhalten an schon immer verfügbaren, und im Zweifel für sie oft genug ja auch durchaus erfolgreich gewesenen Denkstrukturen, provozierte nämlich auf Dauer, gegebenenfalls allein schon durch das Ausbleiben neuer und innovativer Handlungsansätze, ansonsten doch nur die immer weiter voranschreitende Erstarrung allen gemeinschaftlichen Zusammenlebens. Wer kennt nicht, ausgelöst durch gewachsene Gewohnheiten und unerschütterliches Beharrungsvermögen, jenen dann – ach, so schmerzlich vermissten Verlust an geistiger Beweglichkeit, an Sensibilität und Frische als Ergebnis ständig voranschreitender Vergreisung? Aber kann der lottotechnisch erzwungene Wechsel bei der Machtverteilung wirklich als Schrittmacher und Taktgeber des kreativen Erneuerungsprozesses fungieren, der das Herz einer müde gewordenen Gemeinschaft schließlich wieder lebendig pochen lässt?

Noch war den Nachfahren der *Reußen* das Gelüste weckende Protzen in groß, wahrscheinlich der Dimension ihrer Heimat geschuldet, offensichtlich naturgegeben und keineswegs fremd. Dergleichen Imponiergehabe entspringt dem elementaren Wesen eines jeden Imperiums der Geschichte. Es bleibt freilich für seine Nachbarn, vielleicht sogar gerade deshalb, auch allzeit weiterhin betörend und unwiderstehlich. Es macht die einen trunken und lüstern. Weckt andererseits, bei den im Halbspagat ihrer Gefolgschaft dahin dösenden und dabei angestrengt symbiotisch agierenden Satelliten, geradezu sehnsuchtsvoll-geschwisterliche Gefühle der Anverwandlung – bis in die schamlose Selbstaufgabe hinein! Und eventuell liegt das ursächliche Kalkül einer mütterlichen Großmacht, für das derart zügellose Herzeigen der Schätze der Heimat – also des unermesslichen Quantums an Glanz und Herrlichkeit – das will ich ihr an dieser Stelle zugutehalten, auch in der Hoffnung begründet, die untötbare Lust der Fremden am Drohen mit gefletschten Zähnen, allein schon durch die bloße Präsentation von Prunk-und-Glanz-und-Größe, damit um ein Geringes einzuhegen. Und stiftet, so gesehen, zumindest zeitweise, eben eine erstrebenswerte zusätzliche Dosis mehr an Frieden.

Mein Abteil befand sich direkt über einem Drehgestell. Alle Waggons, die eben noch auf der Normalspur rollten, mussten nun, um ihre bisherigen Achsen gegen neue auszutauschen, angehoben werden, welche dann wieder auf die Breitspur passten. Die Diesellok am Schluss des Zuges zog die Wagen zunächst einige Hundert Meter in die Nacht zurück und drückte sie dann in die seitlich vor dem Bahnhof liegende hell erleuchtete *Umspurhalle*. An Schlaf war bei diesem Vorgang nicht mehr zu denken. Es ruckelte und polterte, und vereinzelt verhallten draußen bellende russische Kommandos. Ein Wagenmeister in Schwarzkombi betrat grußlos das Eisenbahncoupé, schlug den Teppich zurück und entfernte den Drehzapfen. Er verschwand so stumm, wie er gekommen war. Auch weiter vorn klappten hintereinander etliche Abteiltüren. Der Geruch von Diesel und Öl drang durch die Fenster. Bald knarrten draußen, wie ich nun sehen konnte, Schneckenzahnräder, welche die Wagen anderthalb Meter in die Höhe schraubten. Dann zogen Spillanlagen die Drehgestelle auf ihren zwei Schienensträngen nach hinten weg, während gleichzeitig die Breitspurdrehgestelle auf ihrem unmittelbar danebenliegenden Schwestergleis unter die Waggons rollten. Unmittelbar danach senkte man die Wagen schon wieder ab. Zum zweiten Mal erschien der Wagenmeister und steckte den Drehzapfen nun wieder an seinen angestammten Platz innerhalb der Vorrichtung. Abermals klappten ganze Ketten von Türen. Während der Dauer der gesamten Aktion durften wir Fahrgäste nicht aussteigen. Die Wagen des Zugs wurden alsbald aufs Neue zusammenrangiert und rasch in den Breitspur-Teil des Bahnhofs gezogen. Da bis zur Abfahrt jetzt sogar noch Zeit blieb, nutzten etliche Mitreisende die sich dadurch bietende Gelegenheit, direkt vom Bahnsteig aus persönlich die neuen Achsen in Augenschein zu nehmen. Blitzlichter zuckten, und etliche Fotoapparate surrten ihre Filme hurtig weiter. Inmitten des dabei erneut anschwellenden Aufbruchsgefühls schritt ein uniformierter Bahnmitarbeiter, mit einem langstieligen Schlosserhammer in seiner rechten Hand, von Waggon zu Waggon, verhielt jeweils neben den Achsen, und klopfte dann aufmerksam, und während dieser Tätigkeit wie leicht nach vorn übergebeugt, witternd an jedes Rad; und im Takt dieser sich uns dabei immer weiter nähernden metallischen Töne, die der Mann innerhalb der Aufführung seines Kontrollakts dabei erzeugte, nistete sich bei allen Beobachtern dieser Szene tatsächlich nun auch wieder jenes behagliche Gefühl von Sicherheit ein, das sich bei mir sogar in eine von Fröhlichkeit gesättigte Erwartungsstimmung hineinmümmelte. Ein Pfiff ertönte, und endlich, keine vierzig Minuten nach dem durch die Umspurung erzwungenen Halt, rollte der nun davon erlöste Zug wieder in die Nacht.

Die Fahrt nach Kiew dauerte derweil in Summe schon runde zwei Tage. Ich hatte langsam das Gefühl, ich sollte bald unter eine Dusche. Die Eisenbahn, in der Morgensonne der halben Hauptstadt Ost-Berlin gestartet, hatte zu diesem Zeitpunkt ja bereits den mittleren Teil Deutschlands, Polen, Teile von Weißrussland und der Ukraine durchquert und war auf ihrer Strecke, ich verfolgte auf der hinter einer durchsichtigen Folie eingerahmten Landkarte an der Wand meines Abteils den Verlauf der Reise in Abständen mehrmals, dennoch immer noch gerade erst einmal ins vordere Drittel des weitaus kleineren europäischen Teils der gesamten Union der Sowjetrepubliken eingedrungen. Und tatsächlich machte dieser bislang schon zurückgelegte Abschnitt bestenfalls die Ouvertüre im gigantischen Konzert des Vielvölkerstaates aus. Als die Lok nach etlichen weiteren Stunden dann endlich auf dem Zielbahnhof ausschnaubte, war es bereits zum wiederholten Mal Nacht geworden.

Der Hoteltransfer verlief reibungslos. Wir wollten einfach nur noch schnell einchecken. Larissa, unsere Dolmetscherin, hatte das sofort erkannt und führte unsere Truppe im Gänsemarsch und ohne weitere Umschweife zum entsprechenden Abfahrtsteig für die Busse aus der Halle. Er bestand aus acht nebeneinander aufgereihten und kleinteilig mit Granitkopfsteinen gepflasterten Abfahrtsmöglichkeiten, und war zum Glück für alle Reisenden mit Gehschwierigkeiten gleich unter einem Schleppdach, unmittelbar neben dem Hauptgebäude, angelegt worden. Kurz darauf parkte auch schon das für uns zuständige Fahrzeug rückwärts in die von hohen Bordkanten eingefasste Abgrenzung ein. Während der folgenden viertelstündigen Fahrt beschlugen die Scheiben rasch von innen. Die Anstrengung bei der nächtlichen Schlepperei des Gepäcks hatte uns trotz kurzer Wege doch erheblich erhitzt. Durch die schlitzbreit geöffneten Oberfenster des Busses drang über der Stadt von außen her ein für mich undefinierbarer Duft in den Fahrgastraum. Die Bilder hinter den feuchten Scheiben blieben verschwommen. Ich versuchte es mit Wischen. Doch der nach wie vor getrübte Blick in die nächtlichen Straßen lieferte noch immer keine Aufklärung. Aber manchmal schien es mir so zu sein, als lägen auf Fußsteigen und an Hauskanten locker vom Wind zusammengetragene und vom Schneeweißen in Rosa übergehende Wehen aus Blütenflocken. Ja, ich fühlte mich inzwischen wirklich hundemüde.

Am darauffolgenden Morgen löste sich das nächtliche Rätsel schnell auf: Kastanien – überall prachtvolle Kastanienbäume! Es war in der Tat so gewesen, einige ganz Vorwitzige hatten bereits damit begonnen, es war ja immer noch erst Anfang Mai, die zarten Blätter ihrer Kerzenstände abzuwerfen. In Vorbereitung dieser Reise hatte ich zwar gelesen, dass es in Kiew zahlreiche unterschiedlichste Kastanienbäume geben würde, deren Hauptblütezeit allerdings üblicherweise vom Mai bis in den Juni dauern sollte. Dass es nun aber so viele waren, das überraschte mich dann doch. In dieser überbordenden Fülle, und so kalenderfrüh, hatte ich dieses angekündigte Blütenspektakel in Weiß und Rot also weder bereits erwartet, geschweige denn irgendwo vorher bestaunen können. Und ich fragte mich deshalb schon, ob dieser ungewöhnlich zeitige Kiewer Flockenfall vielleicht nicht doch damit zusammenhing, was eben ziemlich auf den Tag genau, zwei Jahre zuvor, am 26. April 1986, rund hundert Kilometer nördlich der Stadt geschehen war? „Tschernobyl" war längst zum schauerlichen Menetekel mutiert und geisterte weltweit durch alle Münder. Die im Grunde naheliegende direkte Frage nach den praktischen Auswirkungen der Katastrophe vor Ort verkniff ich mir. Ich wollte weder gleich als ‚Herr Überschlau' durch irgendeine aufgesetzte Panikmache auffallen, noch mich mit den wahrscheinlich üblichen und erwartbaren Antworten abspeisen oder ins Bockshorn jagen lassen. Was sollte mir denn die Dolmetscherin auch anderes als die üblichen offiziellen Verlautbarungen antworten? Sie konnte doch überhaupt noch nicht wissen, mit wem sie es mit uns zu tun hatte. Meine Devise bestand vorerst darin: Schnapper dicht! Schauen, ob's überhaupt – und wenn ja, *was* es zu sehen gibt. Witterung aufnehmen. Den Ball flach halten. Und mir dann – daran anschließend – eventuell, ein möglichst eigenes Bild machen.

Für mich war Kiew immer nur ein Teil von Russland gewesen. Weder dachte ich an eine souveräne Ukraine, noch hatte ich sie jemals als solche auch nur einmal wahrgenommen. Und da ich der russischen Sprache trotz allem zwar schon zurückliegenden, vor allem aber an mir im Grunde recht spurlos abperlenden Unterrichts in der allgemeinen Polytechnischen Oberschule nur bruchstückhaft mächtig war, von *Ruthenisch* ganz zu schweigen, hatte ich nicht einmal ansatzweise das mindeste Gespür dafür entwickeln können, dass und wie sich Ukrainisch vom Russischen unterschied. Der zwangsweise Unterricht für uns Nachkriegskinder in der Sprache der staatlich verordneten ‚Freunde', hat die in weiten Teilen der Bevölkerung nach wie vor sehr lebendigen Aversionen gegen alles, was aus dem Osten kam, auch bei mir also weder beseitigen oder irgendwie abmildern können. Für mich galt die einfache Gleichung: Sowjetunion = Russland! Es war das Land der Besatzer. Das war die schlichte und einfache Realität. Auch wenn es offiziell totgeschwiegen wurde, war man bei fast jedem Familientreffen meiner Umgebung, zumal so unmittelbar nach dem Krieg, und selbstverständlich auch noch in den darauffolgenden Jahren, ab einem gewissen Punkt des Fortgangs derartiger Zusammenkünfte unvermeidlich mit mündlichen Berichten über Vergewaltigungen, Reparationszahlungen oder andere skurril anmutenden Begebenheiten, Geschehnisse und Anekdoten im Zusammenhang mit russischen Soldaten konfrontiert. Gegen diese Erzählungen hatten dann weder die historisch korrekten Spiegelungen der schuldbeladenen Geschichte der Generation meines Vaters, seiner Brüder und meiner Onkel in den verfügbaren wissenschaftlichen Werken der Historiker, noch die um Widersprüche bereinigten Beiträge in Lehrbüchern oder das Trommelfeuer staatlich organisierter Propaganda, je eine Chance. Und der Umstand, dass die zahlreichen Angehörigen der Mannschaftsdienstgrade in den gleichmäßig übers Land verteilten Kasernen der Besatzungsmacht (aus was für Gründen auch immer) von der Bevölkerung des Landes separiert und eingepfercht gehalten wurden, und sie bestenfalls an hohen Feiertagen (dann allerdings ausschließlich im Kollektiv) stundenweisen Gruppenfreilauf unter Führung eines ihrer verantwortlichen Offiziere erhielten, war dem gedeihlichen Wachsen von Vertrauen und Akzeptanz unter den Angehörigen der beiden Völker – welches ja wünschenswert gewesen wäre – auch nicht sonderlich dienlich. Solcherart Gebaren im Alltag manifestierte im Gegenteil die ohnehin feststehenden Vorurteile immer wieder nur aufs Neue. Mich dem sanften, später sogar massiver werdenden indirekten Druck zur Mitgliedschaft in der von der führenden Einheitspartei favorisierten *Gesellschaft für Deutsch-Sowjetische Freundschaft* zu beugen, habe ich als junger Mann unter Ausblendung sämtlich möglicher Konsequenzen kategorisch abgelehnt. Ich wollte mir Freundschaft einfach nicht diktieren lassen. Ich habe damals auch keinerlei Veranlassung gespürt, den Nationalitäten oder kulturellen Eigenheiten, und den daraus erwachsenen unterschiedlichen Identitäten der Völker der Sowjetunion, etwa ernsthaft nachzugehen, und ich wollte solches Interesse auch nicht heucheln. Dieses Kapitel ist für mich, rückwirkend betrachtet, erstaunlich lange verschlossen geblieben. Die damit einhergehende Verweigerung der Vertiefung meiner Kenntnisse über dieses Riesenreich und seine Geschichte, hat sich bei mir schließlich doch noch, einzig wohl durch das Kennenlernen russischer Literatur, gelockert. Im Grunde wirklich erst, als ich Majakowski, Babel, Chlebnikow, Bunin, Bulgakow, Pasternak, Below, Schukschin, Rasputin und Platonow las. Der damit einsetzende Beginn intensiverer Auseinandersetzung war jedoch ein regelrechter Zufall. Er ist einzig einer banalen Fügung geschuldet: Irgendwann bekam ich von den richtigen Leuten die richtigen Tipps für die richtigen Bücher. An diesem Tag passten wohl die Menschen, der Ort plus der Gegenstand und die Idee, damit umzugehen, einfach zusammen. Nur: Das ist schon wieder eine andere Geschichte – spät kam sie, doch sie kommt, versprochen! – die aber noch zu erzählen bleibt.

Ja, so geht das eben manchmal.

Nachdem es sich dann so gefügt hatte – und ich die entsprechenden Lesehinweise offenbart bekam – zugriff und Feuer fing – entwickelte die Lektüre einen regelrechten Sog.

Noch kurz zuvor, gleichsam als ein unbedarfter Jungspund, feixte ich einfach nur blöd mit, wenn etwa jemand das Nachfolgeunternehmen der weltbekannten *Agfa*-Filmfabrik (Actien-Gesellschaft für Anilin-Fabrication) in Mitteldeutschland, das jetzt *ORWO* hieß (Original-Wolfen), mit „OHNE RUSSEN WÄRE ORDNUNG" übersetzte. Es war mir auch über die vorangegangenen Jahre einfach völlig nachvollziehbar geblieben, wenn etwa gesagt wurde, dass das Wachsen von Verständnis der beiden Völker füreinander, nach all den schuldhaften Verstrickungen und der stattgehabten Gewalt des zurückliegenden Krieges, wenigstens noch einige Generationen brauchen wird. Und jede meiner Meinung nach forcierte und übertriebene Mühe, diese einfache Wahrheit mittels einer DSF-Mitgliedschaft rascher voranbringen zu wollen, schien mir verlogen und falsch. Schuld bleibt Schuld. Sie verweigert sich schnellen Erklärungen. Es bleibt nur, sie anzunehmen. Die dann unerlässlich notwendige und geduldige Auseinandersetzung mit Begriffen wie ‚Zusammenbruch' und ‚Befreiung' hat mich, der Perspektive meiner damaligen Einsichtsfähigkeit geschuldet, emotional so zwar spät, aber nach dem Einsetzen meiner Leselust, dann mit deutlich mehr Tempo erreicht, als ich mir das in den Jahren zuvor je hätte vorstellen können.

Vor Ort also, und dem Zustand schlichter Einfalt noch nicht restlos entwachsen, erschien mir die Situation des ukrainischen Kraftwerks auf den ersten Blick nun doch nicht ganz so brisant, wie das Unglück vom Westen her, über deren sämtliche uns verfügbare Medien, Mal um Mal aufgebauscht und abgespult worden war. Dermaßen dramatisch konnten die Folgen bis dato offensichtlich nicht gewesen sein. Was war da nicht alles orakelt worden: Tausende von Toten! Der Zoll im Westen war angewiesen, sämtliche Lebensmittellieferungen aus dem Osten permanent mit Geigerzählern zu untersuchen. Und speziell bei Regen sollten plötzlich alle schon genehmigten Demonstrationen (ja, wogegen eigentlich konkret?) – und bis auf nicht absehbare Zeit übrigens sogar auch alle bislang vorschriftsmäßig angemeldeten Menschenansammlungen vorbeugend gleich noch mit! – wegen der erhöhten Strahlengefahr doch lieber ausfallen. Auch ein striktes Verkaufsverbot für Kräuter und Blattgemüse wurde für den gesamten Lebensmittelhandel erlassen. Besorgte Ärzte rieten Schwangeren, selbst in katholischen Landesteilen, zum sofortigen Abbruch. Etliche clevere Rechtsanwälte/West klagten gegen die UdSSR auf Schadensersatz. Vorsorglich auch gleich für sämtliche denkbare und natürlich noch nicht in voller Gänze absehbare Spätfolgen. Es wurde die kostenlose Abgabe von Trockenmilch eingefordert und auf staatliche Entschädigung für Kleingärtner gedrängt. Gefangene der bayerischen Strafvollzugsanstalt Straubing stellten wegen ‚Misshandlung von Schutzbefohlenen‘ Anzeige gegen ihre Anstaltsleitung. Ihnen war nämlich höchstwahrscheinlich verseuchtes Freiluftgemüse aus dem 45 Kilometer entfernten Regensburg aufgetischt worden. Und der stellvertretende sowjetische Gesundheitsminister verkündete zuletzt nun auch noch, dass Wodka doch nicht gegen Strahlenschäden schützt. Woran sollte man sich denn da eigentlich noch halten?

Zumindest startete ‚als sei nichts gewesen‘ die ‚Tour de France des Ostens‘, die 39. Friedensfahrt, nur ganze zehn Tage nach der Havarie. Übrigens zum ersten und einzigen Mal in ihrer langjährigen Geschichte diesmal sogar direkt im Zentrum der Hauptstadt der Ukraine! Nach dem Prolog, der folgenden ersten Etappe ‚Rund um Kiew‘ und dem anderntags durchgeführten Mannschaftszeitfahren, gab es am vierten Renntag – quasi als publikumsfreundliches Sahnehäubchen – sogar nochmals ein weiteres Kriterium ‚Rund um Kiew‘. Am 10. Mai ging es dann für die Aktiven mit einer Sondermaschine der *Aeroflot* nach Warschau. Und mitten aus der Hauptstadt dieses mit uns ebenfalls und ‚unverbrüchlich‘ verbündeten Freundeslandes Polen heraus, wurden in jenem Unglücksjahr schließlich die nächsten Etappen in Angriff genommen. Augenscheinlich und ganz offensichtlich, so das Kalkül der Organisatoren, war alles bestens und in Butter! Denn wäre die Radioaktivität vor Ort wirklich so gefährlich gewesen, wie es über und in sämtlichen westlichen Informationskanälen damals vor uns breitgewalzt worden ist, hätte doch kein vernünftiger Sportbeauftragter ausgerechnet einen Spitzenathleten, wie es unser Olaf Ludwig[12] – der das Kriterium am Ende übrigens auch gewann – unstrittig war, solch einem unkalkulierbaren Wagnis ausgesetzt. Die davon ausgehende Gefahr musste doch selbst jedem nur mäßig Vernunftbegabten klar sein! Die hart erkämpfte Funktionärsexistenz eines Verantwortlichen hing doch schließlich auch davon ab, dass es in jeder Sportart – und speziell eben gerade beim Radrennen – eine entsprechend hohe Anzahl leistungsbereiter Ausnahmesportler gab. Und jede einzelne dieser so kostbar seltenen Menschenbegabungen im Spitzenleistungssport, die musste ein dafür Verantwortlicher, allein schon aus Selbstschutz, hegen und pflegen wie seinen Augapfel! Er würde deren Gesundheit doch unter keinen Umständen, und um keinen Preis der Welt, etwa leichtfertig gefährden. Das würde ja geradezu Harakiri bedeuten. Und jeder Einzelne, der Gegenteiliges veranlasste, würde sich doch mit einer solch blödsinnigen und hirnrissigen Kapriole nicht nur selber schaden, der würde sich geradezu ins eigene Knie ficken! Warum sollte er das denn aber tun, falls er noch alle seine Sinne beieinander hatte?

Na also! Bei sämtlichen Sauereien, welche man den Verantwortlichen gemeinhin durchaus zutrauen konnte – sie waren schließlich keine unschuldigen Waisenknaben – ich sage nur: Schwimmerinnen mit tiefen Stimmen – sondern waren, im Gegenteil, per Job, ganz einfach zum Siegen ihrer Schützlinge um jeden Preis verdonnert. Dass die Inhaber solch diverser kleiner Privilegien, wie es Reisemöglichkeiten (und was auch immer vielleicht sonst noch) in geschlossenen Gesellschaften nun einmal sind, also die offiziell und von Staats wegen bestallten Trainer und Sportfunktionäre, nun wie todessehnsüchtige Kamikaze agieren würden, und etwa damit ihre mühsam errungenen Vorteile dadurch leichtfertig konterkarieren würden, das glaubte noch nicht einmal ich!

Ach, und überhaupt: Blütenblätter sind wahrscheinlich in den unendlichen Weiten der Vergangenheit auch früher schon einmal vorzeitig zu Maibeginn von ihren haltgebenden Wirts-Kastanienkerzen abgerutscht. Man kann doch nun wirklich nicht alles auf diesen vermaledeiten Reaktor schieben. Das wäre einfach zu billig. So eine nun eben wieder einmal zu verzeichnende vorgezogene Frühreife dieser Bäume, die wird doch mit großer Gewissheit nicht – ausgerechnet nach diesem aber auch schon wieder vierundzwanzig Monate zurückliegenden Unglücksjahr – hier tatsächlich zum ersten Mal passiert sein! Und aus diesem beruhigenden Blickwinkel gesehen, blieb mir, selbst nach etwas genauerer Betrachtung und reiflicher Überlegung, bestenfalls wirklich nur noch die im Grunde mäßig spannende Frage übrig, in was für zeitlichen Abläufen sich dieserart Naturbegebenheiten einfach erneut wiederholen würden? Das ganze nervige Gewese und der gewaltige Alarm um die Gefahren für Leib und Leben, die seit dem Unglück ununterbrochen über Rundfunk und Fernsehen, vorzugsweise aus dem Westen des Landes, auf uns Ostler einprasselten, und dabei nur die nackte Angst schürten, das waren doch wahrscheinlich zum großen Teil und in erster Linie auch wieder eigentlich nur zum Himmel stinkende Propagandageschichten. So empfand ich das anfangs. Da konnte man doch die fiese Absicht regelrecht riechen! Das war teilweise dermaßen dick aufgetragen, dass sich bei mir sofort Zweifel, Skepsis und Misstrauen solcherart Berichterstattung gegenüber festsetzten. Ich wusste am Ende einfach nicht mehr zu unterscheiden, was wahr war – und was nicht. Ich fühlte mich, durch die Fülle der uns über alle verfügbaren Fernsehkanäle servierten und für mich nicht wirklich zu durchschauenden Umstände, in Summe tatsächlich letztlich wieder aufs *Glauben* zurückgeworfen. Aber gerade damit hatte ich Gottloser seit eh und je meine Schwierigkeiten. Und außerdem – und nicht zu vergessen: Die regionalen Winde der Ukraine, die zirkulierten doch erwiesenermaßen eher selten von Nordnordost nach Süd! Dieses nur als nicht ganz unwichtiger Hinweis, von wegen der latenten Gefahr von: Verseuchte Wolke einatmen! Man brauchte ja nur einmal seinen Blick auf die Landkarte senken! Das vielbeschworene Menetekel der atomaren Verseuchung wurde in der Wirklichkeit nämlich einfach vom Wind weggepustet! Die geballte Aufregung, das resümierte ich für mich damals, ist – was für durchsichtigen oder undurchsichtigen Gründen auch immer geschuldet – vor allem interessengeleitet gewesen, und genau deshalb wohl auch so dermaßen dramatisch aufgebauscht worden. Und es bewirkte wahrscheinlich auch nichts Produktives, sich drüber immer wieder erneut aufzuregen. Das ständige Schüren von Panik, soviel ist mir damals schon klar gewesen, war im Kalten Krieg einfach ein alltägliches Muster – also Usus geworden. Und daran hatte ich mich tatsächlich längst gewöhnt. Was aber nun meinen Unmut in regelrechte Aversionen wandelte, war das dabei in mir Überdruss erzeugende und von mir als sehr selbstgerecht empfundene Gebaren in Mimik und Gestik all der unterschiedlichen *Nachrichtenplapperer*. Und der Gipfel für mich bestand in dem, während des Verlesens der Meldungen eingesetzten, routiniert-heuchlerischen Ton andauernder Betroffenheit. Diese permanente Art von mir als penetrant empfundener Berichterstattung ‚der Medien der anderen Seite‘ über diese, wie sich aber dann doch bewahrheiten sollte ‚exemplarische Urkatastrophe der Moderne‘ kam mir damals zuerst allerdings wie das sinnfreie Ergebnis schlechter Sprecherziehung in einer miesen Schauspielschule vor. Jene mit Leidensmine aufgeführten Wiederholungen der Schuldzuweisung waren mir bald geradezu unerträglich. Sehr oft wurden die verlesenen Meldungen dann auch noch mit dem ritualisierten Kinderglauben an die Überlegenheit des westlichen Gesellschaftssystems bereichert, nach dem so eine furchtbare Katastrophe dort natürlich völlig undenkbar sei. Warum nur? Warum mutete mir eine vermeintlich objektiv berichtende und gutmeinende Redaktion einer öffentlich-rechtlichen Sendeanstalt so etwas überhaupt zu? Noch der letzte Trottel hatte doch mittlerweile auch ohne Brachialaufklärung lange schon begriffen: Was da in Tschernobyl passiert war, das war keinesfalls eine Petitesse! Irgendwann machte ich dann zu. Ich fühlte mich in dieser aufgeheizten Alarmstimmung einfach nicht mehr ernst genommen.

Nun waren also immerhin schon wieder zwei Jahre nach dem Spuk vergangen, da hörten, sahen, rochen wir auf unserem aktuellen Trip vor Ort von „tödlicher Bedrohung aus dem Kraftwerkssarkophag" gleichwohl immer noch nicht wenigstens ein einziges Gran Konkretes. Auch das war mir mittlerweile natürlich unheimlich. Allerdings hatte ich nicht wirklich erwartet, dass man uns im Zuge dieser Kennenlern-Reise etwa letzte und geheime Wahrheiten offenbaren würde. Ich war ja nicht bescheuert. Was mich so richtig tief – und das gewissermaßen tags wie auch nachts – in den folgenden Monaten nach dem Reaktor-Unglück wirklich geschreckt hatte, das waren die sowjetisch-amerikanischen Bomben. Ihrer jeweiligen ideologischen Verortung gemäß, wurden sie sie in ihren verbal ‚aufgehübschten‘ *Raketenabschreckungsverteidigungskostümen* längst zu offiziell anerkannten Friedensstiftern ‚aufgebaut‘. Dabei drohten sie doch lauthals, und beidseits der Systeme vollkommen ungeniert, als locker an Pferdehaar geknüpfte Bündel Damoklesschwerter, über dem nicht nur zum ‚Zuhören‘, sondern umständehalber sogar zum ‚Hinschauen‘ eingeladenen Rest der Menschheit. Die bloße Vorstellung, so ein ‚Sicherheits-Haar‘ könnte reißen, sprich: Ein dusselig verpeilter Bediener des bewussten *Roten Knopfes* würde eines Tages durchdrehen und ihn drücken, löste in mir geradezu eruptives Unwohlsein aus. Die mächtigen Politführer beidseits des ‚Eisernen Vorhangs‘ hüllten sich meiner Wahrnehmung nach vorläufig jedoch weiterhin in beredtes Schweigen: Als sei nichts gewesen. Als sei nichts passiert. Was waren das bloß für Typen, denen wir ganz offensichtlich machtlos ausgeliefert waren? Warum ließen wir *Vielen* uns gefallen, dass *Einzelne* über das existenzielle Wohl und Wehe von uns – scheinbar unangefochten und selbstherrlich – bestimmen durften?

Der auserwählte „Mann des Jahres" – die amerikanische *Time* gönnt sich bis heute jährlich immer noch mindestens einmal dieses unterhaltsame, aber eigentlich sinnentleerte Ranking gleichen Namens – Bauernsohn ‚Gorbi'(13), aus dem Kaukasus – der entsann sich aber glücklicherweise doch noch, wie schnell solch Rosshaarbündel auch reißen kann! Und vielleicht bemühte er sich aus dieser ganz einfachen Einsicht heraus, versuchte ich mich in solchen von Zweifeln und Unruhe geprägten Momenten zu beruhigen, von seinem Schreibtisch dort im Kreml her, durch überraschende und schlicht dem Leben dinghaft sich verpflichtet fühlende Offerten, die ringsumher hochgezüchteten und allzeit lauernden tödlichen Gefahren durch bloßes *Wegräumen* zu entspannen:

1. Abbau der Mittelstreckenraketen.
2. Perestroika.
3. Abzug aller sowjetischen Truppen aus Afghanistan.

Respekt!

Dass mir ein *neu* und *zeitgemäß* und überhaupt *denkender* Generalsekretär an der Spitze dieses nach Umgestaltung und Ordnung geradezu lechzenden, aber im Grunde immer noch gefährlich laveden Imperiums einmal dermaßen sympathisch werden könnte, darüber sinnierte ich in jenen Tagen wirklich öfter als nur ein einziges Mal. Dabei hätte ich dergleichen vor gar nicht allzu langer Zeit nicht einmal auch nur im Entferntesten überhaupt für möglich erachtet! Es würde spannend bleiben zu beobachten, wie weit der Mann mit seiner Haltung in dem von ihm ausgerufenen gemeinsamen „Haus Europa" kommt. Aber wie würden der oder die Verantwortlichen der anderen, nämlich der westlichen Seite vom Rest der Welt, auf die unerwartete Zumutung seines entspannenden Angebots reagieren? Würden sie oder er es als Chance zum Miteinander, oder vielleicht doch nur als Kapitulation und Eingeständnis eigener Schwäche begreifen? Fühlten sie sich dadurch gar zu noch mehr Härte in der Reaktion auf solcherart Offerte herausgefordert? Sind moralische Kriterien und Empathie als Voraussetzung für ein politisches Spitzenamt überhaupt angemessene Kategorien für die Träger derartig weitreichender Entscheidungsbefugnisse? Und *wer* befindet *wann* und *warum* darüber, was vernünftig ist, und künftig als verbindlich akzeptierte und allseits als allgemeingültige Handlungsmaxime anerkannt und befolgt werden muss? Und *wer* sanktioniert *wie* auftretende Verstöße mit *was* für Konsequenzen?

Der folgende Tag auf dem Altkiewer Berg begann schon heiß. Dabei stand die Sonne noch nicht einmal im Zenit. In grauer Vorzeit befand sich an dieser Stelle der Tempel von *Perun,* des altslawischen Gottes. Unten, im flirrenden Licht der vom Dnjepr durchschnittenen Stadt, dehnten sich bis zum Horizont beidseits seiner Ufer große und kleine Flächen roter Dachziegel. Überall flimmerten die rosa-gelben Federbüsche der Kastanienkerzen. Noch immer kein Wind. Neben mir schälte sich aus dem verkrauteten und ungepflegten Hügel zum Fußsteig hin das Gebäude, welches nun schon seit fast einem Vierteljahrtausend den Unterbau der Andreaskirche bildet. Ein zweistöckiger wuchtiger Komplex, auf dessen Dach die Terrassenplattform ruht, auf der einst das eigentliche Gotteshaus errichtet worden war. Neben seiner zwiebelförmig bedachten Zentralkuppel – vier Seitentürmchen. Sie sind mit Kreuzen auf ehemals gelbmetallen funkelnden Kugeln bekrönt und spießen wie Minarette gen Himmel. Symbol des Ausdrucks gefühlter Wahrheit eines christlich-orthodox barocken Bollwerks. Die verblassenden Farben der Mauern ließen immer noch leuchtendes Smaragdgrün ahnen, ebenso das Weiß der Fassadensäulen. Unter dem Schmutz der Vergangenheit Reste des nur noch selten aufglänzenden Golds ihrer Kuppeln. Deren klar geschnittene Konturen wiederum stehen, in ihrer zwar stumpfgewordenen Anmutung dennoch so scharf und beglückend heiter und leicht gegen das Blau des Himmels zwischen den vom Fluss her aufwallenden Wolkenfetzen am Firmament, als wolle der Bau sogleich erlöst durchstarten und davonfliegen.

Rechts – am Anfang des vierfach gestockten, dabei aber nur bis zum ersten Absatz sanft nach links geschwungenen, dann jedoch unaufhaltsam aufwärts strebenden, majestätisch-gusseisernen Treppenaufgangs – der allen Darbenden Labung verheißende Wasserspender. Vor ihm wand sich eine dürstende Schlange: Besucher, Touristen, Gläubige.

Ich war dem Rat unserer Dolmetscherin gefolgt und beabsichtigte also demgemäß, den Andreassteig, und möglichst ohne jede unnütze und zusätzliche Schinderei, von oben nach unten zu erkunden. Das Gefälle der Gasse sei stellenweise wirklich heftig, das bucklige Straßenpflaster aus Katzenköpfen erfordere und erzwinge ohnehin totale Aufmerksamkeit – und sei selbst dann immer noch gewöhnungsbedürftig; und in dieser empfohlenen Richtungsabfolge des Weges habe er (also ich) als Bonus eben ständig auch noch das wunderbare Panorama des breit und gelassen mitten durch unsere Stadt Kiew fließenden ruhigen Stroms vor seinen Augen. Von der mit einer Balustrade umgebenen Möglichkeit *schöner Aussicht* auf dem Dach, also vom Sockel am Fuße der Kirche, war tatsächlich ein fantastischer Blick über das gesamte und zum Stadthafen des Dnjepr hin steil abfallende Viertel möglich. Galerien sollte es links und rechts des Weges zuhauf geben, Künstlerhäuser, Ateliers; und überhaupt und überall den Anklang eines auch damals schon möglichen freien Lebens! Es würde getöpfert, geschnitzt, gezeichnet, gehandelt, geknüpft, gewebt und gemalt. Und durch die Fenster drängten schon am Morgen Stimmen und Gesang nach draußen. Und allenthalben schwebten die süßen Klänge von Musik. „In dieser Gasse", so raunte Larissa am Vorabend zu vorgerückter Stunde (wir hatten in Matthias' Hotelzimmer alle schon ganz leidlich vom schweren grusinischen Wein aus reihum herumgereichten Wassergläsern getrunken), „marschiert keine Sowjetmacht mehr." Was lag da näher, als sich endlich dort, vor Ort, Gewissheit über die zahllosen Avancen der Bewohner all der Häuser, Hinterhöfe, Gärten und Winkel verschaffen zu wollen.

Obwohl erst Vormittag, spürte ich vor meinem Start in mein mir für den Tag vorgenommenes Abenteuer schon wieder großen Durst. Das war zweifelsohne den Nachwehen der gestrigen Begrüßungssause geschuldet.

Also reihte ich mich erst einmal in die Warteschlange vor dem Getränkeautomat ein. Es gab dazu keine Alternative. Vor mir ein Mütterchen. Sie trug trotz der Hitze ein buntes Schultertuch. Sie hatte es über ihr Haar gelegt und unterm Kinn straff verschlungen. Seine Enden mit ihrem fransigen Rand bedeckten dabei bis zur Hüfte ihre leinene Bluse. Sie griff nach dem

Glas, das mit einer Kette an der Metallverkleidung des Spenders befestigt war, hielt es unters Wasseraustrittsrohr: nichts. Sie nahm es zurück und hielt es erneut darunter: wieder nichts. Sie blickte sich, das Glas in der Hand, um, doch die Kette hinderte sie abrupt daran, noch einen weiteren Schritt zurückzutreten. Sie balancierte den dabei entstandenen Ruck geschickt aus, indem sie ihren Arm ein Stück weit streckte – und blickte sich, Hilfe suchend, um. Ich fühlte mich sogleich bemüßigt, ihr beizustehen. Ich lächelte – sie erwiderte. Sie war eine dieser zusammengeschrumpelten, dabei aber immer noch sehr beweglichen alten Frauen: kräftige Hände, wettergegerbtes Gesicht, zahlreiche Fältchen um die dunklen Augen; zog ihre Brauen leicht nach oben, schob beide Mundwinkel gleichzeitig spöttisch nach unten und hob schließlich, wie mädchenhaft fragend, beide Schultern. Da ich inzwischen nahe neben sie getreten war, nahm ich ihr, da ich Einverständnis spürte, das Glas ab – was sie auch widerstandslos geschehen ließ – stellte es erneut unter den Hahn und drückte mit dem Zeigefinger die Rundtaste, welche nun auch tatsächlich den Füllvorgang auslöste. Kräftig zuzudrücken hatte sie nämlich vorab verabsäumt.

Sie nickte dankbar und griff sich das volle Glas, während ich auf Deutsch „*Bitte!*", sagte.

Mir war, als verhielt sie für einen Bruchteil einer Sekunde mitten in der Bewegung. Danach hob sie das Glas zum Mund, als sei nichts gewesen. Die gesamte obere Front ihrer Schneidezähne glänzte silbern. Sie presste ihre üppige Unterlippe um Halt fest an den gewölbten Rand des Gefäßes, trank aber, als sie sich die Flüssigkeit in fein portionierten Schlückchen in den Mund zu schütten begann, nur in ausgesprochen kleinen Zügen. Dabei spitzte sie, der Luft zur Atmung wegen, die Oberlippe, während ihr Adamsapfel – selbst noch bei jedem winzigsten Schwapp – den Knoten ihres Tuches rhythmisch tanzen ließ. Als sie, nachdem sie zwischendurch sogar noch zweimal leicht aufstoßen musste, dann schließlich ausgetrunken hatte, ihr Durst also fürs Erste offensichtlich gestillt war, stülpte sie das Glas sofort verkehrt herum auf die runde Vertiefung der Spüleinrichtung. Dabei drückte sie solange auf seinen Boden, bis der, nun aus der Tiefe des Automaten aufsteigende Reinigungsstrahl seine Pflicht getan hatte. Sie drehte das Glas wieder mit seiner Öffnung nach oben und stellte es zur neuerlichen Verwendung direkt unter den Wasseraustritt. Ohne mich auch nur eines weiteren Blickes zu bedenken, und ohne nochmals zumindest gelächelt zu haben, trat sie dann seitlich ab. Nun ja, ich würde der Alten nach menschlichem Ermessen auch nie wieder begegnen.

Dann war die Reihe an mir. Auch ich löschte meinen Durst.

Nach dem sich unmittelbar anschließenden Besuch in diesem mir von unserer Dolmetscherin angepriesenen Gotteshaus stellte ich für mich fest – das Innere dieser orthodoxen Kirche auf dem Altkiewer Berg blieb für mich nur eine weitere jener zahlreichen ukrainisch orthodoxen Kirchen aus dem touristischen Programm! Der flüchtigen Stippvisite ihrer schon immer noch wahrnehmbaren, und all der in der Vergangenheit wahrscheinlich stattgehabten Widrigkeiten bei der weiteren Behauptung ihrer Existenz zum Trotz, und eingeschlossen all jener in großen Teilen immer noch erahnbaren Pracht im Herzen ihres Hauses, konnte sie aber weder in mir, noch für mich,

zumindest ein der nachhaltigen Erinnerung würdiges Gefühl
auslösen. Beim bewussten ‚Haus Nummer 13' dagegen, es befand sich steigabwärts, die Straße schwenkte zuerst in einem
Bogen nach links und dann, der Flanke der Hügelböschung dabei folgend, wieder nach rechts – also keinen halben Kilometer
von der gerade besuchten Andreaskirche entfernt – war das zu
erwartende Erlebnis jüngerer Geschichte dann für mich, wohl
auch durch die damals existierenden gesellschaftlichen Umstände, schon vorab völlig anders aufgeladen. Es könnte mittlerweile sogar – wenn auch nur „inoffiziell", wie Larissa uns am
Abend zuvor verschwörerisch wissen ließ – in Augenschein zu
nehmen, und zu begehen möglich werden. Diese vielverspre-
chende Aussicht allein übte natürlich schon im Vorfeld seines
Besuches auf mich einen ganz besonderen Reiz aus. Also nichts
wie hin!

Der Höhenunterschied von dort zum Ausgangspunkt oben an
der Kirche, mochte hundert, vielleicht sogar einhundertfünf-
zig Meter betragen. Mithin – der Weg fiel schon recht steil ab
– wurde jedem Besucher schnell klar: Wer hier dauerhaft leben wollte oder musste, der bedurfte zumindest einer intakten
körperlichen Konstitution. Unten, im Flusstal, dehnte sich die
Stadt wie eh und je über den mit *Podil* benannten Teil hinaus,
bis weit zum Horizont. Im fernen Licht, hinter den Sandbän-
ken und den Stromschnellen des Dnjepr, einige seiner kleinen
begrünten Inseln. In ihrem Flirren hob sich Sehnsucht auf.
Beidseits des Steigs Bürgerhäuser. Teils klassizistisch, manche
im Jugendstil. Einige auch neogotisch. All diese Schönheiten
oft nicht mehr als zwei, drei Stockwerke hoch. Die verflosse-

nen Jahre hatten an ihnen genagt und Spuren eingegraben. Auch der zur Zeit seines dortigen Lebens noch keineswegs berühmte Michail Bulgakow[14] wird, in den dreizehn Jahren seines *Da-Seins* an diesem Ort, jenen überwältigenden Ausblick genossen haben. Oft sicher taumlig und erschöpft von all den ungeheuren Schlenkern im alltäglichen Kosmos des Sowjetalltags, bevor er doch immer wieder im Haus – seinem privaten Wohnwaggon im stampfenden Zuge der Reise in die neue Zeit – Ruhe, Arbeit und Besinnung finden konnte.

Die zweigeteilte Tür vorm Eingang am rechten Flügel des Gebäudes ließ sich über eine breite Stufe mit zurückgesetzter Schwelle nur nach innen öffnen. Links der Tür, an der aufgefrischten Ziegelfassade, eine Bronzetafel, welche laut Larissa „seit fast zwei Jahren" das Konterfei seines ehemaligen Bewohners auf Augenhöhe und lebensgroß – und samt korrekt gebundener Fliege herzeigte. Über der Tür ein Balkon mit schmiedeeisernen Gitter als Austritt. Von dort konnte der schriftstellernde Arzt einst das bunte Treiben auf der Gasse trefflich studieren! In seinen später folgenden Sommern, als die Lebensumstände härter, die Temperaturen wieder kälter und vorbeidefilierende Flaneure aus purer Neigung immer seltener wurden – und erst recht noch ein Stück später (B. wohnte da bereits in Moskau), und in den Wirrnissen und Zeiten der Schauprozesse dann wohl sowieso – diente der Vorbau wahrscheinlich nur noch als nostalgischer Baldachin, über den die wechselnden Perioden von Schlechtwetter immer rascher hinwegzugaloppieren schienen. Und wer hätte es unter solch widrigen Umständen auch schon freiwillig darauf anlegen wollen, während all dieser Unbilden, denen man schutzlos ausgeliefert war, überhaupt sichtbar zu bleiben? Das Gelände der Gasse hatte sich an dieser Stelle, bedingt durch den steilen Abfall des Geländes zum Fluss hin, so sehr nach links geneigt, dass noch vor Grundsteinlegung des Gebäudes, unter vier der insgesamt sieben Frontfenster, erst eine Kelleretage aus dem Gehsteig aufwachsen musste, bevor schließlich das auf ihr ruhende Haus – und bis zum Eingang hin komplett – in Waage errichtet werden konnte. Das verlieh aber nun der dem Dnjepr zugeneigten Seite des Gebäudes – rein optisch – ein derartiges Gewicht, welches es dem fantasievollen Betrachter durchaus plausibel erscheinen ließ, dass, machte sich das Haus womöglich einmal selbstständig, es sich dann unweigerlich bergab, in Richtung Stadthafen, in Bewegung setzten würde. Denn von diesem Zielpunkt aus, der flussabwärts ein Stück hin gelegen war, ließ es sich ganz sicher wundervoll zu all den lichten Inseln mit ihren in der Ferne lockenden Gestaden aufbrechen.

Ich drückte den Knauf und trat ein.
Im Vorraum ein Tisch. Die Wände und Decken schwarz. Frontal ein Foto. Das Porträt zeigte den in der Welt geschätzten und bewunderten Autor von *Der Meister und Margarita*. Mehr als zwanzig Jahre, also ein rundes Vierteljahrhundert nach seinem Tod mussten vergehen, bis das Buch im auch schon wieder zur Neige gehenden vorletzten Jahrzehnt des zweiten Jahrtausends, in seiner Heimat, nicht nur in amputierter, sondern endlich in vollständiger Fassung erscheinen durfte.
Unter dem gerahmten Bild des Schriftstellers eine Bodenvase mit frischen Zweigen. Auf einem Bord seitlich der Tür

flimmerte direkt von Wachs gespeistes Licht. Daneben eine schwarzgekleidete Wächterin, die jeden Besucher schweigend und durchdringend streng musterte. Sie bedeutete mir schließlich mit knapper Geste, dass ein Rundgang möglich wäre.

Kein Wort. Stille. Nur die Flamme des etwas zu langen Dochts der Kerze zischelte und räusperte sich. Dabei stolperte jedes Mal ihr Schein. Augenblicks huschten dann flüchtige Schatten über die Wände. Im Haus roch es nach sich selbst verzehrendem Feuer und einem Hauch frischen Rußes. Die Sakristanin mittleren Alters nickte huldvoll, als ich Anstalt traf, die Tür zum Nachbarraum zu öffnen.

Auch dessen Innen umschmeichelte direktes Licht. Das Fenster zur Straße war einen Spaltbreit aufgesperrt.

Der Luftzug.

Erneut Schatten und Schemen.

Ein Stuhl. Auf dem Tisch (s)eine (?) Schreibmaschine. Darin ein weißes Blatt. Hälftig eingespannt. Zwei Kerzenständer. Messing. Ein dicker, saugfähiger Tintenroller.

Das war der Raum.

Dort hatte er gelebt und gearbeitet. Dreizehn Jahre ‚Erster letzter Bürger‘. Chronist einer zu Ende gehenden Epoche, deren Epilog er ebenso unbestechlich und ungeschönt notierte, wie zuvor schon den Prolog zum Zeitenwechsel: „Groß war es und fürchterlich, das eintausendneunhundertundachtzehnte Jahr nach Christi Geburt, das zweite aber nach Beginn der Revolution.“

Das Haus bleibt ihm dabei in all den Jahren auf der Fahrt seines Zuges in die Verheißungen der Zukunft stets Refugium und Fluchtort. Das Abteil seiner Klausur im Waggon der Zeitenbahn trägt die magische Nummer 13. An den Wänden die graulich erbarmungslose Vergänglichkeit verblassender Fotos. Im Blick durch die Fenster nach draußen spiegelt sich Stadt: Melancholie, manchmal Trauer.

„Jetzt muss man verteidigen … Aber was? Die Leere? Den Widerhall der Schritte?"

Und: „Ich bin zum Schweigen verdammt."

Hinlänglich ansteckende Vision: In gleicher Reihe hinter, neben und *vor* Vorangegangenen *und* Zeitgenossen stehn.

Die Zeit: Ein ew'ges Kreisen in den Wind gebaut.

Und: ganz ohn' Anfang.

Und: ganz ohn' End.

Am Schluss – verdammt! – war's kurz, das Sein. Es währt in Fahrt nur leidlich wohl. Selbst noch das milde Schwarz – auch eines jeden heidnischen *Danach* – wird bald gelöscht sein.

Es gibt vorm *Nichts* ganz einfach kein Entrinnen!

Und dann solch Satz: „B. blieb dem Land verhaftet."

Mein tröstlicher Gedanke: Ach, dass doch wenigstens ein Kater käme …

Beim Hinausgehen warf ich klingenden Obolus in den geflochtenen Kollektenkorb neben der Tür.

Ich war vom gerade Erlebten völlig benommen.

Auf dem Steig vorm Haus gewahrte ich mich dann in einem Zustand, als wäre ich soeben aus einer dahin rasenden Eisenbahnzeitkapsel in die ratternde Gegenwart ausgespien worden. Als sei der Zauber der pulsenden Verbindung zu grad Gelebtem dabei mit einem scharfen Hieb rigoros gekappt. Doch meine Erinnerung hütet in einer Nische unangefochten das vor Ort Erlebte, und mich dabei auf so wunderbare Weise anrührende Gefühl dieses Moments voller Weihe und Dasein. So, als wolle sie partout dem dermaßen kostbaren und des Beschützens würdigen Glanz des Augenblicks in meinem Innern lebenslang verlässliche Heimat sein.

Weisst du von jenen Heiligen, mein Herr?

Sie fühlten auch verschlossne Klosterstuben
zu nahe an Gelächter und Geplärr,
so dass sie tief sich in die Erde gruben.

Ein jeder atmete mit seinem Licht
die kleine Luft in seiner Grube aus,
vergaß sein Alter und sein Angesicht
und lebte wie ein fensterloses Haus
und starb nichtmehr, als wär er lange tot.

Sie lasen selten; alles war verdorrt,
als wäre Frost in jedes Buch gekrochen,
und wie die Kutte hing von ihren Knochen,
so hing der Sinn herab von jedem Wort.

Sie redeten einander nichtmehr an,
wenn sie sich fühlten in den schwarzen Gängen,
sie ließen ihre langen Haare hängen,
und keiner wusste, ob sein Nachbarmann
nicht stehend starb.
In einem runden Raum,

wo Silberlampen sich von Balsam nährten,
versammelten sich manchmal die Gefährten
vor goldnen Türen wie vor goldnen Gärten
und schauten voller Misstraun in den Traum
und rauschten leise mit den langen Bärten.

Ihr Leben war wie tausend Jahre groß,
seit es sich nichtmehr schied in Nacht und Helle;
sie waren, wie gewälzt von einer Welle,
zurückgekehrt in ihrer Mutter Schoß.
Sie saßen rundgekrümmt wie Embryos
mit großen Köpfen und mit kleinen Händen
und aßen nicht, als ob sie Nahrung fänden
aus jener Erde, die sie schwarz umschloss.

Jetzt zeigt man sie den tausend Pilgern, die
aus Stadt und Steppe zu dem Kloster wallen.
Seit dreimal hundert Jahren liegen sie,
und ihre Leiber können nicht zerfallen.
Das Dunkel häuft sich wie ein Licht das rußt
auf ihren langen lagernden Gestalten,
die unter Tüchern heimlich sich erhalten, –

und ihrer Hände ungelöstes Falten
liegt ihnen wie Gebirge auf der Brust.

Du großer alter Herzog des Erhabnen:
hast du vergessen, diesen Eingegrabnen
den Tod zu schicken, der sie ganz verbraucht,
weil sie sich tief in Erde eingetaucht?
Sind die, die sich Verstorbenen vergleichen,
am ähnlichsten der Unvergänglichkeit?
Ist das das große Leben deiner Leichen,
das überdauern soll den Tod der Zeit?

Sind sie dir noch zu deinen Plänen gut?
Erhältst du unvergängliche Gefäße,
die du, der allen Maßen Ungemäße,
einmal erfüllen willst mit deinem Blut?

Rainer Maria Rilke[15]

Am Nachmittag also das Höhlenkloster. Larissa hatte den wissbegierigen und bildungsbeflissenen Mitgliedern „Sehr verehrten Damen und meine sehr verehrten Herrn!" unserer ostdeutschen Reisegruppe noch schnell am Sammelpunkt, dem Rezeptionstresen des Hotels, einige Strophen aus Rainer Maria Rilkes *Das Stunden-Buch – Das Buch von der Pilgerschaft* deklamiert. Sie tat dies, wie sie ausdrücklich betonte, zwecks „finaler Einstimmung" und selbstverständlich in Vorbereitung auf unsere im Anschluss für alle Interessierten von ihr geführte Tour. Sie benutzte in ihrer Anrede zu meinem Erstaunen auch dieses Mal wieder nicht das ansonsten weithin verbreitete, und gemeinhin bis zum Abgenutztsein verwendete, und in der damaligen Sowjetunion allgemein und allerorten gängige, nass-forsch-plebejisch-vertrauliche ‚Towarischtschi'.

Und abends saßen wir dann gemeinsam erneut beisammen – wieder im Zimmer von Matthias – dessen Buch mit dem vielversprechenden Titel *Totenkeule* nach unserer Reise erscheinen sollte, und der dafür, dass er es schon bis zur sehr wahrscheinlich stattfindenden Veröffentlichung geschafft hatte, von vielen von uns im Grunde ihres Herzen beneidet oder bewundert wurde – und mit dem man aber erfreulicherweise überhaupt nicht immer nur die großen und scheinbar wichtigen Probleme des Tages bereden musste (dass mir diese Höhlen etwa wie eine Verbindung des Unterbewussten mit der sakralen Welt erschienen waren), sondern sich genauso gut über den Anbau von Salat, Radieschen, Tomaten, Kürbissen und speziell Gurken austauschen konnte, Matthias stammte nämlich aus dem dafür berühmten Spreewald und verstand wirklich etwas von Gartenbau, Gemüse und Viehzucht, was ihn in meinen Augen auch echt erdete – und so erwähnten wir uns gegenseitig Gutmeinenden alsbald im hin- und hergehenden Gespräch über den Verlauf des gemeinsam absolvierten Nachmittags, und im Bestreben, dabei kein gestelztes Resümee zu formulieren, und völlig unabhängig voneinander, den unaufhörlich wehenden und uns dabei leicht unheimlich gebliebenen Wind in den Gängen des Höhlenklosters, der die Kerzen, die jeder tragen musste, ständig auszulöschen drohte – aber da ich meine Wachsstange mit der Hand vor dem rasch umschlagenden Wind schützte, und so einigen anderen Teilnehmern unserer Exkursion: also Matthias selbst, Kathrin, Ralf und auch Larissa, unserer Dolmetscherin, auf diese Weise sogar hilfreich als Wiederanzünder zur Verfügung stehen konnte, als deren Kerzen dann tatsächlich mindestens je einmal erloschen, weil sich meine Mitreisenden offensichtlich zu forsch und zu hastig in den Gängen bewegt hatten und eben nicht, wie ich zum Beispiel – wir hatten doch Zeit! – vor jeder noch so scheinbaren Nebensächlichkeit einfach auch einmal ruhig verharrten: in einer der Vitrinen lag dort zum Beispiel nämlich eine mumifizierte Maus, lebensecht, und dennoch – wer weiß, wie viele Jahre schon – entseelt, dabei so anrührend ernst und anmutig, dass Kathrin – um den von diesem toten Tier ausgehenden und uns stumm machenden Bann zu brechen – scherzend ausrief: „Eine heilige Maus!", und alle Umstehenden wie befreit erleichtert auflachten – was den ohnehin schon vorhandenen Luftzug aber nur noch zusätzlich verstärkte – und einige der einheimischen Ukrainerinnen und Russinnen, welche alle mit einem Tuch ihr Haar züchtig bedeckt hatten, darauf mahnend – ob der damit verbundenen Lautstärke – zu unserer Gruppe hinschauten, und Larissa sich genötigt sah den ausgestreckten Zeigefinger beschwichtigend an ihrer Lippen zu stupsen, bis eine der jungen Damen, in ihrer geschniegelten Seidenjacke, sich durch unser unorthodoxes Gruppen-Gehabe an diesem Ort aber wiederum bemüßigt fühlte, zu uns heranzutreten, um sich von mir gleichfalls ihre erloschene Kerze aufs Neue entzünden zu lassen – und mir das fast wie ein Symbol für ein lange überfälliges Verschwistern mit den westlichen Fremden erschien – sie lächelte mich dabei unter ihrem Tuch hervor seltsam dankbar an, bis ich – geradezu hilflos vor den dunklen Seen ihrer Augen – in deren kerzenerleuchteten Widerschein regelrecht schwankte, weil ich mich darin, oder eben genau deshalb, deutlich zu erkennen vermeinte – ich kapitulierte also, nachdem ich sie entzündet hatte, und sah dann aber auch, wie ich – im sich um sich selber drehenden Strudel meiner eigenen Empfindungen – immer tiefer in diese seltsame Wahrnehmungsbefähigung hinabgezogen wurde, während um uns her blasse und bärtige Männer mit manchmal asketischen, mehrheitlich aber eher doch feisten Gesichtszügen – oft schwarz gewandet und je nachdem in weite und locker geschnittene Kutten gesteckt – die mich in ihrem Aufzug an pinguingleiche Taumelmänner gemahnten, welche als siegestrunkene Schemen hin und her tapsten, als mümmelnd-murmelnde Herrscher inmitten ihrer geschäftig wuselnden Unterwelt, und ich in diesem Höhlendunst bald nicht mehr zu unterscheiden vermochte, ob hier Untote oder Lebende das Heft des Handelns immer noch – oder nur erneut – in ihren Händen hielten, und es, als wir zu meiner Erleichterung kurz darauf doch wieder aus diesen modrigen Grüften – noch leicht verstört zwar, aber eben wohlbehalten – aufgetaucht waren, diese Verunsicherung, die, wie mir schien, nicht nur mich selbst ergriffen hatte, zu meiner Erleichterung jedoch auch rasch wieder von uns allen abfiel – weil manchmal, zum Glück, einzig der befreiende Frühling knospenden Lebens schon genügte, um eine unvermutet aufgehalste Last, ursächlich durch seine allein der sommerlichen Zukunft zugewandten Präsenz, folgenlos abzustreifen – und wir, nur um ein Weniges später, dann doch gemeinsam auch noch das Lenin[15]-Museum in Kiew betraten, um nichts in der Welt von unserer inzwischen ziemlich aufgeräumten Stimmung lassen konnten – weil wir das nämlich genau so wollten! – nachgerade besonders eben speziell im Angesicht zweier den Besuchern dort präsentierter Mäntel, welche der Revolutionsführer, der „nachgewiesenermaßen", wie Larissa mir vertraulich, als sie zufällig (?) dicht hinter mir stand, leise ins Ohr raunte: „zeitlebens nie in Kiew gewesen war", getragen haben sollte – diese Art Mäntel waren dazumal offensichtlich quer durch die Museen des Landes *die* außerordentlich begehrten Reliquien der russischen Oktobererhebung, welche Besucher allerorten in der Sowjetunion vorgeführt bekamen – Lenin musste wahrscheinlich in seinen letzten Lebensmonaten ständig Mäntel an- und ausziehen – und wo an dem von ihnen aufgesuchten zentralen Erinnerungsort der Hauptstadt der Ukraine, direkt und unmittelbar neben seinen textilen Überziehern, passenderweise (?) sogar auch noch die mit einer schlichten Schnalle aus Metall verzierten ausgetretenen Schuhe der Krupskaja reliktengleich präsentiert worden – schließlich waren die beiden verheiratet, hatte sich da wohl ein übereifriger Kurator gedacht – übrigens direkt unter einer auf einem Kleiderbügel aus Holz darüber drapierten und recht grob gewebten Jacke, die wiederum als der obere und noch vorhandene Teil des von der ‚Gefährtin des Unsterblichen' einst getragenen Kostüms fungierte – wie das darunter platzierte Schild dem geneigten Betrachter erklärte, und dabei – gleichermaßen im Huckepackverfahren – dezent darauf hinwies, *wie* anspruchslos und schlicht sich Berufs-Weltverbesserer gegebenenfalls kleiden, und wo an der Wand gegenüber ein quietschend farbenfrohes und überdimensioniertes Gemälde in Öl zu sehen war, welches, so realistisch es sein Schöpfer eben vermocht hatte, die versammelte Heldengruppe der frühen Revolutionsführer auf den Treppen des Winterpalais herzeigte, und auf dem (Auskunft: Larissa) Leo Trotzki[17] zwar übermalt worden war, also nicht mehr in Gänze zu sehen, sprich: ausgelöscht – nun aber dennoch einer seiner vormals klar und deutlich (wie es dem Gründer der Roten Armee – und damit seiner historischen Bedeutung entsprechend – Lenin also durchaus ebenbürtig und gleichwertig – und ursprünglich wohl auch auf selbiger Leinwand in gleicher Größe und Pracht dargestellt – und damit natürlich in Gänze gleichermaßen vollständig wie dieser wiedergegeben – zu sehen gewesen war) das also nun jenem später befohlenen und geschichtsklitternden Übermalungsunterfangen zum Trotz, eben *doch* noch einer seiner trotzkistischen Finger, in der Fuge des Mantels eines neben ihm stehenden weiteren Revolutionärs, die Wirren der Zeit überlebt hatte – ergo: er eben immer noch dem detektivisch angehauchten oder misstrauisch gewordenen Zeitgenossen erkennbar herum spuken konnte – und nicht zuletzt durch diesen Lapsus die lächerlichen Anordnungen des georgischen Schlächters, die vergangene Wirklichkeit einfach zu überpinseln, um sie so ein für alle Mal zu eliminieren, vor den Augen der Welt als pure Dummheit für jeden sichtbar bloßgestellt und entlarvt wurde, so dass auch Larissa letztlich verschwörerisch murmelte: Entweder den Mann in voller Schönheit und Größe wieder an seinem angestammten Platz erneut *dazumalen*, oder den übriggebliebenen Finger wenigstens so sauber kaschieren, dass die Korrektur der Wirklichkeit (wie es im vorliegenden Fall versucht worden war) wenigstens nicht jedem auch nur halbwegs Interessierten sofort ins Auge springen muss – und, als unsere Gruppe zu vorgerückter Stunde, ein Stück weiter hin, es war inzwischen längst Feierabend, sogar etwas kuschelig-privater wurde, und wir die Musik aus dem Lautsprecher auf dem Hotelzimmer, im allgemeinen Einvernehmen, dabei eine für uns gut wahrnehmbare Winzigkeit weit aufdrehten – und ich Larissa, obwohl die zuvor ja gerade erst daran erinnert hatte, dass wir morgen alle gemeinsam, und wirklich früh beizeiten, schon das Morgenmahl einnehmen und daran anschließend sofort nach Moskau abdüsen müssten, dennoch übermütig um einen Tanz nach dieser aus den Boxen quellenden Blech-Musik bat, welchen sie mir sanftmütig auch sogleich gewährte, und ich sie aufgekratzt, in diesem Hauch von einem Zimmer und vor aller Augen, rhythmisch und auf engstem Raum herum und hin und her zirkelte, und in der gefühlten Mitte dieses wenig melodiösen Krawalls dann auch noch meinen linken Arm um ein weniges zu fest um ihre Taille legte und sie im Grunde dabei nur noch eine Spur enger an meinen Körper herandrückte – mir dabei aber augenblicks auch ziemlich blöde vorkam: Was sollte dieses notgeile Getue unter solchem Zeitdruck denn überhaupt! – und ich von ihr dafür aber sogar (wie ich später unangenehmerweise noch mehrfach wichtigtuerisch behaupten würde) ‚mit einer sehr wohlwollenden Regung in Form ihres bebenden, mir aber umso intensiver im Gedächtnis haften gebliebenen körperlichen Signals belohnt wurde‘.

Ja, so habe ich es – puh … – im Nachgang dieser Reise, tatsächlich noch öfter als nur einmal erzählt …

Als die Musik schließlich endigte, indem der Titel einfach ausklang, bedankte ich mich wegen des vorangegangenen Tanzes bei unserer aller Dolmetscherin mit betont überschwänglicher Geste.

Ja – genau *so* ist es wirklich gewesen …

Ich verabschiedete mich schließlich in der Runde und floh, beschwert mit sämtlichen noch an mir haftenden Unsicherheiten, für den Rest des Abends auf mein Zimmer.

No. 9: Utopia und Mammon

... 's war, wie's war

WER JE DAS HERZSTÜCK MOSKAUS, DEN ROTEN PLATZ am Kreml, helllichten Tages Schritt um Schritt überquerte, oder, wenn er abends funkelnd erleuchtet vor sich hin glänzte oder er zwischen der kurzen nachmitternächtlichen Phase, bis knapp vorm aufwachenden Morgen, in seine nur wenige Atemzüge lange Ruhe wie in einen magischen Mantel eingehüllt war – hat es am eigenen Leib erfahren können: Russland lebte schon immer auf größerem Fuß! Die Dimension der Stadt beeindruckte mich auf Anhieb. Ich befand mich zum ersten Mal hier und war sogleich von der mich dabei so roh und prall anspringenden Lebendigkeit überwältigt. Allein die Summe der damals bereits mehr als elf Millionen in ihr lebenden Menschen überstieg die Gesamtanzahl der Einwohner meines Heimatlandes schon locker um mehr als die Hälfte. Und sie wuchs und wuchs Tag um Tag weiter, und weiter. Es dampfte, wuselte, blinkte, rollte, polterte und schnurrte in den Straßen und auf den breiten Prospekten fort und fort, und das mit einer permanenten Stringenz, als hätten die Bewohner per Dekret beschlossen, sich, zu einem von heute aus gesehen zwar noch weit weg erscheinenden Zeitpunkt, auch noch das gesamte dahinterliegende Land einzuverleiben. Ja, die Stadt wird sich unablässig weiter und in alle Himmelsrichtungen ausdehnen. Kein Ende abzusehen, nirgends. Ihre heute tagtäglich noch millionenfachen Pendler werden sie, eines fernen Tages hin, also nie mehr verlassen müssen. Sämtliche Russen werden spätestens dann zu Moskauern geworden sein!

Mir war natürlich bewusst, dass ich, angesichts der bloßen Größe dieses unersättlich gefräßigen Molochs, in den vor uns liegenden zweiundsiebzig Stunden, keinesfalls mehr als einen flüchtigen Hauch an Eindrücken aufsammeln konnte. Aber allein dazu die Chance geschenkt bekommen zu haben, rechtfertigte den Aufenthalt allemal! Und genau aus diesem Grund hatte ich dem völlig unerwarteten Angebot zur Reise natürlich auch sofort zugestimmt. Wehte doch, nach meiner Wahrnehmung jedenfalls, in diesen Tagen aus dem roten und mauerumfriedeten Dreieck des Sitzes der noch sowjetischen Regierung, ein noch wenige Monate zuvor völlig unvorstellbarer, und mich deshalb jetzt erstaunen machender, und von mir nichts desto trotz – oder besser: genau deshalb! – umso freudiger begrüßter Wind der Erneuerung. Die vergreisten Parteibonzen und Staatenlenker zu Hause lächelten in letzter Zeit so verbissen und guckten dabei ziemlich gequält aus ihrer Wäsche, dass es mir geradezu eine einzige Genugtuung war. Sie ließen, wenn sie in jenen Wochen mit den Vertretern der aktuellen Führungsriege im Kreml zusammentrafen, mittlerweile auch ganz unverhohlen spüren, wie wenig amüsiert sie von den Ideen der „Umgestaltung und *des neuen Denkens* für unser Land und die ganze Welt", welche der kaukasische Jungspund in der Zentrale der kommunistischen Welt lauthals krähend verkündet hatte, waren. Dort trat nämlich zu diesem Zeitpunkt in geradezu atemberaubender Geschwindigkeit haarklein und annähernd genau das ein, was im selbstzufriedenen System des Deutschen

Demokratischen Ablegers der Sowjetunion der dafür erst sanktionierte und anschließend aus dem Lande getriebene Rudolf Bahro[18] schon vor Jahren als *Die Alternative* so formuliert hatte: „Die sowjetische Gesellschaft braucht eine erneuerte kommunistische Partei, unter deren Führung sie die in den Jahren des Industrialisierungsdespotismus erarbeiteten Produktivkräfte für den Aufbruch zu neuen Ufern, in den eigentlichen Sozialismus ausnutzen kann." Brachen also in dem ein Sechstel der Erde umfassenden Riesenreich, dessen vergreiste und marionettenhaft vorgeführte Hegemonen zuletzt allesamt in erstaunlich rascher Folge dahingerafft worden waren, jetzt, unter dem steigenden Druck weltweit zunehmender, also nuklearer und damit existenzieller Bedrohung, etwa sämtliche Dämme in der unter ihrer Führung (mit ihnen) erstarrten Gesellschaft gleich noch mit? Oder war *das* mit Gorbatschow einfach nur der schon lange ersehnte und uraltkühne, den Menschen immer wieder bis in die Glaubensunfähigkeit hinein beglaubigte und seit gefühlten Ewigkeiten versprochene Versuch des in hoher Not gewendeten Neustarts. In Richtung jener – *immer wieder! und auch noch und noch! und wenn, dann doch, und diesmal noch besser und gerechter!* – zuzeiten weit entfernte, doch greifbar nahen und zeitgemäßen Wirklichkeit?

So also klang die Wiederkehr höchst wackliger Versprechen. Diese aktuell verlautbarte Erlösungsvision versprach nun also erneut und zum x-ten und wiederholten Mal die große Rettung: Nach Lenins Oktoberrevolution, nach Stalins Totalitarismus, nach Chruschtschows hektisch holpernden Experimenten der von ihm verantworteten Wurst-am-Stängel-Aufbau-Ära, nach all den Millionen Entrechteten, Versklavten und Toten dieser

Jahre, nach all den darauf immer wieder folgenden und immer wieder missglückten Versuchen der Öffnung, neuerlicher Erstarrungen und immer wieder aufwachsender Verkrustung der sowjetischen Gesellschaft unter Breschnew, Andropow und Tschernenko? Und natürlich starteten nun, bei jeder wieder und wieder ausgerufenen Verkündung einer neuen und noch fortschrittlicheren Epoche, die getreuen Wiedergänger ihres auch diesmal wieder heraufziehenden Niedergangs automatisch mit. Spannend erschien mir die diesmalige Dauer ihres Beharrungsvermögens, bis zum Beginn ihres neuerlichen Abgesangs, dennoch allemal! Und so wäre es unverzeihlich töricht gewesen, nicht mit an diesen ganz aktuellen Brennpunkt, voll der Fragen und der offenen Antworten zu reisen. In der bislang doch recht fade gebliebenen Suppe meines erlernten, gewöhnlichen und ostdeutschen Alltags erschienen mir diese mit Siebenmeilenstiefeln voranschreitenden Umbruchzeiten unter der magischen ‚Nummer sieben' an der Spitze des Sowjetimperiums nicht nur wie ein vollkommen unerwartet geoffenbartes kaukasisch-exotisches Versprechen, sondern buchstäblich als ein die eingeübte Regel brechendes realsozialistisches Weltenwunder! Und daran wollte ich mich auf dieser Exkursion, so oft und so intensiv es in der knappen Zeit auch nur möglich war, laben und mästen. Ich vermutete ziemlich sicher: Hier geht noch eine ganze Weile etwas! Es war der pure Eigennutz, der mich antrieb. Wie häufig erhält ein Mensch, im Vollbesitz seiner Kräfte, und innerhalb seines kurzen und einzigen Lebens, denn schon die Chance, am Wackeln und Taumeln eines Weltreichs leibhaftig teilhaben zu dürfen?

Der nächste Tag war angefüllt mit Besichtigungen und Besor-
gungen, langen Gängen durch Straßen und über Plätze, mit
Blicken, Alleen, Schaufenstern und Toreinfahrten, aufgesperr-
ten Küchenfenstern, Kohldunst und Kaffee, Musik, sich bau-
schenden Gardinen und den teilnamenslosen Gesichtern Ent-
gegenkommender; ein hupender Trolleybus, die Metrostation,
zwei Wolga-Limousinen, seitlich ein rasselndes Dnjepr-Ural-
Gespann mit Handschaltung am Tank – und ohne Soziussitz!,
dann schon wieder ein Bus mit einer Schnauze wie ein LKW;
und neben all dem Gestank, den Gerüchen, Lauten und dem
Geräuschmulm der Metropole wurde ich auch einmal kräftig
durchgestaucht, als ich, ohne es vorher gesehen zu haben, in
ein Loch im Kleinpflaster neben den großen Granitplatten des
Gehwegs trat, dermaßen unvorbereitet, dass ich die ‚Engelein
im Kreuz' spürte und darob „Scheiße!" murmelte, weil mir
der stechende Folgeschmerz für einen Moment bis ins Gehirn
pulste und ich stehen bleiben musste und kurz hechelte, bis
es zum Glück doch wieder ging und ich fortan den Blick (zumindest für eine bewusst gesteuerte geraume Weile) auffällig
aufmerksam zwischen Himmel und Erde pendeln ließ, als be-
absichtige ich auf diese Art und Weise, die sich vor mir endlos
dehnende Stadt in Gänze optisch zu verschlingen, zu verdau-
en, um sie für mich zu vereinnahmen; was natürlich niemals
durchzuhalten – und also schon als Versuch ein hoffnungslos
großer Blödsinn war, weil die ständig wechselnden Bilder und
die wie im Stakkato gegeneinander gestellten Perspektiven,
ganz abgesehen von all den betörenden Geräuschen und Gerüchen, meine Sinne dermaßen mit Beschlag belegten, okkupier-
ten, beanspruchten, dass sämtlich von mir bewusst gesteuerten

Vermeidungsvorgänge für Wiederholungsweh, von der allumfassenden Realität des vom Alltagsgeschehen dominierten Sein zugeschüttet, abgedeckt, überschwemmt und in sich selbst ertrinken mussten; ich vergaß demzufolge natürlich schließlich doch meine mir selbst auferlegte Achtsamkeit, aber hätte ich vorab darüber nachdenken können, wäre ich vielleicht auch von ganz allein zu dem Schluss gelangt, dass solchermaßen Vorhaben der dauerhaften Selbstbeobachtung, natürlich wegen der damit verbundenen Gesundheitsrisiken zum Scheitern verurteilt sind; und hätte dann aber (so ich je darüber nachgedacht hätte) auch denken können (beim Denken ist ja immer nur jetzt): Du denkst gerade Blödsinn – also dann eben weiter zum Gorki-Prospekt, wo das große Buchgeschäft sein sollte – deutschsprachige Abteilung: rare Westprodukte, Hesse würde ich gern von dort mitbringen: *Narziss und Goldmund*, das hatte ich, „wenn's klappt", einem darauf wild versessenen Bekannten zu Hause noch vor der Abreise versprochen – wird sich zeigen, ob der Glück hat; abseits ein kaum erkennbarer Kiosk in dichtem Strauchwerk getarnt, davor die Ansammlung geschäftiger Kunden: verstört-verwegene Gestalten – ach so! – Wodka auf Zuteilung: von 11 bis 19 Uhr – je zwei verlotterte Kerle teilen sich ein Rohr, zur Tarnung in einen Bogen *Prawda* gewickelt, Verschluss aus Weißblech abgefetzt – ohne Worte – den ausgetreckten Zeigefinger als Maßstrich in der Mitte der Flasche – rasch: gluck, gluck – Vorsicht angesagt! – da genau dort Miliz, zwecks Ordnung und Sicherheit und Durchsetzung der Anti-Alkohol-Kampagne, auf permanenter Streife Wachdienst schiebt – Passantengleichmut dient den Säufern als probates Schutzschild – im Falle dienstbeflissen überbordender Willkür wildgewordener Uniformierter lässt sich's dann, inmitten einer anonymen Menge, einfach trefflich abtauchen; und sowieso: noch war ja im Lande über die Marschzahl der Richtung des künftigen Weges unter ‚Gorbi‘ nichts endgültig entschieden – pah: Wodka-Verbot! – und es war auch noch lange nicht die letzte Messe gesungen worden; der Zerfall der alten Ordnung und ihrer Werte gebar und mästete, neben all den taffen Vertretern der neuen Macht in ihrem aufgepeppten Sowjet-Wichs, nämlich auch justament die so lang entbehrte süffig-tröstliche Popen-Konjunktur: dieses aus muffelnden Kellern und Klöstern ins Licht des Tages entfleuchte bärtige *Gestern*; auch die frisch asphaltierte glänzende Fahrbahn neben dem Boulevard zeigte was sie hat: acht Spuren!, dazwischen: eine Reiterstandbildinsel aus Marmor und Bronze illustrierte massiv die jüngere Zarengeschichte, daneben ein Laden mit Stalin-Kitsch, im Eck ganz hinten schmorte Lenin; schwellende Frauen mit grellroten Lippen, in schweres Parfüm gekleidet, rollen vorbei, weitere Schaufenster; endlich das gläserne ‚Haus des Buches‘ – moderne Regale mit ihren dazwischen umherflatternden Verkäuferinnen, welche in verschiedenen Sprachen zwitschern: „… *njet* Hermann Hesse“ – nun ja, danke!, Pech gehabt; draußen dann der Taxi-Halte-Ruhepunkt: Breit parkte dort sein schwarzer Wolga; dessen Chauffeur lümmelte im Fenster des Fonds, sonnte seinen Ellenbogen, musterte mich von wegen ‚pekuniärer Solvenz‘ *vor* der wo möglichen Erstattung der Droschkengebühr sehr gründlich – „Deutsch?“ – fragte er schließlich – Antwort: „Ja“ – also: „Da“ – der Fahrer nickte mehrmals – „Mark?“ – insistierte er aber misstrauisch weiter – „Mark“, bestätigte ich – „West oder Ost?“ – wollte der andere jetzt wissen, wobei er das *r* bei ‚oder' tatsächlich so auffällig rollte, wie Russen das halt manchmal zu tun pflegen, und wies dann, um jedwedes Missverständnis auch wirklich auszuschließen, mit dem ausgestreckten Zeigefinger um Auskunft direkt auf meine umgürtete Mitte – „Ost", antwortete ich als dermaßen penibel Befragter darob schon leicht amüsiert – worauf der Fahrzeuglenker, ohne jedes weitere etwaige Zögern, dafür laut und deutlich artikuliert, triumphierend verkündete: „Keine Zeit!" – und schon während seiner Antwort die Scheibe der Vordertür der Limousine einfach und ohne weitere Umstände hochzukurbeln begann – und, als diese geschlossen war, mir, dem ziemlich fassungslos vorm Fahrzeug Stehengebliebenen (was blieb mir in diesem Moment auch anderes übrig?) fortan ostentativ nur noch seine Rückansicht präsentierte.

Drosseln

Es herrscht des Mittags große Stille
Auf abgelegener Station.
Die Ammern singen wie ermattet
In Bahndammsträuchern, Ton für Ton.
Unendlichkeit verlangend, heftig,
Die Weite eines Feldes. Blau
Im Hintergrund der Wald, die Wolke
Wie eine Locke, wirbelnd, grau.
Am Waldweg spielen jetzt die Bäume
Mit einem beigespannten Pferd.
Und in des Rodelandes Mulden
Sind Veilchen, Schnee und Düngererd.

Bestimmt trinken aus diesen Pfützen
Die Drosseln, wenn sie als Beweis
Tagsüber schwätzen von Gerüchten,
Mit Trillern, feurig und wie Eis.
Der Silben Länge und auch Kürze
Wie heiß und kalte Dusche rinnt
Aus ihren Kehlen, durch das Glänzen
Der Regenpfützen wie verzinnt.
Sie haben auf den kleinen Hügeln
Ihre Spelunken, ihr Geschwätz
Hinter den Vorhang, und ihr Munkeln
Im Hinterzimmer ist Gesetz.
Durch weitgeöffnete Gemächer
Eilen Gerüchte in den Tag.
Die Zweige singen Viertelstunden,
Sie haben eine Uhr mit Schlag.
So sind der Drosseln Schattenreiche.
In dem nicht aufgeräumten Wald
Leben sie, Künstlern gleichend.
Auch ich halt mich an ihren Rat.

Boris Pasternak[19]

No. 10: Ergötzen im Bewusstsein der Willkür

Neues graut ...

DER FOLGENDE LETZTE TAG vor der Abreise war dann laut Ablaufplan noch einem ruhigen Ausflug an die Wirkungsstätten bekannter Autoren vorbehalten. Die Siedlung *Peredelkino* lag im Südwesten der Stadt. Maxim Gorki hatte Anfang der Dreißigerjahre Stalin die Idee für die Gründung dieser Künstlerkolonie nahegebracht. Der großzügige Despot griff sie auch sofort auf, und ließ seinen vermeintlich loyalen „Ingenieuren der Seele" mit dieser Datscha-Siedlung umgehend die vorgeblich so angenehmen Arbeitsbedingungen schaffen. So war nun, durch diesen bauernschlauen Kniff, die Überwachung der versammelten kritischen Geister der künstlerischen Intelligenz der Sowjetunion durch seinen Geheimdienst, sogar an nur einem Standort im Riesenreich, optimal gegeben. Und das Kalkül ging wirklich auf. Der Große Terror brauchte noch nicht einmal seinen Höhepunkt zu erreichen, als einzelne Bewohner der Kolonie bereits dienstfertig damit begannen, dem KGB Informationen über ihre Nachbarn und Kollegen zuzustecken. Die Liste derer, die in dieser Siedlung dennoch zumindest zeitweise weiterarbeiten konnten, lebten und sich bei Schwierigkeiten gegenseitig solidarisch stützten, wäre sogar umfangreicher gewesen, als die der Lumpen, Opportunisten oder zum Verrat Erpressten. Das kolportierten zumindest später einige der immer noch dort lebenden Bewohner gern. Sie liest sich über weite Strecken tatsächlich wie das *Who is Who* der russischen Literatur des zwanzigsten Jahrhunderts: Boris Leonidowitsch Pasternak, Kornej Iwanowitsch Tschukowskij, Boris Andrejewitsch Pilnjak, Ilja Grigorjewitsch Ehrenburg, Isaak Emmanuilowitsch Babel, später auch Bulat Schalwowitsch Okudshawa, Jewgeni Alexandrowitsch Jewtuschenko und viele, viele andere mehr. Oft waren dabei aber gerade deren Refugien bescheidene Holzhäuser, die von den Autoren nur angemietet worden waren und in denen sie sich nicht selten hinter hohen Hecken, sonnendurchfluteten Birken und unter groß gewachsenen Kiefern vor allen möglichen Begehrlichkeiten der Vertreter der Staatsmacht zu verbergen suchten. Das gelang nicht in jedem Fall. Manche der mehr oder minder freiwilligen Zufluchtsorte waren, dem Rang und dem zeitweiligen Ansehen ihrer jeweiligen Bewohner geschuldet, dafür einfach zu großzügig und einsehbar. Das Los solcher vom öffentlichen Interesse betroffenen Insassen bestand dann häufig darin, völlig ohne Deckung, und in der vagen Zuversicht auf ein vielleicht doch noch kommendes ungestörtes Dasein ohne andauernde Beobachtung, möglichst unauffällig und tapfer auszuharren. Einige verstummten während der kaum ertragbaren Herausforderungen dieser sich über die gesamte Dauer des Kriegs und weit darüber hinaus dehnenden Zwischenzeiten vorsichtshalber gleich gänzlich. Andere wurden von machtvollen Gestaltern der Wirklichkeit spurlos gelöscht. Das Heim von Pasternak lag inzwischen, als gestrandetes und gut beheizbares Schiff, neben seinem Wintergarten, fest vertäut im Waldhafen des der Dichterunterkunft vorgelagerten Gartens. Hatte dessen Kapitän in den zurückliegenden Jahren, vor seinen zahlreichen Ausfahrten in die Häfen der Welt, noch jedes Mal umtriebig Ankunftssignale in die entsprechenden Länder gesandt, pflegte er zuletzt wohl eher nur noch ein ersichtlich ländliches Dasein. Auf den seitlichen Kais – seinen Beeten – soll er zuzeiten sogar mit eigener Hand Gemüse und Obst angebaut haben. Doch selbst beim kleinsten seiner Schritte auf den weit ausholenden Wegen seiner Datscha, so erzählte man sich hinter vorgehaltener Hand immerhin noch sehr lange, knirschte jedes Mal der körnige Sandboden geräuschvoll auf. Allein schon dadurch blieb der Autor, bei aller selbstauferlegter Zurückhaltung, deutlich wahrnehmbar. Gleich hinter seinem Zaun welliges Land. Am Ende des Ackers die Kirche. Im Sonnenlicht die Kuppel aus Gold. Willkommener Anlass täglicher Ausflucht. Deshalb und dennoch: „Leben ist kein Weg durch freies Feld."

Ringsumher herrliche Natur. Die von Gott geschenkte Quelle der Inspiration. Vielleicht bewahrte einzig deren *Da*-Sein den Dichter in der erbarmungslosen Wirklichkeit der Heimat vor der Gefahr des totalen Verstummens. Indes, das Zwitschern der Vögel schnitt noch durch tristeste Tage. Vor schweren Wettern oder bei starkem Frost kamen jedoch auch oft tiefe Momente von Ruhe auf. Sie gemahnten dann unüberhörbar an den Tod.

Als wir dann noch alle gemeinsam sein Haus besichtigt hatten, ließ die uns dort durch die karg möblierten Räume führende Verantwortliche ihrer Empörung darüber, wie mit den Möbeln und den Gegenständen des Dichters in den letzten Jahren vor der nun „Gott sei Dank!" einsetzenden Liberalisierung der Gesellschaft von den Verantwortlichen der alten Administration umgegangen worden war, lauthals freien Lauf.

„Man hat selbst persönlichste Gegenstände von ihm einfach im Garten auf einen Haufen werfen lassen. Die Funktionäre vom Verband waren nur scharf auf das Haus. Die Einrichtung von Boris Leonidowitsch, die interessierte sie überhaupt nicht! Wären nicht einige Freunde und Angehörige der Stimme ihrer russischen Seele gefolgt und hätten vieles davon geborgen, wäre es heute für immer verschwunden. Eine Schande!" Auf meine Frage, ob sie wisse – oder sie zumindest selbst daran glaube, dass das Leben in der Sowjetunion künftig insgesamt etwas leichter und besser zu durchsegeln sein würde, die mir in dem Moment, als Larissa sie übersetzte, aber schon wieder peinlich war, sah sie mich lange an. Und als verstehe sie meine nicht ganz uneigennützig besorgte Hoffnung auf ihren Trost, breitete sie lächelnd mit einem Mal einladend die Arme aus und hob dabei die Schultern: „Nun ja – ach, *wissen*. Vielleicht haben wir vor lauter Wissen zu oft vergessen, was Weisheit ist. Was soll ich sagen? Man wird es in Zukunft vielleicht sehen. Russland – das ist ein sehr großes, und ein wirklich sehr, sehr tiefes Meer …"

Über dem Feld leuchtete der berühmte Friedhof mitsamt seiner Erlöserkapelle! Sobald sich die Helligkeit änderte, verwandelte sich zwischen Gestrüpp und Bäumen das Licht. Seitlich vom Gottesacker, zum Teil auch immer noch in meinem vom Unterholz und Büschen eingeschränkten Sichtkreis, strahlte plötzlich rechter Hand, genau auf dem Stück Land, welches früher einmal vom damaligen Fürsten einem ihm treu ergebenen Bojaren zugesprochen worden war, langhin die weiß gekalkte Front der weitläufigen Sommerresidenz des aktuellen

Vorstehers der russischen Orthodoxie kurz auf. Dann schoben dicht gedrängte Wolken wieder Ruß aus Schatten über den Wald. Dahinter lag als letzte Ruhestätte das Grab von Boris Pasternak.

Unsere Gruppe trennte sich noch vorm Erreichen der auf einer Lichtung mitten im Wald angelegten Gräberreihen. Ein Großteil der Mitreisenden hatte nämlich doch noch umdisponiert und nach kurzer Besprechung schließlich ziemlich einhellig Larissas spontan unterbreitetes Angebot vom Vorabend: „Besichtigung der Taufkapelle!" eindeutig favorisiert. Vielleicht lagen sie ja sogar richtig. Die zahlreichen vor der Kirche parkenden Limousinen versprachen zumindest ein beträchtliches Spektakel und einen ihnen allen wahrscheinlich unvergesslichen, unwiederholbaren, und bestimmt von Goldglanz, Seide, Weihrauch und Gesang getragenen Ritt in eine frühere, andere Epoche. Einer orthodoxen Taufe am Rande von Moskau, von einem echten Popen zelebriert, als Zaungast leibhaftig beiwohnen zu dürfen – das wollten sich viele Mitreisende letztlich dann doch nicht entgehen lassen!

Zum Zeitpunkt unseres Besuchs amtierte Pimen I. Er war der Sohn eines einfachen Mechanikers. Schon als junger Mann bat er um die Mönchschur. Anfang der Dreißigerjahre wurde er dann auch zum Mönchpriester geweiht. Allerdings verheimlichte er dies den Behörden. Durch diesen riskanten Trick gelang es ihm, dass er als Soldat der Roten Armee am Zweiten Weltkrieg teilnehmen konnte. „Der aktuelle Patriarch von Moskau und der ganzen Rus", hatte Larissa uns am Abend zuvor das

258

heftig erwachende Phänomen der *Rechristianisierung* zu erklären versucht, „wird nicht zuletzt durch diese bewundernswerte
Tat bei uns von Tag zu Tag immer beliebter. Dafür musste er in
dieser mörderischen Zeit nämlich ein hohes Maß an persönlichen Heldenmut aufbringen. Ein Leben galt in diesen Tagen
bekanntermaßen nichts. Die Dinge um seine frühe Weihe, und
seinen damit nun auch für jeden Russen sichtbar beglaubigten
Patriotismus, sind erst in letzter Zeit in meiner Heimat öffentlich geworden. Er ist damit nie hausieren gegangen. Wie auch?
Das wäre jahrzehntelang sehr gefährlich gewesen. Ist stets ein
einfacher Mann aus dem Volk geblieben. Er benötigt keinen
Pomp. Er nutzt seinen Landsitz wirklich nur zur inneren Einkehr. Sorgt sich vielmehr darum, dass Gott bei uns wieder freier
als bislang an der Errichtung seines Reiches in den Herzen der
Menschen bauen kann. Und deshalb ist es heute auch bei vielen
jungen Eltern längst wieder Usus, ihren Nachwuchs mit dem
Segen der russisch-orthodoxen Kirche aufwachsen zu lassen.
Unser Patriarch hat, wenn er doch wieder einmal auf seinem
Landsitz weilt, deshalb richtig gut zu tun."
Die Zusicherung von Schutz und Bewahrung vor Bösem, verbunden mit der Zusprechung eines Anteils an göttlicher Kraft
oder Gnade für jedes neu hinzukommende Glied der Gemein-
de, diese beruhigende Gewissheit holten sich die jungen Eltern
Moskaus für ihre Babys damals am liebsten gleich in der Kir-
che – und vorzugsweise natürlich direkt am Sommeranwesen
des Oberhaupts ihrer tagtäglich immer weiter anwachsenden
Gemeinschaft.
„Nicht zuletzt dafür steht ihre Einlasspforte bereits seit geraumer Zeit Tag und Nacht offen. Es bedeutet in unserem neuen

Russland einfach ein gutes Omen, das dafür erforderliche Ritual als Gruppe im Taufhäuschen auf dem geweihten Gelände des Patriarchen zu vollziehen. Und genau deshalb wird das schon morgens – und immer öfter bis in die tiefe Nacht hinein: also eigentlich rund um die Uhr – so zahlreich in Anspruch genommen. Und es geschieht voller tiefer und ehrlicher Inbrunst. Es herrscht dort inzwischen ein ständiges Kommen und Gehen. Wer von euch es selbst einmal erleben möchte – wir könnten ja, wenn ihr es wirklich und unbedingt wollt, dort, gleich morgen unmittelbar im Anschluss nach unserem ohnehin vorgesehenen Friedhofsbesuch, schnell einmal vorbeischauen. Lasst es mich einfach wissen, wenn Bedarf besteht. Dort besichtigen wir nämlich nicht nur die tote Vergangenheit des Gestern, sondern ihr hättet womöglich sogar noch etwas Muse, vor allem auch die lebendige und große Zukunft Russlands von so nahe, wie ihr es bestimmt nicht gleich wieder zu sehen bekommt, zu betrachten!"

Doch dabei, auch das hatte Larissa am Vorabend ausdrücklich betont, sei die dann dafür benötigte zusätzliche Zeit allerdings von der ehedem ausschließlich nur für die Gräbertour vorgesehenen – also entsprechend dem ursprünglich festgelegten Tagesablaufplan – abzuknapsen.

„Wir wollen ja schließlich allesamt, gerade auch wegen der anstehenden Abreise, trotzdem pünktlich um 18 Uhr, mit gepackten Reisetaschen am Hoteltresen steh'n. Das muss dann auch als verbindlich und ausgemacht gelten. Wir wollen und müssen uns, der exakten Einhaltung der festgelegten Abläufe wegen, ohnehin in jedem Fall mächtig sputen. Das muss klar sein!"

Vielleicht, das vermutete ich, vielleicht beförderte die Besinnung auf fast schon vergessen geglaubte Traditionen gerade bei denen, deren eigentlich atheistisch geprägte Werte durch die in jenen Tagen so rasant vorangetriebenen Veränderungen im Herrschaftsbereich Gorbatschows ins Wanken geraten oder im Schwinden begriffen waren, nur deren dadurch umso heftiger aufbrechendes Verlangen nach einer verlässlichen Konstante in ihrem Alltag? Die aneinander gewöhnte Gemeinschaft der Gläubigen ist, zumindest jahrhundertelang, eine solche gewesen. Sie war im Volke erprobt und in ihm verwurzelt. Möglicherweise hatte die mir so befremdlich erscheinende Renaissance des doppelt bekreuzten und nach Weihrauch duftenden Goldglanzpomps viel mehr mit der nun zwar doch ins Wanken geratenen, aber über sieben Jahrzehnte eben nicht gänzlich ohne Wirkung gewesenen Epoche zentralisierter Volksbeglückung zu tun, als ich es je vermutet hatte. Eigentlich sollten die bis dahin geltenden christlichen Versprechen zur Erlangung des ewigen Seelenheils längst vergessen gemacht, und durch parteilich geprägtes, kollektives Handeln ersetzt worden sein. Und nun? Hatten die in diesem atheistischen ‚Kreuzzug ohn' Erbarmen‘ unerbittlich aufgewendeten Mühen und die daraus folgenden Verletzungen und Qualen, beidseits der so unterschiedlich gläubigen Lager, nicht doch dermaßen tiefe und schmerzhafte Spuren hinterlassen, dass, sie zu heilen oder gar zu schließen, es zweifelsohne wieder sehr viel Zeit brauchen würde? Denn auch diese altbekannten und vermeintlich seligmachenden Verheißungen der tausendjährigen Mutterkirche waren – selbst bei tapferster Gläubigkeit – in all den hunderten von Jahren zuvor, also weit vor Beginn des hier gerade zu

Ende gehenden, und so verdammt gottlos abgelaufenen Gesellschaftsexperiments, bisher ebenfalls nie erfüllt worden! Bot aber jenes ‚Zurück auf Anfang' tatsächlich wieder Lösung an? Oder erschienen mir, weil ich daran glaubhaften Zweifel hegte, diese christlichen Rückbesinnungsversuche auf jene zum x-ten Mal in Aussicht gestellten Ausgießungen des Heiligen Geists nun gerade deshalb nur wie Wiederholungen eines doch schon ewig währenden kopflos-verzweifelten Gehabe? Ein reuig ratloses Um-Hilfe-Rufen in den Himmel? Ein erbärmliches Betteln um längst verlorenen Halt? War aber andererseits das massenhafte Anbeten jener Wände voller wundertätiger Ikonen, in diesen weihrauchgeschwängerten muffigen Glaubenstempeln, mangels anderweitig verfügbarer und wenigstens halbwegs akzeptabler Versprechen nach Erlösung, nicht doch auch nachvollziehbar und verständlich? Es war, schien mir, wohl nichts anderes, als Beweis und Ausdruck eines nie verschwunden gewesenen und nach wie vor existierenden, und eben keineswegs gerade neu aufgebrochenen urgewaltigen Vakuums im nach wie vor außerordentlich dürren Fundus praktikabler, hoffnungsstiftender und dabei auch noch leb-barer möglicher Antworten? Gab es die überhaupt? Und wenn ja, wo? Existierten Alternativen – jenseits all der religiösen Nebel? Was gewesen war, konnte doch nicht mehr sein! Es war ja bereits vergangen. Wir betrachten immer nur das Gestern. Aber was ist jetzt? Und wo ist Morgen?

Larissa hatte uns verbliebenen Friedhofgängern, bevor sich unsere gesamte Gruppe vor der Mauer andertags trennte, noch den genauen Weg gewiesen. In einer guten Dreiviertelstunde würden wir uns, ohne uns dabei besonders eilen zu müssen, mit der Mehrheit der Mitglieder unserer Reisegesellschaft an der Wegkreuzung davor wieder problemlos vereinen können. Nur zwei weitere Mitreisende und ich selbst hielten überhaupt noch an unserem anfänglich allseits verabredeten Vorhaben fest. Und so mussten wir, das Ziel lag doch erfreulich nah, glücklicherweise auch nicht hetzen. Wir konnten uns, in aller Ruhe, am Ort von Pasternaks letzter Stätte, Zeit und Muse für Besinnung lassen.

Unter den Wegen knirschte immer noch überall Sand. Ringsumher der für diese Gegend typische Mischwald – keine Baumriesen, eher Ruten und Stangen von Buchen, Erlen und vor allem Birken, welche zwischen den Kiefern in den Himmel spießten. Dazwischen die mit rohen Holzlatten gegeneinander abgegrenzten Gräber. Manchmal schmiedeeiserne Gitter, orthodoxe Holzkreuze mit den drei Querbalken, denen man die Mühsal ihres Alters deutlich ansah. Dann wieder Steine und Marmortafeln mit den kyrillischen Initialen der Verstorbenen. Vereinzelt Vasen mit Kunstblumen. Hin und wieder eine kleine Bank. Insgesamt, gemessen an dem, was ich von den heimischen Stätten des Todes kannte, fand ich an diesem Platz eine die Morbidität des Ortes nicht verleugnende Einstellung gegenüber dem Unabwendbaren. An einem solchen *Dort* verfliegen die bedrückenden Gespenster einer möglichen Existenz in ewigen Höllen. Reines Dasein jubiliert. Das Ungeziefer der Bäume tirilierte und krächzte. Luft von Heiterkeit satt. Lichtdurchflutetes Geäst schirmte blauenden Himmel. Manchmal Stille. Wie kann es auf einer Erde die Idee von Unsterblichkeit geben, die selber keine hat? Das Leben zwischen den Gräbern in Peredelkino schwoll vom eingesogenen Fleisch all der Erinnerungen unter den Hügeln.

Auf den aus schmalen Bohlen gefertigten groben Bänken, an der Längsseite des hellen Grabsteins mit dem Porträt des Dichters, saßen sich vier junge Leute, zwei Pärchen, gegenüber. Seitlich von ihnen ein alter Mann. Als wir uns, meine beiden Begleiter und ich, behutsam und zögerlich näherten, begann der Alte, wahrscheinlich um niemanden zu erschrecken, zuerst sanft und leise, dabei immer klar und deutlich artikuliert, sich dann aber in ein regelrechtes Stakkato steigernd und dabei, nun auch lauter werdend, Vers um Vers zu sprechen. Wir Ankommenden verhielten unseren Schritt ob dieser unerwarteten Umstände. Die russischen Worte, deren Sinn, da ich der Sprache nicht mächtig war, sich mir nicht erschloss, ergriffen mich in dieser bizarren Situation dennoch ungewöhnlich stark. Sie formten sich in mir zu einer Melodie, deren Rhythmus mich die Landschaft, die Natur, die Pflanzen, Tiere und Menschen, von denen der Dichter durch den Mund des Alten hindurch zu uns herübersang, spüren ließ. Eine so ausgelöst noch nie gefühlte Euphorie ergriff mich in diesem Moment. Jetzt nur keine unbedachte Geste, welche die Einzigartigkeit dieser Begegnung gefährden könnte! Erst, als der Alte pausierte, wagte ich es, mich für einen Augenblick zu den jungen Leuten zu setzen. Diese hatten, wie ich selbst und meine Begleiter auch, dem Alten während der gesamten Dauer seines Vortrags ernst und aufmerksam gelauscht. Wir sahen uns kurz an und nickten uns zu.

Nichts.

Keiner sprach.

Kein Dank.

Kein Satz.

Kein Wort.

Keine Geste.

Nichts.

– – –

Stille.

In diesem Augenblick war die Sonne erneut weitergewandert. Sie lag nun auf dem in den Grabstein geschnittenen Porträt von Boris Pasternak. Und als hätte es eine geheime Verabredung zwischen ihnen allen gegeben, erhoben sich die Anwesenden. Jeder ging in seine Richtung davon. Nur der Alte blieb. Noch vor der Heimfahrt erfuhr ich, dass jener betagte Mann einst der Leibarzt des Dichters gewesen sei, der, als sein Patient schließlich gestorben war, seinen Beruf fortan für immer an den Nagel hängte. Seither deklamierte er täglich – und das bei jedem Wind und Wetter, und mindestens eine volle Stunde lang, also seit mehr als einem Vierteljahrhundert – Verse des von ihm Verehrten all seinen Besuchern am Grabe.

Was einst der Auslöser für sein Tun gewesen sein mochte, eine noch abzutragende Schuld, ein Gelübde oder ein anderer eigennütziger oder uneigennütziger Anlass, das blieb für mich, trotz intensiver Recherche, auch fürderhin im Dunkel.

Eines Tages ließ ich es mit der Suche *danach* schließlich gut sein.

Anmerkungen

(1) Brian Jones, Musiker, Leadgitarrist, Gründungsmitglied von The Rolling Stones, begründete mit seinem Tod auch den „Club 27" – jener im Alter von 27 Jahren verstorbenen Musiklegenden: Brian Jones, 28. Februar 1942 bis 3. Juli 1969 / Jimi Hendrix, 27. November 1942 bis 18. September 1970 / Janis Joplin, 19. Januar 1943 bis 4. Oktober 1970 / James Douglas „Jim" Morrison, 8. Dezember 1943 bis 3. Juli 1971 / Kurt Donald Cobain, 20. Februar 1967 bis 5. April 1994 / Amy Jade Winehouse, 14. September 1983 bis 23. Juli 2011.

(02) Hugo Haase, 29. September 1863 bis 7. November 1919, Jurist, Politiker, Pazifist, von 1911 bis 1916 einer der beiden Vorsitzenden der Sozialdemokratischen Partei Deutschlands (SPD).

(03) Erich Weinert, 4. August 1890 bis 20. April 1953, Schriftsteller, Schauspieler und Vortragskünstler, ab 1943 Präsident des Nationalkomitees Freies Deutschland.

(04) Franz Antonia Josef Rudolf Maria Fühmann, 15. Januar 1922 bis 8. Juli 1984, Schriftsteller, *Zweiundzwanzig Tage oder die Hälfte des Lebens*, Rostock: Hinstorff Verlag 1973.

(05) Luis Trenker, 4. Oktober 1892 bis 12. April 1990, Bergsteiger, Schauspieler, Regisseur und Schriftsteller.

(06) Friedrich Engels, 28. November 1820 bis 5. August 1895, Philosoph und erfolgreicher Unternehmer, entwickelte mit seinem Freund Karl Marx die heute als „Marxismus" bezeichnete Gesellschafts- und Wirtschaftstheorie.

(07) Oskar Brüsewitz, 30. Mai 1929 bis 22. August 1976, Schuhmachermeister und Pfarrer, hat mit seiner öffentlichen Selbstverbrennung bedeutsamen Einfluss auf die Kirche und spätere Opposition in der DDR genommen, vgl.*Das Fanal*, Münster: Aschendorff Verlag 1999.

(08) Louise Joy Brown, geboren am 25. Juli 1978, die britische Frau ist der erste *in vitro* gezeugte Mensch und folglich das erste Retortenbaby.

(09) Sigmund Jähn, 13. Februar 1937 bis 21. September 2019, Jagdflieger, Generalmajor der Nationalen Volksarmee (NVA) der DDR, war als Kosmonaut vom 26. August bis 3. September 1978 der erste Deutsche im All.

(10) Reinhard Weisbach, 8. Juli 1933 bis 13. November 1978 Literaturwissenschaftler und Lyriker, vgl. *Temperamente* 1/1979, Berlin:Verlag Neues Leben 1979.

(11) Karl Wolf Biermann, geboren am 15. November 1936, Liedermacher und Lyriker.

(12) Olaf Ludwig, geboren am 13. April 1960, deutscher Radsportler, 1982 und 1986 Gesamtsieger der Friedensfahrt, Olympiasieger 1988, Gesamtsieger im Rad-Weltcup 1992.

(13) Michail Sergejewitsch Gorbatschow, geboren am 2. März 1931, russischer Politiker, 1985 bis 1990 Generalsekretär der Kommunistischen Partei der Sowjetunion, 1990 bis 1991 Präsident der Sowjetunion. *Umgestaltung und neues Denken*, Berlin: Dietz-Verlag 1988.

(14) Michail Afanassjewitsch Bulgakow, 15. Mai 1891 bis 10. März 1940, sowjetischer Schriftsteller.

(15) Rainer Maria Rilke, 4. Dezember 1875 bis 29. Dezember 1926, deutscher Lyriker, „Weisst du von jenen Heiligen, mein Herr?" (20. September 1901), vgl. *Das Stundenbuch*, darin: *Das Buch von der Pilgerschaft*, Leipzig: Insel-Verlag 1905.

(16) Wladimir Iljitsch Lenin, 22. April 1970 bis 21. Januar 1924, russischer Politiker und Revolutionär, 1917 bis 1924 Premier der Russischen SFSR.

(17) Leo Trotzki, 7. November 1879 bis 21. August 1940, russischer Revolutionär und Politiker, marxistischer Theoretiker.

(18) Rudolf Bahro, 18. November 1935 bis 5. Dezember 1997, deutscher Philosoph und Politiker, profilierter Dissident der DDR. *Die Alternative*, Berlin: Verlag Tribüne 1990.

(19) Boris Leonidowitsch Pasternak, 10. Februar 1890 bis 30. Mai 1960, russischer Dichter und Schriftsteller, 1958 Nobelpreis für Literatur, den er jedoch aus politischen Gründen nicht annehmen konnte. *Zweite Geburt*, Frankfurt am Main: S. Fischer Verlag (Fischer Klassik) 2015.

Inhalt

9 No. 1: 1970 – Jimi folgt Brian

20 No. 2: 1971 bis 1974 – Die Gesellenjahre

77 No. 3: 1964 bis 1975 – Technik und Beatmusik

116 No. 4: Jeden Augenblick beginnt ein neuer

138 No. 5: 1976 – Das Fanal

160 No. 6: 1978 – Louise und Sigmund

198 No. 7: 1981 – Gasleitungshelden

205 No. 8: 1988 – Stippvisite Hoffnung

245 No. 9: Utopia und Mammon

254 No. 10: Ergötzen im Bewusstsein der Willkür

266 Anmerkungen

268 Zum Autor

»Ein Leipzig-Roman eines Urgesteins,
der bewegt.«

Ina Namislo, MDR Figaro

Gerhard Pötzsch
Taschentuchdiele
Roman

352 S. · geb. mit SchU
ISBN 978-3-95462-465-2

Kann man sein Leben in der Erinnerung finden?

„Manchmal wünsche ich mir andere Erinnerungen. Aber ich habe keine."

Wie viel Vergangenheit atmet Gegenwart? Wodurch wurde ich der Bernd Klapproth, der ich heute bin? Durch meine Kindheit in der Nachkriegszeit, erste sexuelle Erfahrungen, diese gescheiterte Flucht mit anschließendem Knast und Arrest? Oder durch die Atmosphäre der Leipziger „Taschentuchdiele", die so exemplarisch war für ein Lebensgefühl, das letztlich zu meiner Sehnsucht führte, die Welt als Heimat zu begreifen.
Am Ende bleibt mir die große Frage: Kann ich mein Leben überhaupt finden – in der Erinnerung?

Diese Veröffentlichung wird mitfinanziert mit Steuermitteln auf Grundlage des vom Sächsischen Landtag beschlossenen Haushaltes.

© 2021 mdv Mitteldeutscher Verlag GmbH, Halle (Saale)
www.mitteldeutscherverlag.de

Alle Rechte vorbehalten.

Gesamtherstellung: Mitteldeutscher Verlag, Halle (Saale)
Lektorat: André Schinkel, Halle (Saale)
Umschlagabbildung: © Khondee.foto – shutterstock.com

ISBN 978-3-96311-481-6

Printed in the EU